典藏诵读版

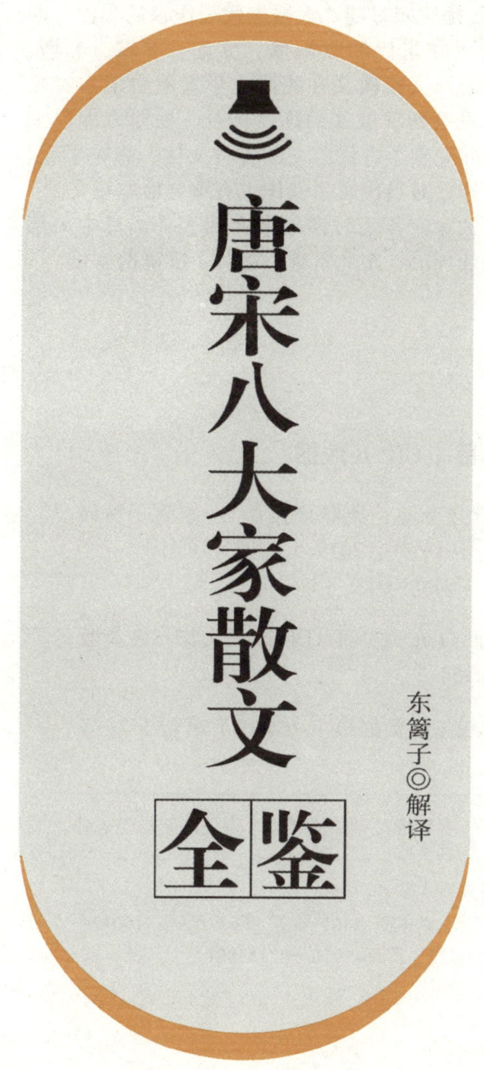

唐宋八大家散文全鉴

东篱子◎解译

扫一扫
免费赠送3种国学音频！

国家一级出版社 中国纺织出版社 全国百佳图书出版单位

内 容 提 要

“唐宋八大家”是唐宋时期八大散文代表作家的合称，即唐代的韩愈、柳宗元和宋代的欧阳修、苏洵、苏轼、苏辙、王安石、曾巩。唐宋八大家散文在我国文学发展史上占有重要地位，它继承了先秦两汉散文的优良传统，反对六朝以来的骈俪文风，发展并完善了古代散文的各种文体，影响了元、明、清各代散文创作，对当代散文创作也有重要借鉴意义。

本书选取了八大家在各个时期的散文代表作，其中大部分篇目是人们耳熟能详的，在此基础上进行了准确的解读。

图书在版编目（CIP）数据

唐宋八大家散文全鉴：典藏诵读版 / 东篱子解译
.—北京：中国纺织出版社，2019.5（2023.6重印）
ISBN 978-7-5180-6051-1

Ⅰ.①唐…　Ⅱ.①东…　Ⅲ.①唐宋八大家—古典散文—散文集　Ⅳ.①I264.2

中国版本图书馆CIP数据核字（2019）第055622号

策划编辑：张淑媛　　责任校对：楼旭红　　责任印制：储志伟

中国纺织出版社出版发行
地址：北京市朝阳区百子湾东里A407号楼　邮政编码：100124
销售电话：010—67004422　传真：010—87155801
http://www.c-textilep.com
E-mail：faxing@c-textilep.com
中国纺织出版社天猫旗舰店
官方微博 http://weibo.com/2119887771
永清县晔盛亚胶印有限公司印刷　各地新华书店经销
2019年5月第1版　2023年6月第2次印刷
开本：710×1000　1/16　印张：20
字数：249千字　定价：68.00元

前言

“唐宋八大家”是我国唐宋时期八位卓有成就的著名文学家的合称。分别是唐代的韩愈、柳宗元和宋代的苏洵、苏轼、苏辙、欧阳修、王安石、曾巩。

韩愈和柳宗元是唐代古文运动的领军人物，欧阳修曾一度引领宋代的古文潮流，而苏氏父子（“三苏”）三人亦堪称宋代古文运动的核心人物。八大家倡导、实践、推动了唐宋时期的古文文化走向，共同掀起了古文革新浪潮，给予六朝以来惯用的追求声律、辞藻、排偶的骈文形式以极大冲击，力求恢复古代的儒学道统，一时间形成了一种崭新的文风。可以说，唐宋八大家实实在在地为中国文学的发展做出了不可磨灭的贡献。

本书集萃了唐宋八大家的著名散文作品，选读各位名家散文中的赠序、传记、山水游记等诸多美文，让我们从思想性、艺术性等方面感悟其精华：韩愈之文构思精巧，气盛言宜；柳宗元之文思想深邃，仕途百态；欧阳修之文忧国忧民，从容不迫；“三苏”之文纵古策论，行云流水，曲折豪放；王安石之文笔锋如剑，针砭时弊；曾巩之文淳朴清丽，余味绵长。

正所谓：“古之学者必有师。师者，所以传道受业解惑也。人非生而知之者，孰能无惑？惑而不从师，其为惑也，终不解矣……”此番忠言，怎能不让我们彻悟“人非生而知之者”？所以我们要从师学习，而从师的原则是必然要遵循道理，不论地位高低贵贱，无论年龄大小，不必注重形式，有道理的地方就是我们应该学习的地方。“人不可一日无师”，因为我们不可能天天与老师为伴，所以一本好书在手，如获良师益友。

本书为《唐宋八大家散文全鉴》（典藏诵读版），对原典作了精准的注释和翻译，便于您更好地品读国学精粹，于文辞精美处，为此千古奇文拍案叫绝；于谨严婉转中，揣摩文理，彻悟人生。

同时，本书将纸质图书和配乐诵读音频完美结合，以二维码的方式在内文和封面等相应位置呈现，读者扫一扫即可欣赏、诵读经典片段。诵读音频由中国国际广播电台、中央人民广播电台专业播音员，以及中国传媒大学等知名高校播音系教师构成的实力精英团队录制完成，朗读中融进了对传统文化的理解，声音感染力极强。

衷心希望本书能成为您全方位感受和理解《唐宋八大家散文》这部传世佳作的良师益友。

解译者

2019 年 5 月

目录

韩愈篇

柳宗元篇

欧阳修篇

王安石篇

苏轼篇

苏洵篇

苏辙篇

曾巩篇

韩愈篇

作者小传

韩愈（768—824 年），字退之，唐代文学家、哲学家、思想家，河阳（今河南省焦作孟州市）人。祖籍河北昌黎，世称韩昌黎。

韩愈在思想上是中国儒家“道统”观念的确立者，是尊儒反佛的里程碑式人物。他与柳宗元同为唐代古文运动的倡导者，主张学习先秦两汉的散文语言，破骈为散，扩大文言文的表达功能。苏轼称他“文起八代之衰”，后人推举他为唐宋八大家之首，与柳宗元并称“韩柳”，有“文章巨公”和“百代文宗”之名，著有《韩昌黎集》40 卷，《外集》10 卷，《师说》等。

韩愈一生仕途坎坷，两任节度推官，累官监察御史等职，晚年任吏部侍郎，又称“韩吏部”，也曾几度被贬。57 岁（824）时病逝，追赠礼部尚书，谥号“文”。

原道

【原文】

博爱之谓仁，行而宜之之谓义[①]，由是而之焉之谓道[②]，足乎己无待于外之谓德。仁与义为定名[③]，道与德为虚位[④]。故道有君子小人，而德有凶有吉。

老子之小仁义，非毁之也，其见者小也。坐井而观天，曰天小者，非天小也。彼以煦煦为仁[⑤]，孑孑为义[⑥]，其小之也则宜。其所谓道，道其所道，非吾所谓道也。其所谓德，德其所德，非吾所谓德也。凡吾所谓道德云者，合仁与义言之也，天下之公言也。老子之所谓道德云者，去仁与义言之也，一人之私言也。

【注释】

①宜：合宜，适宜。

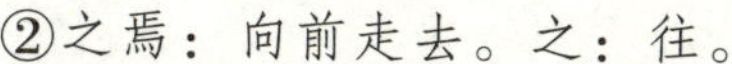

②之焉：向前走去。之：往。

③定名：指具有固定意义的名词。

④虚位：没有实际所指的意义。

⑤煦煦：和蔼可亲的样子。这里指小恩小惠。

⑥孑孑：琐屑细小的样子。

【译文】

博爱叫作“仁”，合宜地实现“仁”就是“义”，沿着“仁义”的道路前进就是“道”，使自身具备完美的修养，而不去依靠外界的力量抵达完美的就是“德”。仁和义是意义确定的名词，道和德是意义不确定的名词，所以道有君子之道和小人之道，而德有吉德和凶德之分。

老子轻视仁义，并不是诋毁仁义，而是由于他的观念狭小。好比坐在井里看天的人，说天很小，其实天并不小。老子把小恩小惠视为仁，把谨小慎微视为义，他轻视仁义就是很自然的了。老子所说的道，是把他观念里的道当作道，而不是我所说的道。他所说的德，是把他观念里的德当作德，不是我所说的德。凡是我所说的道德，都是结合仁和义说的，是天下的公论。老子所说的道德，是抛开了仁和义说的，只是他一个人的说法而已。

【原文】

周道衰，孔子没，火于秦。黄老于汉[①]，佛于晋、魏、梁、隋之间。其言道德仁义者，不入于杨，则入于墨[②]；不入于老，则入于佛。入于彼，必出于此。入者主之，出者奴之；入者附之，出者汙之[③]。噫！后之人其欲闻仁义道德之说，孰从而听之？老者曰："孔子，吾师之弟子也。"佛者曰："孔子，吾师之弟子也。"为孔子者，习闻其说，乐其诞而自小也，亦曰"吾师亦尝师之"云尔。不惟举之于其口，而又笔之于其书。噫！后之人，虽欲闻仁义道德之说，其孰从而求之？甚矣！人之好怪也！不求其端，不讯其末，惟怪之欲闻。

古之为民者四[④]，今之为民者六。古之教者处其一，今之教者处其三。农之家一，而食粟之家六。工之家一，而用器之家六。贾之家一，而资焉之家六。奈之何民不穷且盗也？

【注释】

①周道：周朝的治国之道。儒家认为这是治国的根本道理。没：通"殁"，这里指没落消失。黄老于汉：西汉初期以黄老之学治国。黄老：指黄帝和老子。

②杨：杨朱。墨：墨子，名翟（dí）。战国时杨、墨两派学说都很流行，又互相对立。

③汙：污蔑，诋毁。

④为民者四：士、农、工、商，古称四民。后增加僧、道两家，合称六民。

【译文】

自从周的治国之道衰落，孔子去世，秦始皇焚烧诗书，黄帝和老子学说就盛行在汉代了，佛教便在晋、魏、梁、隋之间盛行。那时谈论道德仁义的人，不纳入杨朱学派，就纳入墨翟学派；不纳入道家，就纳入佛家。纳入了那一家，必然会远离这一家。尊崇所归属的学派，就贬低所反对的学派；依附归入的学派，就诋毁其他学派。唉！后人很想了解仁义道德学说，但不知

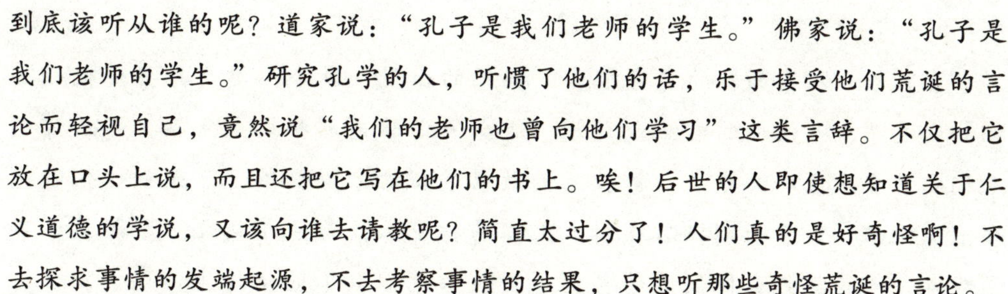

到底该听从谁的呢？道家说："孔子是我们老师的学生。"佛家说："孔子是我们老师的学生。"研究孔学的人，听惯了他们的话，乐于接受他们荒诞的言论而轻视自己，竟然说"我们的老师也曾向他们学习"这类言辞。不仅把它放在口头上说，而且还把它写在他们的书上。唉！后世的人即使想知道关于仁义道德的学说，又该向谁去请教呢？简直太过分了！人们真的是好奇怪啊！不去探求事情的发端起源，不去考察事情的结果，只想听那些奇怪荒诞的言论。

古时候民众只分士、农、工、商四类，今天的民众又增加了僧、道以后成为六类。古代负责教化民众的学说只有一家，今天却是道儒佛三家。务农的一家，要供应六家的粮食；务工的一家，要供应六家所用的器具；经商的一家，依靠他服务的有六家。又怎么能使人民不因穷困而去偷盗呢？

【原文】

古之时，人之害多矣。有圣人者立，然后教之以相生养之道。为之君，为之师，驱其虫蛇禽兽而处之中土①。寒，然后为之衣；饥，然后为之食。木处而颠，土处而病也，然后为之宫室②。为之工，以赡其器用；为之贾，以通其有无；为之医药，以济其夭死；为之葬埋祭祀，以长其恩爱；为之礼，以次其先后；为之乐，以宣其湮郁③；为之政，以率其怠勧；为之刑，以锄其强梗。相欺也，为之符玺、斗斛、权衡以信之④。相夺也，为之城郭甲兵以守之。害至而为之备，患生而为之防。今其言曰："圣人不死，大盗不止。剖斗折衡⑤，而民不争。"呜呼！其亦不思而已矣！如古之无圣人，人之类灭久矣。何也？无羽毛鳞介以居寒热也，无爪牙以争食也。

【注释】

①中土：指中原地区。

②宫室：这里指房屋。

③宣：宣泄。湮（yān）郁：郁闷。

④符：古代用作凭证的东西，双方各执一半，用时相合以为证。玺：印章。斗斛：古时是指两种用来称量的容器。

⑤剖：剖开，打破。

【译文】

古时候，人类面临的灾害很多。圣人的出现，教给人类生存要遵循相生相养的道理，做他们的君王或老师。教会他们驱走那些蛇虫禽兽，而后带领人们安居在中原。天冷了，就教他们做衣裳抵御寒冷；饿了，就教他们种粮食消除饥饿。由于长期栖居在树木上容易掉下来，而住在洞穴里潮湿又很容易生病，于是就教会他们建造房屋。又教导他们做工匠制作生活器具；让他们学会经营商业，互相调剂货物有无；发明医药，用来拯救那些因病夭折而离开人世的人；制定葬埋祭祀的制度，以延长对故去亲人的哀思来记忆那份感情；制定礼节，以规范长幼尊卑秩序；发明乐曲，用以宣泄人们心中的郁闷；制定政治法令，是用来督促那些懒散懈怠的人；制定刑罚，是用来铲除那些强暴之徒。因为存在相互欺诈，于是又制作符节、印玺、斗斛、秤尺等作为凭信之物。因为出现争夺抢劫的事，于是就得建筑城池、有身穿盔甲手执兵器的人来守卫家国。总之，灾害来了就要想办法防备，不等祸患发生就要及早预防。如今道家却说："圣人不死，大盗就不会停止。只要砸烂斗斛、折断秤尺，人民就不会有争夺了。"唉！这都是没有经过思考的话罢了。如果古代没有圣人，人类早就灭亡了。为什么呢？因为人们没有羽毛鳞甲以适应严寒酷暑，也没有强硬的爪牙来夺取食物。

【原文】

是故君者，出令者也；臣者，行君之令而致之民者也；民者，出粟米麻丝，作器皿，通货财，以事其上者也。君不出令，则失其所以为君；臣不行君之令而致之民，则失其所以为臣[①]；民不出粟米麻丝，作器皿，通货财，以事其上，则诛。今其法曰[②]："必弃而君臣，去而父子，禁而相生相养之道，以求其所谓清净寂灭者[③]。"呜呼！其亦幸而出于三代之后，不见黜于禹、汤、文、武、周公、孔子也[④]；其亦不幸而不出于三代之前，不见正于禹、汤、文、武、周公、孔子也。

【注释】

①原文无此句。

②其：指佛家。

③清净：指远离恶行与烦恼。寂灭：梵语“涅槃”的意思，指超脱生死的理想境界。

④黜（chù）：贬斥、斥责的意思。

【译文】

所以说，君王就是发布命令的；作为臣子，就是把君王的命令执行到百姓身上；身为百姓，就是去生产粮食、丝麻，制作器具，流通商品换取钱币，来供养在他们之上的人。君王不发布命令，就失去了作为君王的权力；臣子不把君王的命令实施到百姓身上，就失去了作为臣子的职责；百姓如果不去种植粮食、生产丝麻、制作器具、流通商品来供应在上统治的人，就应该受到惩罚。如今佛家却说，一定要摒弃你们的君臣关系，消除父子关系，违背万物相生相养之道，以追求所谓清净超脱的境界。唉！他们也幸而出生在三代之后，没有被夏禹、商汤、周文王、周武王、周公、孔子所贬退。他们也不幸没能出生在三代以前，没能受到夏禹、商汤、周文王、周武王、周公、孔子的教诲。

【原文】

帝之与王，其号虽殊[①]，其所以为圣一也。夏葛而冬裘[②]，渴饮而饥食，其事虽殊，其所以为智一也。今其言曰："曷不为太古之无事[③]？"是亦责冬之裘者曰："曷不为葛之之易也？"责饥之食者曰："曷不为饮之之易也？"传曰[④]："古之欲明明德于天下者，先治其国；欲治其国者，先齐其家；欲齐其家者，先修其身；欲修其身者，先正其心；欲正其心者，先诚其意。"然则古之所谓正心而诚意者，将以有为也。今也欲治其心，而外天下国家，灭其天常[⑤]，子焉而不父其父，臣焉而不君其君，民焉而不事其事。孔子之作《春秋》也，诸侯用夷礼则夷之[⑥]，进于中国则中国之。经曰："夷狄之有君，不如诸夏之亡。"《诗》曰："戎狄是膺，荆舒是惩[⑦]。"今也举夷狄之法，而加之先王之教之上，几何其不胥而为夷也[⑧]？

【注释】

①殊：不同。

②葛：多年生藤本植物，纤维可织葛布。这里指葛布衣服。

③曷：表示疑问的代词。这里可译为怎么、为什么。

④传：儒家称经典为经，解释经文的著作为传，这里指《礼记》。

⑤天常：天性的意思。

⑥夷：中国古代汉族对其他民族的通称。

⑦戎狄：古代西北方的少数民族。膺：打击。荆舒：古代指东南方的少数民族。

⑧胥（xū）：皆，都。

【译文】

五帝和三王，虽然他们的名号有所不同，但他们成为圣人的原因是一样的。就像夏天要穿葛布衣，冬天要穿皮衣，渴了要喝水，饿了就要吃饭，这些事情虽然各不相同，但它们同样是人类的智慧本能所致。如今道家却说："为什么不实行远古的无为而治呢？"这就好像责问在冬天穿皮衣的人们："为什么你们不穿简便的葛衣呢？"或者责问饿了要吃饭的人们："为什么不只简简单单地喝水去解决饥饿呢？"《礼记》说："在古代，如果想要发挥他的光辉道德于天下的人，首先要处理好他的国家；要想管理好他的国家，首先要使他的家庭和睦；想使他的家庭和睦的人，就要先提高自身的修养；要想提高自身修养，就必须先端正自己的思想；要想端正自己的思想，就要首先拿出诚意来。”可见古代所谓正心而拿出诚意的人，都将能有所作为。如今也有一些所谓修身养性的人，却想抛开天下国家，灭绝天性，做儿子的不把他的父亲当作父亲，做臣子的不把他的君王当作君王，做百姓的不把他们该做的事当作事。孔子的著作《春秋》，对于采用外族礼俗的诸侯，就把他们称作夷狄；对于使用中原礼俗的诸侯，就说他们是中原人。《论语》说：“夷狄虽然有君主，还不如中原的没有君主。”《诗经》说：“夷狄应当打击，荆舒应当惩罚。”如今却尊崇夷礼之法，把它推崇到先王的政教之上，那么我们不全部沦为夷狄了？

【原文】

夫所谓先王之教者，何也？博爱之谓仁，行而宜之之谓义，由是而之焉之谓道，足乎己无待于外之谓德。其文诗书易春秋，其法礼乐刑政，其民士农工贾，其位君臣父子师友宾主昆弟夫妇，其服麻丝，其居宫室，其食粟米果蔬鱼肉。其为道易明，而其为教易行也。是故以之为己，则顺而祥；以之为人，则爱而公；以之为心，则和而平；以之为天下国家，无所处而不当。是故生则得其情，死则尽其常；郊焉而天神假，庙焉而人鬼飨[①]。曰：“斯道也，何道也？”曰：“斯吾所谓道也，非向所谓老与佛之道也。”尧以是传之舜，舜以是传之禹，禹以是传之汤，汤以是传之文武周公，文武周公传之孔子，孔子传之孟轲。轲之死，不得其传焉。荀与扬也[②]，择焉而不精，语焉而不详。由周公而上[③]，上而为君，故其事行；由周公而下，下而为臣，故其说长。

然则如之何而可也？曰：“不塞不流，不止不行。人其人，火其书，庐其居[④]，明先王之道以道之，鳏寡孤独废疾者有养也[⑤]，其亦庶乎其可也[⑥]。”

【注释】

①郊：古帝王祭祀天地。冬至祭天于国都南郊，夏至祭地于国都北郊。

这里专指祭天。人鬼：指祖宗，与上文“天神”相对而言。飨：通“享”，这里指神鬼享用祭品。

②荀：荀况，即荀子。扬：扬雄。

③由周公而上：指尧、舜、禹、汤、周文王、周武王。

④庐：这里作动词。其居：指佛寺、道观。

⑤鳏（guān）：老而无妻。独：老而无父。

⑥庶乎：差不多，大概。

【译文】

我所说的先王的政教，是什么呢？就是他们的博爱即可称为仁，很好地去履行它的行为即可称为义。沿着这样的仁义之路走下去就是道。自身拥有足够的仁义而不依赖外界供给的叫作德。传播仁义道德的书有《诗经》《尚书》《易经》和《春秋》。约束仁义道德的方法是礼仪、音乐、刑法、政令。他的子民分为士、农、工、商，他们遵循的伦理次序是君臣、父子、师友、宾主、兄弟、夫妇，他们所穿的衣服是麻布和丝绸，他们的住所是房屋，他们吃的食物是粮食、瓜果、蔬菜、鱼肉。这样规范仁义道德就很容易明白，而把它们作为教育也很容易推行。所以，用它们来约束自己，就能和顺吉祥；用它们来对待别人，就能做到博爱公正；用它们来修养内心，就能宁静而平和；用它们来治理家国天下，就没有不适当的地方。所以，人活着就能感受到人与人之间的情谊，死了就只是结束了自然常态而已。祭天则天神降临，祭祖则祖先的灵魂能来享用祭品。有人会问：“你这个道，是什么道呀？”我说：“这里我所说的道，不是之前所说的道家和佛家的道。”这个道，尧传给舜，舜传给禹，禹传给汤，汤传给文王、武王、周公，文王、武王、周公把它传给孔子，孔子传给孟轲。孟轲死后，没能把它继续传承下去。后来荀子和扬雄，从中选取了一些但选得不精，论述过一些但并不全面。从周公以上，继承的都是在上做君王的，所以儒道能够推行；从周公以下，继承的都是在下做臣子的，所以他们自己的学说能够源远流长。

然而，像那样怎么可能使儒道得到推行呢？我认为：“不阻止佛老之道，儒道就得不到流传；不禁止佛老之道，儒道就不能得到推行。必须把和尚、

道士还俗为民，烧掉佛经道书，把佛寺、道观变成平民的房屋。发扬先王之道以教导人民，使那些老而无妻、老而无夫、老而无子、少而无父的人得到照料，这样做大概就可以了！”

原毁

【原文】

古之君子[①]，其责己也重以周[②]，其待人也轻以约[③]。重以周，故不怠；轻以约，故人乐为善。闻古之人有舜者，其为人也，仁义人也。求其所以为舜者，责于己曰：“彼，人也；予[④]，人也；彼能是，而我乃不能是！”早夜以思，去其不如舜者，就其如舜者[⑤]。

【注释】

①君子：指有道德或有地位的人。

②责：要求。重：严格。周：周密，全面。

③轻：指宽容。约：简约，简要。

④予：同“余”，我。

⑤就：完成，完善。

【译文】

古代的君子，他要求自己时

严格而全面，他要求别人时既宽容又简约。对自己严格而全面，所以不会懈怠于自身道德修养；对别人宽容而简约，所以这样的人很乐于做好事。听说古代有个叫舜的人，他是恪守仁义的人。我探求舜之所以成为圣人的道理，责问自己说："他是人，我也是人，他能这样，可是我却不能这样！"于是，早晚都应该思考，改掉那些不如舜的地方，完善那些与舜相同的地方。

【原文】

闻古之人有周公者，其为人也，多才与艺人也。求其所以为周公者，责于己曰："彼，人也；予，人也；彼能是，而我乃不能是！"早夜以思，去其不如周公者，就其如周公者。舜，大圣人也，后世无及焉；周公，大圣人也，后世无及焉。是人也，乃曰："不如舜，不如周公，吾之病也。"是不亦责于身者重以周乎？其于人也，曰："彼人也，能有是，是足为良人矣；能善是，是足为艺人矣。"取其一，不责其二；即其新，不究其旧。恐恐然惟惧其人之不得为善之利[①]。一善易修也[②]，一艺易能也。其于人也，乃曰："能有是，是亦足矣。"曰："能善是，是亦足矣。"不亦待于人者轻以约乎？

【注释】

①善：好事。

②修：学，做。

【译文】

听说古代有位叫周公的人，他算是多才多艺的人了。君子们探求周公之所以成为圣人的原因，就会自责说："他是一个人，我也是一个人，他能够这样，而我却不能这样！"于是早晚都来反省，改掉那些不如周公的地方，完善那些接近周公的优点。舜是一位大圣人，没有人能比得上他的，周公是大圣人，后世没有人能比得上他。于是这些人就说："我不如舜，我比不上周公，这是我的缺点啊。"这不就是在要求自己上严格而全面吗？他们转而对别人说："那样的人啊，能有这样的优点，就称得上是良善的人了；能够擅长这一点，就能算得上是有才能的人了。"具备其中一点，就不再苛求他具有第二点；只看他现在的表现，不追究他的过去。总是小心翼翼地唯恐他们得

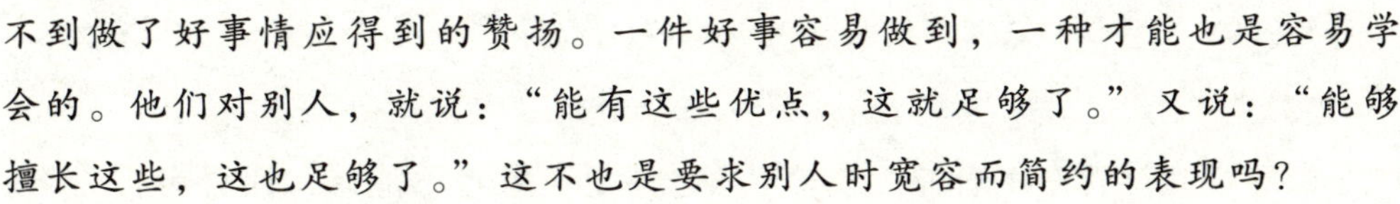

不到做了好事情应得到的赞扬。一件好事容易做到，一种才能也是容易学会的。他们对别人，就说：“能有这些优点，这就足够了。”又说：“能够擅长这些，这也足够了。”这不也是要求别人时宽容而简约的表现吗？

【原文】

今之君子则不然。其责人也详，其待已也廉[①]。详，故人难于为善；廉，故自取也少。己未有善，曰：“我善是，是亦足矣。”己未有能，曰：“我能是，是亦足矣。”外以欺于人，内以欺于心，未少有得而止矣，不亦待其身者已廉乎？

其于人也，曰：“彼虽能是，其人不足称也；彼虽善是，其用不足称也。”举其一[②]，不计其十；究其旧，不图其新，恐恐然惟惧其人之有闻也。是不亦责于人者已详乎！夫是之谓不以众人待其身，而以圣人望于人，吾未见其尊己也。

【注释】

①详：周详，全面。廉：少。

②举：列举。

【译文】

如今的君子却不是这样的。他们要求别人严谨而全面，要求自己却很少而宽松。他们对别人严谨而全面，所以别人很难把事情做好；对自己要求宽泛而简约，所以他们自身所能获得的东西就很少。自己没有什么优点，却说：“我有这些优点，这就足够了。”自己没有什么才能，却说：“我能有这些本事，这也就足够了。”对外用来蒙骗别人，对内是在欺骗良心。还没有多少收获就停滞不前，这不也是要求自身太少的表现吗？

他们对别人却说：“那人虽然能做到这些，但他不值得称道；那个人虽然把事情做得很好，但这本身并没有可称道的价值。”列举人家某一方面的缺陷指责，不去考虑人家更多的长处；只追究别人过去的不足，而不看他们现在的成就，整日里惶惶不安地唯恐人家有好的名望。岂不也是指责别人而在周全自己吗！那就是不用常人的标准来衡量自身，却用圣人的标准去期望别人，我可看不出来他这是在尊重自己啊。

【原文】

虽然，为是者有本有原[①]，怠与忌之谓也。怠者不能修，而忌者畏人修。吾常试之矣，尝试语于众曰："某良士。某良士。"其应者，必其人之与也；不然，则其所疏远，不与同其利者也；不然，则其畏也。不若是，强者必怒于言，懦者必怒于色矣。又尝语于众曰："某非良士，某非良士。"其不应者，必其人之与也；不然，则其所疏远，不与同其利者也；不然，则其畏也[②]。不若是，强者必说于言，懦者必说于色矣。是故事修而谤兴[③]，德高而毁来。

【注释】

①原：通"源"，根源。

②畏：畏惧。这里指害怕他的人。

③事修：事业成功，有所成就。谤：诽谤。

【译文】

虽是如此，这样做的人是有他的思想根源的，那就是怠惰和妒忌。怠惰的人就是不能提高自我修养，而妒忌的人就是害怕别人修养的提高。我常常做过这个试验，曾经对众人说："某某是个贤良的人，某某是个有才能的人。"那些随声附和的人，一定是他的伙伴好友；不是这样的话，就是跟他疏远，与他没有共同利害关系的人；否则，就是畏惧他的人。倘若不是这种情况，强硬的人一定会生气地说出反对的话，懦弱的人也必定会显露出满脸怒色了。我又曾在众人面前说："某某人不是贤良的人，某某是没有能力的人。"那些不理睬我的人，必定是他的好友；不是这样的话，就是跟他疏远，没有共同利害关系的人；否则，就是畏惧他的人。倘若不是这种情况，强硬的人定会高兴地说出赞同的话，懦弱的人也必定会喜形于色。因此，当有所成就时，诽谤也就随着产生了，随着德望提高，恶言恶语也就接踵而来了。

【原文】

呜呼！士之处此世，而望名誉之光[①]，道德之行，难已！

将有作于上者，得吾说而存之，其国家可几而理欤[②]！

【注释】

①光：光大，昭著。

②有作于上：在高位上有所作为。存：记住。几：几乎，差不多。理：治理。

【译文】

唉！读书人活在这个世上，希望名誉昭著，仁义道德能够畅行，简直太难了！

身居高位上将要有所作为的人，听取我所说的话并且牢记心中，那国家差不多就可以治理好了！

师说

【原文】

古之学者必有师。师者，所以传道受业解惑也[①]。人非生而知之者，孰能无惑？惑而不从师，其为惑也，终不解矣。生乎吾前，其闻道也[②]，固先乎吾，吾从而师之；生乎吾后，其闻道也，亦先乎吾，吾从而师之。吾师道也，夫庸知其年之先后生于吾乎[③]？是故无贵无贱，无长无少，道之所存，师之所存也。

【注释】

①道：指儒家孔子、孟轲的哲学和政治等原理。受：通“授”，传授。

②闻：听见，引申为懂得。道：此为动词，学习、从师之意。

③庸知其：哪管它。庸：岂，哪里。

【译文】

古代求学的人一定有老师。所谓老师，就是传授道理，讲授学业，解答疑难问题的人。人不是一生下来就懂得道理的，谁能没有疑惑的问题呢？有了疑难问题却不向老师请教，那些成为疑难问题的，就始终得不到解决了。比我先出生的人，他懂得道理固然会比我早些，我应该跟从他而去学习；比我后出生的人，如果他懂得道理也比我早，我也应该跟从他并跟他学习。我是向他学习道理的，哪管他的年龄比我大还是比我小呢？因此，不论地位高低贵贱，无论年龄大小，道理存在的地方，就是老师所存在的地方。

【原文】

嗟乎！师道之不传也久矣，欲人之无惑也难矣！古之圣人，其出人也远矣[①]，犹且从师而问焉；今之众人，其下圣人也亦远矣，而耻学于师[②]。是故圣益圣[③]，愚益愚。圣人之所以为圣，愚人之所以为愚，其皆出于此乎？

爱其子，择师而教之，于其身也，则耻师焉[④]，惑矣！彼童子之师，授之书而习其句读者[⑤]，非吾所谓传其道，解其惑者也。句读之不知，惑之不解，或师焉，或不焉，小学而大遗，吾未见其明也。巫、医、乐师、百工之人，不耻相师。士大夫之族，曰师、曰弟子云者，则群聚而笑之。问之，则曰："彼与彼年相若也，道相似也。位卑则足羞，官盛则近谀[⑥]。"呜呼！师道之不复可知矣。巫、医、乐师、百工之人，君子不齿[⑦]。今其智乃反不能及，其可怪也欤！

【注释】

①出人：意为超过常人。

②下：低，低于。耻：以……为耻辱。

③是故：因此。益：更加。

④耻师焉：耻于从师的样子。

⑤句读（dòu）：也叫句逗。古代称文辞意尽处为句，语意未尽而须停顿

处为读（逗）。古代书籍上没有标点，老师教学童读书时要进行句读的教学。

⑥谀（yú）：奉承，谄媚。

⑦不齿：不屑与之同列。齿：原指年龄，引申为排列。

【译文】

唉！从师学道的风气没人传扬已经太久了，想要人们没有疑惑也就困难了！古代的圣人，他们超出常人很远，尚且还虚心从师请教呢；现在的一些人，他们的才智远远低于圣人，却以向老师请教为耻。因此，圣人就更加圣明，愚笨的人就更加愚笨。圣人之所以能成为圣人，愚人之所以成为愚人，那都是出于这个道理吧？

人们爱自己的孩子，就选择老师来教他，对自己呢，却以从师学习为耻辱，真是糊涂啊！那些教小孩子的老师，是教他们读书以及教他们学习断句的，不是我所说的那些能传授大道理，可以解答疑难问题的老师。读书却不能断句，疑难得不到解决，有的向老师请教，有的问题不向老师请教，小问题学会了，大问题却遗漏了，我没能看出他们是明智的。巫、医、乐师以及各种工匠，他们不以互相学习为耻。士大夫这类人，一听到有人称呼别人为老师，称自己为学生，就聚在一起讥笑人家。问他们缘由，就说："那个人同那个人年龄差不多，道德学问也不相上下，居然称作老师。称地位低微的人为师，就觉得是很大的耻辱，称呼官职高的人为老师，那就近乎谄媚了。"唉！古代那种从师学习的好风尚不得恢复，这就可以知道原因了。巫医、乐师和各种工匠，是所谓君子们不屑与之为伍的。然而现在士大夫们的才智反而不如他们，这可真是很奇怪啊！

【原文】

圣人无常师。孔子师郯子、苌弘、师襄、老聃[①]。郯子之徒，其贤不及孔子。孔子曰："三人行，则必有我师。"是故弟子不必不如师，师不必贤于弟子。闻道有先后，术业有专攻[②]，如是而已。

李氏子蟠，年十七，好古文，六艺经传皆通习之[③]。不拘于时[④]，学于余。余嘉其能行古道，作《师说》以贻之[⑤]。

【注释】

①郯（tán）子：春秋时郯国的国君。苌（cháng）弘：东周敬王时候的大夫。师襄：春秋时鲁国的乐官。师：乐师。老聃（dān）：即老子，春秋时楚国人，思想家，道家学派创始人。

②术业：学术和技艺。

③六艺：指六经，即《诗》《书》《礼》《乐》《易》《春秋》六部儒家经典。

④不拘于时：指不受世俗束缚。

⑤嘉：赞许。贻（yí）：赠送。

【译文】

圣人没有固定的老师。孔子曾拜郯子、苌弘、师襄、老聃为师。郯子这些人，他们的贤能德行都比不上孔子。孔子却说："三个人同行，其中一定有能当我老师的人。"所以说，学生不一定不如老师，老师不一定比学生贤能。懂得道理有先有后，学问和技艺各有专长，不过如此而已。

李家的少年名蟠，今年十七岁，喜欢古文，六经的经文和传文全都研读过了，他不受那种耻于从师的世俗束缚，向我请教学习。我赞许他能够遵行古人谦逊的从师之道，因此写这篇《师说》赠给他。

龙说

【原文】

龙嘘气成云，云固弗灵于龙也。然龙乘是气，茫洋穷乎玄间[①]，薄日月[②]，伏光景[③]，感震电，神变化，水下土，汩陵谷[④]，云亦灵怪矣哉！

云，龙之所能使为灵也。若龙之灵，则非云之所能使为灵也。然龙弗得云，无以神其灵矣。失其所凭依，信不可欤！

异哉！其所凭依，乃其所自为也。《易》曰："云从龙。"既曰龙，云从之矣。

【注释】

①玄间：青天。

②薄：通“迫”，逼近，临近。

③伏：掩蔽。景：同“影”。

④水：降雨。汩：水流淌的样子。

【译文】

龙吐出的气形成云，云本来不比龙灵异。然而龙乘着这股云气，可以在碧海蓝天之间尽情遨游，接近日月，遮蔽它的光芒，震撼起雷电，简直是出神入化，雨水降落在大地，汩汩流淌使得山谷沉沦，这云也是神奇灵异得很呢！

对云来说，龙的能力可以使它富有灵异。至于龙的灵异，却不是云的能力才使它那么神奇的。但是龙没有云的陪衬，就不能那样神奇地显示出它的灵异了。失去它所凭借的云，确实是不行啊！

多么奇特的现象啊！龙能飞舞所凭借依靠的，正是它自己吐纳而成的云啊。《周易》说：“云跟随着龙游动。”那么既然叫作龙，就应该有云跟随陪伴着它啊！

马说

【原文】

世有伯乐，然后有千里马。千里马常有，而伯乐不常有[①]。故虽有名马，祇辱于奴隶人之手[②]，骈死于槽枥之间[③]，不以千里称也。

【注释】

①伯乐：春秋时秦穆公时人，姓孙，名阳，善相马。

②祇（zhī）：同“只”，只是。辱：屈辱，埋没。

③骈：两马并驾，这里指一起。槽枥：原指养兽的食器，这里指养马的处所。

【译文】

世上有了伯乐，然后才会有被发现的千里马。千里马是世代常有的，可是伯乐却不常有。所以，虽然世上有很多名贵的好马，却只能屈居马夫的手下被埋没，最后跟普通的马一样老死在马厩之中，而不能获得千里马的称号。

【原文】

马之千里者，一食或尽粟一石。食马者，不知其能千里而食也[①]。是马也，虽有千里之能，食不饱，力不足，才美不外见[②]，且欲与常马等不可得，安求其能千里也？

策之不以其道[③]，食之不能尽其材，鸣之而不能通其意，执策而临之[④]，曰：“天下无马。”呜呼！其真无马邪？其真不知马也[⑤]！

【注释】

①食：同“饲”，饲养，喂养。

②才美不外见：才能和长处不能表现在外。见：同“现”，表露。

③策：马鞭，此处用作动词，驾驭。之：指千里马，代词。以其道：用（对待）它的办法。

④执策：拿着马鞭。临之：俯视着马。临：从高处往下看。

⑤其：语气助词，前一句的其加强反问语气，后一句的其加强肯定语气。

【译文】

能日行千里的马，大约一顿能吃下一石小米，可是喂马的人不知道它能日行千里而依据千里马的食量来喂养它。所以这样的马，虽然有日行千里的本领，却由于吃不饱，力气不足，它们的特长和矫健的骨力就不能表露出来，如此想跟普通的马能力相当都不可能，又怎么能要求它日行千里呢？

驾驭它却不能掌握正确方法，喂养它却不让它吃饱而使它充分发挥自己的才能，听到它的嘶鸣却不懂得它所要表达的意思，反而拿着鞭子骑在马背上对它说："普天之下竟然没有千里马。"唉！难道是真的没有千里马吗？其实是他们真的不识千里马啊！

答李翊书

【原文】

六月二十六日，愈白[①]。李生足下：

生之书辞甚高，而其问何下而恭也[②]。能如是，谁不欲告生以其道？道德之归也有日矣，况其外之文乎[③]？抑愈所谓望孔子之门墙而不入于其宫者，焉足以知是且非邪？虽然，不可不为生言之。

【注释】

①白：启，说。足下：对人的尊称。

②下：指为人态度谦逊。

③归：归属。有日：指日可待，为期不远的意思。其：指道德。

【译文】

六月二十六日，韩愈启。李生足下：

你的来信中文辞立意很高，而你提问的态度是多么谦虚和恭敬啊。能像这样，谁不愿意把自己懂得的仁义之道告诉你呢？儒家的仁义道德的回归也就指日可待了，更何况那些外在表述道德的文章呢？不过我只是人们所说的那种望见孔子家的门墙而没能进入他的家门的人，怎能足以辨别是或者非呢？虽然如此，我也不能不对你说说对这个问题的看法。

【原文】

生所谓"立言"者[①]，是也；生所为者与所期者，甚似而几矣。抑不知生之志，蕲胜于人而取于人邪[②]？将蕲至于古之立言者邪？蕲胜于人而取于人，则固胜于人而可取于人矣！将蕲至于古之立言者，则无望其速成，无诱于势利，养其根而俟其实，加其膏而希其光[③]。根之茂者其实遂，膏之沃者其光晔[④]。仁义之人，其言蔼如也。

抑又有难者。愈之所为，不自知其至犹未也；虽然，学之二十余年矣。始者，非三代两汉之书不敢观，非圣人之志不敢存。处若忘，行若遗，俨乎其若思[⑤]，茫乎其若迷。当其取于心而注于手也，惟陈言之务去[⑥]，戛戛乎其难哉！其观于人，不知其非笑之为非笑也。如是者亦有年，犹不改。然后识古书之正伪，与虽正而不至焉者，昭昭然白黑分矣，而务去之，乃徐有得也。

【注释】

①立言：著书立说。《左传·襄公二十四年》："太上有立德，其次有立功，其次有立言。虽久不废，此之谓不朽。"

②蕲（qí）：同"祈"，祈求。取于人：才华被人取而用之。

③俟（sì）：等待。实：结果。膏：油。

④遂：完成。指果实成熟，饱满。晔：明亮。

⑤俨乎：矜持、庄重的样子。

⑥陈言：陈腐的观点和言辞。务：务必，力求。

【译文】

你所说的要著书立说的想法，是正确的；你所写的和你所期望的，非常相似并已经很接近了。只是不知道你的"立言"之志，是希望超过别人而被人所取用呢？还是希望达到古代立言之人的境界呢？希望胜过别人而被人所取用，那么你本来就已经胜过别人并且可以被人所取用了！如果期望达到古代立言之人的境界，那么就不要希望它能快速成功，不要被权势和功名利禄所诱惑，应该先培养树木的根，再耐心地等待它结果，要先给灯添加油脂，再等待它放出光芒。根系长得旺盛，果实就能顺利成熟，油脂充足，灯光才会明亮。具备仁义道德的人，他的言辞自然就和蔼可亲。

不过还是有为难之处。我所写的文章，自己也不知道它达到了还是没达到"立言"那个境界；虽然，我这样学习古代立言著说已有二十多年了。开始的时候，不是夏、商、周三代和东、西两汉的书就不敢翻阅，不是圣人的思想志向就不敢铭记心中，安静的时候像忘掉了什么，出行时好像遗失了什么，矜持的样子像在思索，茫茫然像是有所迷失。当我想把心里所想的用手写出来的时候，力求把那些陈腐的观点和言辞去掉，忽然觉得这竟是如此艰难啊！把文章拿给别人看时，不在意别人的非议和讥笑。像这样也有好多年，我依旧没有改变自己的思想。这以后逐渐识别了古书中关于仁道的真与假，以及那些虽然正确但还达不到完美境界的地方，才清清楚楚地黑白分明了，务必去除那些不正确和不完善的部分，这才慢慢地有所收获了。

【原文】

当其取于心而注于手也，汩汩然来矣。其观于人也，笑之则以为喜，誉之则以为忧，以其犹有人之说者存也[①]。如是者亦有年，然后浩乎其沛然矣[②]。吾又惧其杂也，迎而距之，平心而察之，其皆醇也，然后肆焉[③]。虽然，不可以不养也，行之乎仁义之途，游之乎《诗》《书》之源，无迷其途，无绝其源，终吾身而已矣。

气[④]，水也；言，浮物也。水大而物之浮者大小毕浮。气之与言犹是也，气盛则言之短长与声之高下者皆宜。

【注释】

①说：意见，指时人的观点。

②浩乎、沛然：都是水势浩大、汹涌的样子。比喻文笔奔放。

③察：考虑，推敲。肆：肆意，放手去写。

④气：指文章的思想内容。

【译文】

把心里所想的用手写出来的时候，文思勃发就像泉水一样喷涌而来了。再拿这些文章给别人看时，他们讥笑它我就高兴，别人称赞它我就会感到担忧，因为文章里存在很多时人的观点和看法。像这样又有多年，然后才真是像水势浩荡一样文思奔涌了。我又担心文章杂而不纯正，于是就像拦阻泉水一样迎上去截住思路，平心静气地审视推敲它，直到词义都纯正了，然后才放手去写。即使这样，还是不能不继续加深自己的修养，告诫自己要在仁义的道路上行进，在《诗经》《尚书》经典的源泉中游弋，不迷失道路方向，不阻断源流，我准备终生都要这样做了。

文章的思想内容，就像水；言辞，就像漂浮在水上的物体；水势大，那么凡是能漂浮的东西，不论大小都能漂浮起来。文章的思想内容和言辞的关系也是这样的，思想内容充沛，那么长长短短的词句和抑扬顿挫的音律就会体现得恰到好处了。

【原文】

虽如是，其敢自谓几于成乎？虽几于成，其用于人也奚取焉？虽然，待用于人者，其肖于器邪？用与舍属诸人。君子则不然。处心有道①，行己有方，用则施诸人，舍则传诸其徒，垂诸文而为后世法②。如是者，其亦足乐乎？其无足乐也？

有志乎古者希矣，志乎古必遗乎今③。吾诚乐而悲之。亟称其人④，所以劝之，非敢褒其可褒而贬其可贬也。问于愈者多矣，念生之言不志乎利，聊相为言之。愈白。

【注释】

①处心：考虑问题。道：方法。

②垂诸文：把自己的“道”写成文章。

③希：同“稀”，稀少。遗：遗弃，冷落。

④亟：屡次，每每。其人：有志于学古人立言的人。

【译文】

虽然像这样做，难道就敢说自己的文章接近成功了吗？即使接近成功了，但被人取用时，能有多少可取之处呢？尽管如此，等待被人采用的见解，难道就像器具一样吗？用或不用都取决于别人。君子就不是这样，思考问题本着仁义原则，自己行事有一定规范，被任用就把自己的才学都传给别人，不为人所用就把自己的学说传给弟子，把自己的“道”写成文章流传下去而为后世所效法。像这样，是值得高兴呢，还是不值得高兴呢？

有志于学习古代立言的人少了，有志学习古道的人，一定会被当代的人所冷落，我实在是为有志于古道的人高兴，也为他们悲伤。我屡次称赞那些有志学习古道的人，以此来勉励他们，这样做并不是敢随意赞美那些可以赞美的人，而去贬斥那些可以贬斥的人。向我问道的人有很多了，念及你的言辞主旨不在于功名利禄，姑且对你说说这些观点。韩愈诚告。

讳辩

【原文】

愈与李贺书，劝贺举进士[①]。贺举进士有名，与贺争名者毁之曰：“贺父名晋肃，贺不举进士为是，劝之举者为非。”听者不察也，和而唱之，同然一辞。皇甫湜曰[②]：“若不明白，子与贺且得罪。”愈曰：“然。”

律曰：“二名不偏讳[③]。”释之者曰：“谓若言‘征’不称‘在’，言‘在’不称‘征’是也[④]。”律曰：“不讳嫌名[⑤]。”释之者曰：“谓若‘禹’与‘雨’、‘丘’与‘蓲’之类”是也[⑥]。今贺父名晋肃，贺举进士，为犯二名律乎？为犯嫌名律乎？父名晋肃，子不得举进士。若父名“仁”，子不得为人乎？

【注释】

①李贺（791—817年）：字长吉，唐诗人，因避父讳，不能应试。

②皇甫湜（shí）：唐代文学家，曾跟从韩愈学古文。

③不偏讳：名有两字，只讳一字。偏：一半。一说“偏”即“遍”，全部、普遍的意思。

④“谓若……”两句：孔子的母亲名“征（zhēng）在”，孔子在说“征”时不连用“在”，在说“在”时不连用“征”。意即只要不连用，就用不着避讳。如唐代律文中有“二名不偏讳”的条文，则此两句为律文的释文。这条释文袭用《礼记·檀弓下》正文及《礼记·曲礼上》郑玄的注解。

⑤嫌名：与人名中发音相近的字。

⑥蓲（qiū）：古汉字，同“丘”。

【译文】

我写了一封信给李贺，勉励他去考进士。李贺去应试进士很引人注目，同李贺争名的人出来诋毁他说：“李贺的父亲名叫晋肃，李贺不参加进士考试才对，勉励他去赶考的人是不对的。”听到这种议论的人不加辨析，随声附和，众口一词。皇甫湜对我说：“如果不辩明这件事，您和李贺都会因此获罪。”我回答说：“是的。”

礼法规定说：“凡双名不专讳一个字。”解读者说：“孔子的母亲名‘征在’孔子在说‘征’的时候不说‘在’，说‘在’的时候不说‘征’。”礼法规定又说：“不讳声音相近的字。”解读者说：“譬如‘禹’之与‘雨’，‘丘’之与‘蓲’之类就是。”现在李贺的父亲名叫晋肃，李贺去考进士，是违背了“二名律”呢？还是违背了“嫌名律”呢？父亲名叫晋肃，儿子便不可以考进士，那么倘若父亲名仁，儿子就不能做人了吗？

【原文】

夫讳始于何时？作法制以教天下者[①]，非周公、孔子欤？周公作诗不讳，孔子不偏讳二名，《春秋》不讥不讳嫌名。康王钊之孙，实为昭王。曾参之父名皙，曾子不讳“昔”。周之时有骐期，汉之时有杜度，此其子宜如何讳？将讳其嫌，遂讳其姓乎？将不讳其嫌者乎？汉讳武帝名“彻”为“通”，不闻又讳车辙之“辙”为某字也；讳吕后名“雉”为“野鸡”，不闻又讳治天下之“治”为某字也。今上章及诏[②]，不闻讳“浒”“势”“秉”“机”也[③]。惟宦者宫妾，乃不敢言“谕”及“机”，以为触犯。士君子立言行事，宜何所法守也？今考之于经，质之于律，稽之以国家之典[④]，贺举进士为可邪？为不可邪？

【注释】

①法制：礼法制度。

②章：奏章。诏：诏书。

③浒、势、秉、机：此四字分别与唐代帝名同音。唐高祖名虎，唐太宗名世民，李渊之父名昞，唐玄宗名隆基。

④稽：检核。国家之典：指历代皇帝名讳所忌以及一些诏令不避讳的事例。

【译文】

试问避讳是从什么时候开始的呢？制定礼法制度来教化天下众生的人，不是周公、孔子吗？而周公作诗吟赋不避讳，孔子不避讳母亲名字中的单独任何一个字，《春秋》中对人名字发音相近不避讳的情况也没加以讥讽，周康王钊的孙子，谥号却是昭王。曾参的父亲名皙，曾子不避“昔”字。周朝时有一个人叫骐期，汉朝时有一个人叫杜度，像这样的名字让他们的儿子怎样去避讳呢？难道为了避讳与父名发音相近的字，就连他们的姓也避了吗？还是就无须避讳那些近音字了呢？汉代讳汉武帝的名“彻”，遇到“彻”字就改为“通”字，但没听说避讳车辙的“辙”字为别的什么字；讳吕后名字中的“雉”，遇到“雉”字就改称“野鸡”，但没有听说又讳治天下的“治”字为别的什么字。现在臣僚上送奏章、皇帝下传诏书，也没听说要避浒、势、秉、机这些字，只有宦官和宫女，才不敢说谕和机这些字，以为这样说出来是触犯避讳的。士大夫的言论和行事，究竟应该遵照什么礼法制度呢？如今，无论是考据经典、质正律文还是查核国家典章，李贺参加进士应试，到底是可以还是不可以呢？

【原文】

凡事父母，得如曾参，可以无讥矣[①]。作人得如周公、孔子，亦可以止矣。今世之士，不务行曾参、周公、孔子之行[②]，而讳亲之名，则务胜于曾参、周公、孔子，亦见其惑也。夫周公、孔子、曾参，卒不可胜，胜周公、孔子、曾参，乃比于宦官宫妾。则是宦官宫妾之孝于其亲，贤于周公、孔子、曾参者邪？

【注释】

①讥：讥笑，非议。

②务行：致力于实行。

【译文】

大凡孝敬父母能像曾参那样，就可以免遭非议了；做人能像周公、孔子那样，也能达到境界的顶点了。而现在的读书人，不致力于学习曾参、周公、

孔子的行为处事，却要在避讳亲人的名字上，去超越曾参、周公、孔子，真是太糊涂了。周公、孔子、曾参毕竟是无法超越的，超越了周公、孔子、曾参，而去向宦官、宫女看齐，那岂不是宦官、宫女对亲人的孝顺比周公、孔子、曾参还要好了吗？

进学解

【原文】

国子先生晨入太学①，招诸生立馆下，诲之曰："业精于勤，荒于嬉；行成于思，毁于随②。方今圣贤相逢，治具毕张③。拔去凶邪，登崇畯良④。占小善者率以录，名一艺者无不庸⑤。爬罗剔抉，刮垢磨光⑥。盖有幸而获选，孰云多而不扬？诸生业患不能精，无患有司之不明⑦。行患不能成，无患有司之不公。"

【注释】

①国子先生：对国子博士的称呼，本文指韩愈自己。唐代设国子监，是国家的最高学府。太学：古代的大学，这里指国子监。

②嬉：嬉戏，玩乐。随：因循盲从。

③治具：指法律政令。毕：全部。张：建立，施行。

④登崇：提拔。畯（jùn）良：畯，通"俊"，指贤能优良之士。

⑤名一艺者：有一技之长的人。庸：通"用"，任用。

⑥爬罗剔抉：指搜罗选拔人才。爬：梳理。刮垢磨光：指训练、造就人才。

⑦患：忧虑，担心。无：通"毋"，不要。有司：主管部门的官吏。

【译文】

清晨，国子先生走进太学，召集学生们站立在学舍内，教导他们说："学业的精进在于勤奋，而荒废是由于嬉戏玩乐；德行的成就是由于会独立思考，德行败坏是由于因循盲从。如今圣君与贤臣相遇，法制健全，得以全部施行，除掉凶恶奸邪之人，提拔贤能优秀人才。具备微量优点的人全部被录取，拥有一技之长的人没有不被任用的。搜罗选拔人才，精心培养，去除思想污垢，把他们打磨得光彩照人。大概也有侥幸而被录用的，谁说人才多了就没有出头之日呢？只需忧虑学业不能精进，不要担心主管部门的官吏不英明；只需担心德行不能有所成就，不要担心主管部门的官吏不公正。"

【原文】

言未既。有笑于列者曰："先生欺余哉！弟子事先生，于兹有年矣。先生口不绝吟于六艺之文，手不停披于百家之编。记事者必提其要，纂言者必钩其玄[①]。贪多务得，细大不捐。焚膏油以继晷，恒兀兀以穷年[②]。先生之于业，可谓勤矣。觝排异端，攘斥佛老。补苴罅漏，张皇幽眇[③]。寻坠绪之茫茫，独旁搜而远绍。障百川而东之，回狂澜于既倒。

先生之于儒，可谓有劳矣。沈浸醲郁，含英咀华[④]，作为文章，其书满家。上规姚姒[⑤]，浑浑无涯；周《诰》殷《盘》，佶屈聱牙[⑥]；《春秋》谨严，《左氏》浮夸；《易》奇而法，《诗》正而葩；下逮《庄》《骚》，太史所录，子云相如，同工异曲。

【注释】

①纂言者：纂，编集。指理论性的著作。钩玄：钩取深奥微妙的义理。

②膏油：指灯烛。晷（guǐ）：日影，指白昼。兀兀：勤勉不懈的样子。穷年：一年到头。

③觝（dǐ）排：排斥。攘：排除。异端：儒家称儒家以外的学说、学派为异端。这里指佛教和道家。苴（jū）：鞋底中垫的草，此为动词，填补的意思。罅（xià）：裂缝。皇：大。幽：深。幽眇：深微隐奥。

④醲（nóng）郁：酒味浓厚，指内容醇厚的著作。咀：含在嘴里细细玩味。英、华：都指花，指典籍中的精华。

⑤姚姒（sì）：相传虞舜姓姚，夏禹姓姒。

⑥佶屈：曲折。聱（áo）牙：拗口。

【译文】

话没有说完，有人就在队列里笑道："先生在欺骗我们吧？我们侍奉先生，到现在已经好几年了。先生嘴里不断地诵读六经的文章，两手不停地翻着诸子百家的书籍。对史学记事之文，必然会提取它的纲要，对理论性的著作，必然会汲取其中深奥微妙的义理。不知满足地广泛学习，力求有所收获，无论大小学问都不舍弃。点上灯烛夜以继日，一年到头勤勉不懈地学习。先生对于学业方面可以说是够勤奋了。抵制、批驳异端邪说，排斥佛教与道家，弥补儒学的缺漏，发扬光大精深隐奥的义理。探寻茫茫然失传的儒家道统，独自四处搜求、钻研并传承。指导异端邪说就像疏堵纵横奔流的各条川流，引导它们东注大海；挽救儒家学说就像挽回狂涛怒澜，即便它们已然倾倒泛滥。

先生您对于儒家，可以说是有功劳了。沉浸在意味醇厚的书香里，细细咀嚼典籍中的精华，写就的文章，书卷堆满了家屋。向上效法虞、夏时代的典章，无限深远博大；周代的诰书和殷代的《盘庚》，读起来艰涩拗口；《春秋》的语言精练准确，《左传》的文辞铺张夸饰；《易经》变化奇妙而有法则，《诗经》思想端正而且辞采华美；往下一直到《庄子》《离骚》，太史公的记录；扬雄、司马相如的著作，同样巧妙但风格各异。

【原文】

先生之于文，可谓闳其中而肆其外矣[①]！少始知学，勇于敢为。长通于方，左右具宜。先生之于为人，可谓成矣。然而公不见信于人，私不见助于友[②]，跋前踬后，动辄得咎[③]。暂为御史，遂窜南夷[④]。三年博士，冗不见治[⑤]。命与仇谋，取败几时。冬煖而儿号寒，年丰而妻啼饥。头童齿豁，竟死何裨？不知虑此，反教人为？”

【注释】

①闳（hóng）中：指文章的内容博大。肆其外：指文章的气势雄伟奔放。

②见信、见助：被信任、被帮助。“见”在动词前表示被动。

③跋前踬后：跋（bá）：踩。踬（zhì）：绊，绊倒。语出《诗经·豳风·狼跋》：“狼跋其胡，载踬其尾。”意思说，狼向前走就踩着颔下的悬肉（胡），后退就绊倒在尾巴上。形容进退都有困难。辄：常常。

④遂窜：贬谪，流放。南夷：地名，今广东阳山。

⑤冗（rǒng）：闲散。见：通“现”，表现，显露。

【译文】

先生的文章可以说是内容宏大而外表气势奔放。您少年时代就开始懂得学习，敢于践行真理。长大后通达道理，举止行为无不合宜得体。先生的为人处世，可以说是很完美了。可是在朝廷方面不能被信任，在私下里得不到朋友的帮助，往往是进退两难，一点举动便会惹祸受罚。刚当上御史就被贬谪到南方边远地区。做了三年博士，职务闲散表现不出治理的业绩。似乎命中注定与敌仇打交道，随时可能遭受挫败。冬天里就算是暖和的天气，您的儿女们依旧为缺衣少穿而哭着喊冷；即使是丰收年，您的夫人却仍为食粮不足而啼说饥饿。您的头发掉光了，牙齿逐渐脱落了，恐怕一直到死也得不到什么益处吧？不知道想想这些，反而来教导别人做什么？”

【原文】

先生曰：“吁，子来前！夫大木为宗，细木为桷，欂栌、侏儒，椳、闑、店楔[1]。各得其宜，施以成室者，匠氏之工也。玉札、丹砂，赤箭、青芝，牛溲、马勃，败鼓之皮，俱收并蓄[2]，待用无遗者，医师之良也。登明选公，杂进巧拙，纡馀为妍，卓荦为杰，校短量长[3]，惟器是适者，宰相之方也。昔者孟轲好辩，孔道以明，辙环天下，卒老于行。荀卿守正，大论是宏，逃谗于楚，废死兰陵。是二儒者，吐辞为经，举足为法，绝类离伦[4]，优入圣域，其遇于世何如也？

【注释】

①宲（máng）：屋梁。桷（jué）：屋椽。欂栌（bó lú）：斗拱，柱顶上承托栋梁的方木。侏（zhū）儒：梁上短柱。椳（wēi）：门枢臼。闑（niè）：门中央所竖的短木，在两扇门相交处。扂（diàn）：门闩之类。楔（xiè）：门两旁长木柱。

②本句所列都是药名。丹砂即朱砂。赤箭即天麻。牛溲即牛尿。俱收：多方面吸收。并蓄：一并保存。俱收并蓄：吸收、招拢多方面的人才或事物。

③纡（yū）馀：委婉从容的样子。妍：美。卓荦（luò）：突出，超群出众。校（jiào）：比较。

④离、绝：都是超越的意思。伦、类：都指一般人。

【译文】

国子先生说："唉，你到前面来！要知道那些大的木材做屋梁，小的木材做瓦椽，做斗拱，短椽的，做门臼、门橛、门闩、门柱的，都是在量材使用，各适其宜而建成房屋，这是工匠的技巧啊。贵重的地榆、朱砂，天麻、龙芝，牛尿、马屁菌，坏鼓的皮等，全面收集，储藏齐备，等到需用的时候就没有遗缺的，这是良医的高明之处啊。提拔选用人才，公正贤明。灵巧的人和看似笨拙的人都要引进，委婉从容的人能体现出他们的美好，超群出众的人可以表现突出，衡量各人的长处和短处，按照他们的才能分配适当的职务，这是宰相的用人之道啊！从前孟轲爱好辩论，孔子之道才得以阐明，他周游列国，车辙遍布天下，最后在不受重用中老去。荀况恪守正道，弘扬博大精深的理论，却被谗言所害不得不逃到了楚国，最后难逃被罢官而老死在兰陵的命运。这两位大儒士，说出的话都能成为经典，举手投足都堪为他人所效法，远远超越常人，德行功业足以进入圣人的境界，但是他们在世上的遭遇又是什么呢？

【原文】

今先生学虽勤而不繇其统[①]，言虽多而不要其中，文虽奇而不济于用，行虽修而不显于众。犹且月费俸钱、岁縻廪粟[②]。子不知耕，妇不知织。乘马从徒，安坐而食，踵常途之促促，窥陈编以盗窃[③]。然而圣主不加诛，宰臣不见斥，兹非其幸欤？动而得谤，名亦随之。投闲置散，乃分之宜。若夫商财贿之有亡，计班资之崇庳[④]，忘己量之所称，指前人之瑕疵，是所谓诘匠氏之不以杙为楹，而訾医师以昌阳引年，欲进其豨苓也[⑤]。”

【注释】

①繇（yóu）：通“由”，顺随，听从。

②縻（mí）：浪费，消耗。廪（lǐn）：粮仓。

③踵：脚后跟，这里指跟随。促促：拘谨局促的样子。窥：从小孔、缝隙或隐僻处察看。陈编：古旧的书籍。

④庳（bēi）：通“卑”，低微。前人：指职位在自己前列的人。

⑤杙（yì）：小木桩。楹（yíng）：柱子。訾（zǐ）：毁谤非议，诋毁。昌阳：菖蒲的别名。引年：延年。豨苓（xī líng）：又名猪苓，利尿药。这里比喻自己小材不宜大用，不应计较待遇的多少、高低，更不该埋怨主管官员的任命有什么问题。

【译文】

现在先生学习虽然勤奋，却不能完全顺随道统；言论虽然很多，却不切合要旨；文章虽然写得奇妙，却无益于实用；行为虽然有修养，却并不出众。况且还每月浪费国家的俸禄，每年消耗粮仓里的粮食；儿子不会种地，妻子不懂织布；乘着车马出行，后面跟着仆人，安安稳稳地坐着吃饭，时常拘谨局促地按常规行事，在古书中偷看窃取一些陈言旧礼。然而圣明的君主并不加以责罚，也没有被宰相大臣所贬斥，这不是很幸运吗？有所举动就遭到毁谤，名誉自然也跟着受到影响。被放置在闲散的职位上，也是应当应分和适宜的。至于你所谈到的财物的有无，计较品级俸禄的高低，是忘记了自己的才能要与什么相称，指摘官长上司的缺点，这就等于所说的责问工匠为什么不用小木桩做柱子，毁谤医师不该用菖蒲延年益寿，而想引进他的猪苓啊！”

获麟解

【原文】

麟之为灵①，昭昭也。咏于《诗》，书于《春秋》②，杂出于传记百家之书，虽妇人小子皆知其为祥也。

然麟之为物，不畜于家，不恒有于天下。其为形也不类③，非若马牛犬豕豺狼麋鹿然。然则虽有麟，不可知其为麟也。

角者，吾知其为牛；鬣者吾知其为马④；犬、豕、豺、狼、麋、鹿，吾知其为犬、豕、豺、狼、麋、鹿；惟麟也不可知。不可知，则其谓之不祥也亦宜。

【注释】

①麟：麒麟，传说是鹿身牛尾马蹄，是吉祥的象征。

②咏于《诗》：即《诗经》，其中有《周南·麟之趾》篇。书于《春秋》：相传鲁国获麟，孔子哀伤它来得不是时候，所编《春秋》因之绝笔。

③畜（xù）：饲养。不类：不像，不类似。

④鬣（liè）：某些哺乳动物颈上生长的又长又密的毛。

【译文】

麒麟是灵异祥瑞的动物，这是众所周知的。在《诗经》中被歌颂过，在《春秋》中也有记载，它还出现在众多杂记、传记之类的书中，就连妇女和儿童也知道它是吉祥之物。

但是麒麟是野生动物，不能在家里庭院中豢养，自然界也不常有。它的外形和什么动物都不相似，不像马、牛、犬、猪、豺狼、麋鹿那样一目了然。所以，即使有麒麟出现，人们也不认识它是麒麟啊。

看到它的角，我就以为它是牛；看到它的鬣毛，我就以为它是马；看到狗、猪、豺狼、麋鹿，我一眼就能认出它是狗、猪、豺狼、麋鹿。只有麒麟无法辨识。不能辨识它，那么看见麒麟的时候，说它是不祥之物也是合适的。

【原文】

虽然，麟之出，必有圣人在乎位，麟为圣人出也。圣人者，必知麟。麟之果不为不祥也。

又曰："麟之所以为麟者，以德不以形。若麟之出不待圣人[①]，则谓之不祥也亦宜。"

【注释】

①不待圣人：不等待圣人在位时就出世。形容生不逢时。

【译文】

虽然这样，麒麟的出现，就必然有圣人在世谋政，麒麟就是为圣人而来的。圣人一定能辨识麒麟。如此看来，麒麟定然不是不祥之物啊。

还有人说："麒麟之所以被称作麒麟，是依照德行而不是依照外形而定的。倘若麒麟不等圣人在位时就出现，那么麒麟不被人所知晓，而被视为不祥之物，这也是理所当然的。"

送孟东野序

【原文】

大凡物不得其平则鸣。草木之无声，风挠之鸣[①]。水之无声，风荡之鸣。其跃也，或激之[②]；其趋也，或梗之；其沸也，或炙之。金石之无声，或击之鸣。人之于言也亦然：有不得已者而后言，其歌也有思，其哭也有怀。凡出乎口而为声者，其皆有弗平者乎？

【注释】

①挠：摇动，搅乱。

②激：阻遏水势。《孟子·告子上》："今夫水，搏而跃之，可使过颡；激而行之，可使在山。"后世也用以称石堰之类的挡水建筑物为激。

【译文】

一般来讲，各种物体处在不平静的时候就会发出声音。草木本身是没有声音的，风摇动它就能发出声响。水本身没有声音，风震荡它就会发出声响。水浪翻涌飞溅，也许是有东西阻遏了水势；水流湍急，也许是有障碍物阻塞了它；水沸腾，也许是有火在烧煮它。金属石器本来没有声音，或是有人敲击它才发出音响。人在说话方面也是如此：往往是有不得不说的时候才发声。人们唱歌是为了寄托情思，人们哭泣是因为有所怀恋。一切从口中发出而成为声音的，大概都有其不能平静的原因吧？

【原文】

乐也者，郁于中而泄于外者也，择其善鸣者而假之鸣[①]。金、石、丝、竹、匏、土、革、木八者[②]，物之善鸣者也。维天之于时也亦然，择其善鸣者而假之鸣。是故以鸟鸣春，以雷鸣夏，以虫鸣秋，以风鸣冬。四时之相推敚[③]，其必有不得其平者乎？

其于人也亦然。人声之精者为言，文辞之于言，又其精也，尤择其善鸣者而假之鸣。其在唐、虞，咎陶[④]、禹，其善鸣者也，而假以鸣。夔弗能以文辞鸣[⑤]，又自假于《韶》以鸣。夏之时，五子以其歌鸣。伊尹鸣殷，周公鸣周。凡载于《诗》《书》六艺，皆鸣之善者也。周之衰，孔子之徒鸣之，其声大而远。《传》曰："天将以夫子为木铎[⑥]。"其弗信矣乎？

【注释】

①假之鸣：借助于其物而发出鸣声。假：借助。

②金、石、丝、竹、匏（páo）、土、革、木：指我国古代用这八种质料制成的各类乐器的总称，也称"八音"。如钟属金类，磬属石类，瑟属丝类，箫属竹类，笙属匏类，埙（xūn）属土类，鼓属革类，柷（zhù）属木类。

③推敚（duó）：推移变化。敚，同"夺"。

④咎陶（gāo yáo）：也作咎繇、皋陶，是舜帝之臣，主管刑狱之事。

⑤夔（kuí）：传说是舜时的乐官。

⑥木铎：金属制成的大铃，铃中有舌，舌为木制。古时以摇木铎为召集民众的信号。

【译文】

音乐是人们心中郁闷而抒发出来的心声，人们借助音乐来发声就会选择最善于发音的物体。金、石、丝、竹、匏、土、革、木这八种材质，是各类物体中发音最好听的。自然界的时令也是这样，往往选择最善于发声的物体来借它发声。所以就让春天百鸟啁啾，让夏天雷声轰鸣，让秋天虫声唧唧，而以寒风呼啸显示冬天。一年四季的互相推移变化，也一定有其不能平静的原因吧？

这一点对人类来说也是如此。人类声音的精华是语言，文辞对语言来说，也是语言的精华，所以尤其要选择善于表达的人，借助他们来表达意见。在唐尧、虞舜时期，咎陶、禹是最善于表达的人，因而借助他俩的喉舌来表达。夔不能用文辞来表达，他就借助创制《韶》这类乐曲来表达。夏朝的时候，太康的五个弟弟用他们歌声来表达。伊尹是殷商朝善于表达的，周公是周朝善于表达的。凡是记载在《诗经》《尚书》等儒家六种经典书籍中的著述，都是表达得很高明的。

周朝衰落时，孔子和他的弟子挺身而出表达看法，他们的声音洪大而且传承悠远。《论语》上说："上天将使孔子成为宣扬教化的人。"这难道不是真的吗？

【原文】

其末也，庄周以其荒唐之辞鸣[①]。楚，大国也，其亡也，以屈原鸣。臧孙辰、孟轲、荀卿，以道鸣者也。杨朱、墨翟、管夷吾、晏婴、老聃、申不害、韩非、慎到、田骈、邹衍、尸佼、孙武、张仪、苏秦之属，皆以其术鸣。秦之兴，李斯鸣之。汉之时，司马迁、相如、扬雄，最其善鸣者也。其下魏晋氏，鸣者不及于古，然亦未尝绝也。就其善者，其声清以浮，其节数以急[②]，其辞淫以哀，其志弛以肆[③]。其为言也，乱杂而无章。将天丑其德莫之顾邪？何为乎不鸣其善鸣者也？

唐之有天下，陈子昂、苏源明、元结、李白、杜甫、李观，皆以其所能鸣；其存而在下者，孟郊东野始以其诗鸣。其高出魏晋，不懈而及于古，其他浸淫乎汉氏矣[④]。从吾游者，李翱、张籍其尤也。三子者之鸣信善矣，抑不知天将和其声而使鸣国家之盛邪？抑将穷饿其身，思愁其心肠，而使自鸣其不幸耶？三子者之命，则悬乎天矣。其在上也奚以喜[⑤]？其在下也奚以悲？东野之役于江南也，有若不释然者，故吾道其命于天者以解之。

【注释】

①荒唐之辞：指其文辞汪洋肆意，荒诞不经。《庄子·天下》篇说庄周文章有“以谬悠之说，荒唐之言，无端崖之辞，时恣纵而不傥”的特色。

②清以浮：清淡而浮夸。节数（shuò）以急：节奏繁杂而短促。

③弛以肆：松弛而放纵，引申为颓废。

④浸淫：逐渐渗透，渐次接近。

⑤奚以喜：有什么值得高兴的呢？

【译文】

周朝末年，庄周用他那荒诞不经的文辞来表达。楚国是大国，它灭亡时的情景，屈原用他的楚辞来表达。臧孙辰、孟轲、荀卿等人用他们的学说来表达。杨朱、墨翟、管夷吾、晏婴、老聃、申不害、韩非、慎到、田骈、邹衍、尸佼、孙武、张仪、苏秦这些人，都用他们各自的学术来表达。秦朝的兴盛，李斯用言辞来表达它。汉代时，司马迁、司马相如、扬雄，是其中最善于言辞的人。汉代以后的魏、晋两代，善于言辞的人虽然及不上古代，但也并没有绝迹。就以这些比较好的人来说，他们的文辞清淡而浮夸，节奏繁杂而短促，辞藻轻浮而哀怨，思想空虚而放纵；他们的言论文辞，杂乱而没有章法。这大概是上天厌弃这个时代的丑德败行而不愿照顾他们吧？为什么不让那些善于表达的人出来表达呢？

唐朝建立以后，陈子昂、苏源明、元结、李白、杜甫、李观，都以他们各自的才华来表达心声。那些活在当下的人中，孟郊开始以他的诗文发出心声。他的诗高出魏、晋两朝人的水平，经过不懈的努力已达到了上古诗作的水平。其他作品也都渐次接近了汉代的诗作水准。同我交往的人中，李翱和张籍是其中比较突出的。这三人的文辞确实是很出色的，但不知上天将成就他们的声音，以便让他们作品表达国家的强盛呢？还是将让他们遭受贫穷饥饿，愁肠百结，而让他们作品表达自身的不幸呢？他们三个人的命运都掌握在老天爷的手里。那么，如果他们身居高位，有什么值得高兴的呢？如果屈居下层，又有什么值得悲哀的呢？孟郊这次到江南去任职，好像心中有想不开的地方，因此我说了那些命运取决于天意的话来安慰他。

送杨少尹序

【原文】

昔疏广、受二子以年老[①]，一朝辞位而去。于时公卿设供张[②]，祖道都门外[③]，车数百两；道路观者，多叹息泣下，共言其贤。汉史既传其事，而后世工画者，又图其迹，至今照人耳目，赫赫若前日事。

国子司业杨君巨源，方以能诗训后进，一旦以年满七十，亦白丞相去，归其乡。世常说古今人不相及，今杨与二疏，其意岂异也？

【注释】

①疏广、受：即疏广、疏受，西汉人，疏广为太傅，其侄疏受为少傅。年老同时辞官，百官盛会欢送，封建时代传为美谈。

②设供张：即设供帐。陈设帐度举行酒宴。

③祖道：饯行。

【译文】

古时候疏广、疏受叔侄二人，因为年老，同一天辞官回乡。因而朝廷中的公卿们共同摆设宴席，在京都门外为他们饯行，车驾有数百辆之多；道路两旁围观的人见此情景，都感叹万分并流下了热泪，交口称誉他们清正贤明。汉代的史书既记载了他们的事迹，而后世擅长绘画的人，又画下了他们的形象，至今依旧光彩照人，清清楚楚，仿佛是前几天发生的事。

国子监司业杨巨源，正以他善于写诗的才华教导学生，到了七十岁那一天，也禀告丞相辞职回归故乡。世上常说古人和现今的人是不能相比的，而今杨巨源与疏氏二人相比，难道他们的思想上有什么差异吗？

【原文】

予忝在公卿后[①]，遇病不能出，不知杨侯去时，城门外送者几人，车几辆，马几匹；道旁观者，亦有叹息知其为贤以否？而太史氏又能张大其事为传，继二疏踪迹否？不落莫否？见今世无工画者，而画与不画，固不论也。

然吾闻杨侯之去，丞相有爱而惜之者，白以为其都少尹[②]，不绝其禄，又为歌诗以劝之。京师之长于诗者，亦属而和之。又不知当时二疏之去，有是事否？古今人同不同，未可知也。

【注释】

①忝（tiǎn）：惭愧，愧于。自谦之词。在公卿后：时韩愈任吏部侍郎，故言“在公卿后”。

②白：禀告，禀奏（皇上）。都少尹：都，中都。唐以河中府为中都，设大尹、少尹职。

【译文】

很惭愧地是我位居公卿之后，又恰逢生病不能前去送行。不知道杨侯离京的时候，到城门外前去送行的有多少人，车驾有多少辆，马有多少匹；道路上旁观的人，是不是也有知道他是贤人而赞叹不已，还是没有这样的人呢？而史官是不是也大张旗鼓地宣扬他的事迹，为他立传来继续当年二疏的风光场面？以至于不让他感到失落寂寞呢？看现在世上没有善于绘画的人，故而画与不画，姑且不去管它。

但我听说杨侯离开时，丞相中有爱护而怜惜他的，奏明皇上让他担任家乡河中府的少尹，不断绝他的俸禄，还亲笔写诗来劝勉他。京城中擅长作诗的人，也跟着和了诗。不知道当时二疏的辞归，有这样的情景吗？古人和现在的人相同还是不相同，不得而知啊。

【原文】

中世士大夫[①]，以官为家，罢则无所于归。杨侯始冠[②]，举于其乡，歌《鹿鸣》而来也[③]。今之归，指其树曰：“某树，吾先人之所种也；某水、某丘，吾童子时所钓游也。”乡人莫不加敬，诫子孙以杨侯不去其乡为法。古之所谓乡先生没而可祭于社者[④]，其在斯人欤[⑤]！其在斯人欤！

【注释】

①中世：这里指殷、周时期。

②冠：古时男子二十岁成年加冠。始冠：指刚成年。

③《鹿鸣》：《诗经·小雅》中的篇名。《鹿鸣》是周朝国君举行宴会时的乐歌。唐代宴请举子亦奏《鹿鸣》，又称鹿鸣宴。歌《鹿鸣》而来：是说以乡贡进士的资格而来到京城。

④乡先生：古时对辞官归故里的老者的尊称。社：祭祀用的乡贤祠之类的场所。

⑤欤（yú）：文言助词，表示疑问、感叹、反诘等语气。

【译文】

殷周以后的士大夫，往往以官府为家，罢官后就没有归宿之地了。杨侯刚成年，就在乡试中被录取，以乡贡进士的资格而来到京城。现在回到故乡，可以指着乡间的树说："那些树是我的先人种的。那条溪流，那座山丘，是我小时候钓鱼、游戏的地方。"故乡的人对他没有不加以敬重的，人们告诫子孙要以杨侯不舍弃故土的美德作为榜样。古人所说的告老还乡之人逝去后可以在乡贤祠中享受祭祀的，大概就是杨侯这样的人吧！大概就是杨侯这样的人吧！

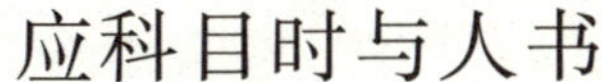

应科目时与人书

【原文】

月日，愈再拜：天池之滨[①]，大江之渍[②]，曰有怪物焉，盖非常鳞凡介之品汇匹俦也[③]。

其得水，变化风雨，上下于天不难也。其不及水，盖寻常尺寸之间耳，无高山大陵之旷途绝险为之关隔也。

然其穷涸，不能自致乎水。为猵獭之笑者，盖十八九矣[④]。如有力者，哀其穷而运转之，盖一举手一投足之劳也。然是物也，负其异于众也，且曰："烂死于沙泥，吾宁乐之。若附首帖耳，摇尾而乞怜者，非我之志也。"是以有力者遇之，熟视之若无睹也。其死其生，固不可知也。

【注释】

①天池：《庄子·逍遥游》说"南冥者，天池也"，天池是寓言中的海。

②濆（fén）：水边。

③品汇匹俦（chóu）：指同一类。汇：类。俦：同伴，伴侣。

④猵獭（bīn tǎ）：小水獭。十八九：指多次。

【译文】

某月某日，韩愈再拜：南海之畔，大江的水边，传说有怪物存在，大概不是一般鳞类和水兽之类能比得上的。

它得到水，就能千变万化呼风唤雨，上天入地来去自由。如果它得不到水，便只能蜷缩蠕动在狭窄的尺寸之间罢了，无需高山险阻，旷野绝壁就能把它困住。

然而它困在干涸无水的环境时，却不能自己到水中去。因此十之八九被水獭类小兽嘲笑。如果能碰到力气大的人，可怜它的窘境而把它搬转到有水的地方，大概只是举手之劳罢了。但是这种怪物，很自负地认为自己有多么与众不同，却说："我宁可愿意烂死在泥沙里。假如让我俯首帖耳，摇尾乞怜，那不是我的志向。"因此有能力相帮的人遇到它，往往看见它就像没看见一样。它的死活，固然就无法知道了。

【原文】

今又有有力者当其前矣，聊试仰首一鸣号焉。庸讵知有力者不哀其穷[①]，而忘一举手一投足之劳，而转之清波乎？其哀之，命也；其不哀之，命也；知其在命而且鸣号之者，亦命也。

愈今者实有类于是，是以忘其疏愚之罪，而有是说焉。阁下其亦怜察之[②]。

【注释】

①庸讵：相当于“岂”，表示反问，“哪里”。

②察：体察。这里是明白、了解的意思。

【译文】

如今再有有能力的人来到它的面前，它聊且试着抬头鸣叫一声。哪里知道有能力的人不可怜它的窘境，而忘记了只需举手之劳，就能把它转运到碧清的水里呢？别人可怜它，是它的命运使然；别人不可怜它，也是它的命中注定；知道一切在于命中注定也要鸣叫求助的，也是它的命啊。

我目前处境确实有点类似于它，所以不顾及自己肤浅愚鲁的罪过，而说了这些话。希望阁下您怜惜并体察我的心思。

后十九日复上宰相书

【原文】

二月十六日，前乡贡进士韩愈，谨再拜言相公阁下[①]：

向上书及所著文后，待命凡十有九日，不得命。恐惧不敢逃遁，不知所为。乃复敢自纳于不测之诛[②]，以求毕其说，而请命于左右。

愈闻之：蹈水火者之求免于人也，不惟其父兄子弟之慈爱，然后呼而望之也。将有介于其侧者，虽其所憎怨，苟不至乎欲其死者，则将大其声疾呼，而望其仁之也[③]。彼介于其侧者，闻其声而见其事，不惟其父兄子弟之慈爱，然后往而全之也。虽有所憎怨，苟不至乎欲其死者，则将狂奔尽气，濡手足，焦毛发[④]，救之而不辞也。若是者何哉？其势诚急，而其情诚可悲也。

【注释】

①相公：对宰相的称呼，“公”是推尊之辞。宰相必然封为“公”，故称“相公”。

②不测之诛：预测之外的惩罚。诛：责备，责罚。自纳：自己招惹。

③苟：假如。仁：作动词，施以仁爱。

④濡（rú）：沾湿。焦：烧焦，被火烧。

【译文】

二月十六日，前乡贡进士韩愈，恭敬地再次禀告相公阁下：

前些天我呈上一封书信和所写的文章，等候您的指示已经十九天了，一直没有得到回音。我惶恐不安不敢离去，不知道该怎么办才好。于是我宁愿再次遭受预测不到的责罚，以求得陈述完我的意见，并向您请教。

我听说：身陷水火之中的人，求人帮忙免除灾难，没考虑是不是那个人和自己有父子兄弟一样的慈爱之情，然后才大喊并且指望他帮助自己。而是希望如果有在他旁边的人，即使与自己有怨恨，假如还不至于希望自己死去的，那么就要赶快大声呼喊，希望他施行仁义。那在他旁边的人，听见他的呼声和看见这种情形，不会因为只在意是否和他有父兄子弟一样的慈爱感情，才去保全他的生命。即使与他有怨恨，如果还不至于希望他死去的人，就要竭尽全力跑过去，不惜沾湿手脚，烧焦毛发，救起他而不会去躲避。这样做是为了什么呢？是因为那状况确实危急，而且那情形确实叫人可怜。

【原文】

愈之强学力行有年矣，愚不惟道之险夷[①]，行且不息，以蹈于穷饿之水火。其既危且亟矣[②]，大其声而疾呼矣。阁下其亦闻而见之矣，其将往而全之欤？抑将安而不救欤？有来言于阁下者曰："有观溺于水而爇于火者[③]，有可救之道而终莫之救也。"阁下且以为仁人乎哉？不然，若愈者，亦君子之所宜动心者也。

【注释】

①强学力行：奋发学习，努力实践。惟：想，考虑。险夷：危险和安全。

②亟（jí）：急迫。

③爇（ruò）：点燃，焚烧。

【译文】

我身体力行地发愤学习有好多年了，我没有考虑道路的艰险与平坦，一直行进从没有停止过，以至于陷入穷困饥饿的水深火热的境地。那种情形既危险又急迫，我已经大声急切呼喊了，您大概也听见和看见了，您准备前来保全我呢，还是安稳地坐着不来营救我呢？如果有人对您说：“有看见被水淹和被火烧的人，虽然有可以救人的办法，却始终没能去救。”阁下您认为他是个仁义之人吗？如果不是，那么像我这样的人，也就是君子应该动心同情的了。

【原文】

或谓愈：“子言则然矣，宰相则知子矣，如时不可何？”愈窃谓之不知言者[①]，诚其材能不足当吾贤相之举耳[②]。若所谓时者，固在上位者之为耳，非天之所为也。前五六年时，宰相荐闻，尚有自布衣蒙抽擢者[③]，与今岂异时哉？且今节度、观察使及防御、营田诸小使等，尚得自举判官，无间于已仕未仕者，况在宰相，吾君所尊敬者，而曰不可乎？古之进人者，或取于盗[④]，或举于管库。今布衣虽贱，犹足以方于此。

情隘辞蹙[5]，不知所裁，亦惟少垂怜焉。愈再拜。

【注释】

①窃：私下。不知言者：不了解情况的人或不懂情况的人。

②材：同“才”，才能。

③尚：尚且。布衣：平民。抽擢（zhuó）：选拔提升，提拔。

④或取于盗：《礼记·杂记》记载，管仲曾从盗贼中提拔两个人为官。

⑤隘（ài）：窘迫。蹙（cù）：紧迫，急促。

【译文】

有的人对我说：“你的话即使是正确的，宰相虽然很了解你，但是时机不允许怎么办呢？”我私下认为他是不了解实情的人，实在是他的才能不值得我们贤明的宰相举荐罢了。至于所说的时机，本来就是处在上层地位的人所掌控的，并不是上天安排的。五六年前，宰相向上举荐人才，尚且有从平民中举荐的情况，难道和今天的时机有什么不同吗？况且时下节度使、观察使和防御使、营田使等地位较低的官员，还能够自己荐举判官，而不区分已经做过官和没有做过官的，何况是宰相，我们君主所尊敬的人，能说不可以吗？古时候推荐人才，有的从盗贼中选取，有的从管理仓库的人中提拔。今天我这个平民虽然地位低贱，但和这些人相比还是绰绰有余的。我现在的境况窘迫，言辞略显急切，实在是不知道该怎样斟酌才是，只希望您能稍加垂爱和怜惜了。韩愈再次叩拜。

与于襄阳书

【原文】

七月三日，将仕郎守国子四门博士韩愈，谨奉书尚书阁下：

士之能享大名，显当世者，莫不有先达之士，负天下之望者为之前焉。士之能垂休光[1]，照后世者，亦莫不有后进之士，负天下之望者为之后焉。莫为之前，虽美而不彰；莫为之后，虽盛而不传。是二人者，未始不相须也，然而千百载乃一相遇焉。岂上之人无可援，下之人无可推欤？何其相须之殷，而相遇之疏也？其故在下之人负其能，不肯谄其上[②]；上之人负其位，不肯顾其下。故高材多戚戚之穷，盛位无赫赫之光[③]。是二人者之所为，皆过也。未尝干之，不可谓上无其人；未尝求之，不可谓下无其人。愈之诵此言久矣，未尝敢以闻于人。

【注释】

①休光：壮美的光辉。

②负：仗恃。谄：讨好，巴结。

③戚戚：忧虑的样子。赫赫：威显的样子。

【译文】

七月三日，将仕郎、国子监四门博士韩愈，恭谨地呈书给尚书阁下：

读书人能够享有大名声，显扬于当代，无不是依靠成功的先辈，仗恃地位名望显达的前辈去引荐他。读书人能够留下壮美的光辉，照耀后世，也无不是有后通显的人，依赖天下有名望的后辈做他的歌颂者。如果没有人引荐他，即使有美好的德才也不会彰显出来；没有人做他的歌颂者，即使成就卓著也不会得到流传。这两种人未尝不是相互依赖的，不过这种情况要经过千百年才能够相遇一次啊。难道是居于上位的人中没有可以攀援的人，居于下位的人中没有值得推举的人吗？为什么互相等待这样殷切，而相逢的机会却那样少呢？其中原因在于，身居下位的人倚仗自己的才华，不肯巴结地位高的人；身居要位的人仗恃他的权位，不肯眷顾他下面的人。因此有才能的人往往会因为不得志而忧愁，身居高位的人也没能因为荐举而发出显赫的光辉。这两种人的行为，都是不对的。不曾去求索，就不能说上面没有提携后进的人；不曾去寻找，就不能说下面没有值得推举的人。我默念这些话好久了，没敢把它讲给别人听。

【原文】

侧闻阁下抱不世之才，特立而独行，道方而事实[①]，卷舒不随乎时[②]，文武唯其所用，岂愈所谓其人哉？抑未闻后进之士，有遇知于左右[③]，获礼于门下者④。岂求之而未得邪？将志存乎立功，而事专乎报主，虽遇其人，未暇礼邪？何其宜闻而久不闻也？

【注释】

①道方而事实：道德方正而做事讲求实际。

②卷舒：卷缩舒展，此为进退的意思。

③遇知：受到赏识。

④获礼：得到尊敬，获得礼遇。

【译文】

我从侧面听说阁下具有非凡的才能，不随波逐流并有独到的见识，道德方正且办事讲究实际，进退有度不随流俗，文武官员都能量才任用，难道不正是我所说的那种人吗？然而没有听到哪个后辈晚生，得到您的赏识，收在门下重用的礼遇。难道是物色人才而没能得到吗？还是您志在建功立业，做事专心只为报答君主，虽然遇到可以推举的人，却没有空闲以礼相待呢？为什么应该听到您举荐人才的事却久久没有听到呢？

【原文】

愈虽不才，其自处不敢后于恒人。阁下将求之而未得欤？古人有言："请自隗始①。"愈今者，惟朝夕刍米仆赁之资是急②，不过费阁下一朝之享而足也。如曰"吾志存乎立功，而事专乎报主，虽遇其人，未暇礼焉"，则非愈之所敢知也。世之龊龊者③，既不足以语之；磊落奇伟之人，又不能听焉，则信乎命之穷也！

谨献旧所为文一十八首，如赐览观，亦足知其志之所存。愈恐惧再拜。

【注释】

①隗（wěi）：指郭隗，战国人，燕昭王求贤，他说"请自隗始"，以鼓励贤者来归。

②刍：喂牲口的草。

③龊龊（chuò chuò）：拘谨的样子，谨小慎微的样子。本文指拘谨狭隘的人。

【译文】

我虽然没有才能，但要求自己立身处世从来不敢落后于一般人。阁下想要寻求的人才还没有得到吧？古人有句话说："纳贤士请从我郭隗开始。"我每天都为早晚的柴米、草料，雇用仆人和租赁房屋的费用着急，这些只不过花费您一天享受的费用就足够了。如果您说"我的志向倾注在建功立业，做事专心只为报答君主，虽然遇上可推举的人，但还没有空闲来以礼相待呢"，那就不是我韩愈所敢于知道的。世间那些拘谨狭隘的人，既不值得向他们倾诉这些话；而那些胸怀磊落并且才识卓越的人，又不肯听我的诉说，那我就只好相信自己的命运不济了！

我恭谨地呈上过去写的十八篇文章，承蒙您过目，也足以了解我的志向所在了。韩愈诚惶诚恐，再次拜呈。

与陈给事书

【原文】

愈再拜：

愈之获见于阁下有年矣。始者亦尝辱一言之誉[①]。贫贱也，衣食于奔走，不得朝夕继见。其后阁下位益尊，伺候于门墙者日益进[②]。夫位益尊，则贱者日隔；伺候于门墙者日益进，则爱博而情不专。愈也道不加修，而文日益有名。夫道不加修，则贤者不与；文日益有名，则同进者忌[③]。始之以日隔之疏，加之以不专之望，以不与者之心，而听忌者之说。由是阁下之庭，无愈之迹矣。

【注释】

①辱一言之誉：曾得到您称赞我的话。辱是谦词。

②伺候：等候，此处有依附的意思。门墙：原指师门，此处泛指尊者的门下。

③同进者忌：韩愈提倡古文，遭时人忌。

【译文】

韩愈再次恭拜阁下：

我有幸得以拜会您已有好多年了。开始时也曾受到您一些称赞。后来由于贫贱，我为了衣食而奔波劳碌，所以不能早晚相继拜访您。后来，您的地位越来越尊贵，伺候在您门下的人一天天地在增加。您的地位越来越尊贵，就会跟贫贱的人逐渐有了疏远隔膜；依附在门下的人一天天地增加，由于您喜欢的人增加，情意也就不容易专注了。我的品德修养方面没有什么进步，可是文章越来越有名气。品德方面不完善，那么贤德的人就不会给予赞许；文章越来越有名气，那么与我同路求进的人就会嫉妒。起初，由于经常不见面而变得逐渐疏远，再加上因您的门生过多而不能专注对我，以您不再赏识我的心情，而听信那些嫉妒之人的谏言。由于这些原因，您的门庭之中，自然就没有我的踪迹了。

【原文】

去年春，亦尝一进谒于左右矣①。温乎其容，若加其新也；属乎其言②，若闵其穷也。退而喜也，以告于人。其后如东京取妻子③，又不得朝夕继见。及其还也，亦尝一进谒于左右矣。邈乎其容④，若不察其愚也；悄乎其言，若不接其情也。退而惧也，不敢复进。

【注释】

①进谒（yè）：前去拜见。

②属：连续。

③妻子：指妻子和子女。

④邈：远。此处形容脸上表情冷漠。

【译文】

去年春天，我也曾前去拜访过您一次。您面色温和，就好像是在接待一位新朋友；殷切热情地不断问询，好像很同情我穷困落魄的处境。告辞回来后，我非常高兴，便把这些情况告诉了别人。那以后，我便到洛阳接来妻子儿女，由于琐事缠身，就又不能早晚前去拜访您了。我从洛阳回来后，曾经又拜访过您一次。您表情冷漠，好像没有体察我的愚衷；沉默寡言，好像是不理会我对您的情意。告辞回来后，我便惶惶不安，不敢再去登门拜望您了。

【原文】

今则释然悟，翻然悔，曰："其邈也，乃所以怒其来之不继也；其悄也，乃所以示其意也。"不敏之诛①，无所逃避。不敢遂进，辄自疏其所以②，并献近所为《复志赋》以下十首为一卷，卷有标轴。《送孟郊序》一首，生纸写，不加装饰，皆有揩字注字处③。急于自解而谢，不能俟更写④，阁下取其意而略其礼可也。愈恐惧再拜。

【注释】

①不敏：不明达，不敏捷。诛：责备。

②遂：就，立刻。疏：陈述，说明。

③揩：涂抹。注：添加。

④俟（sì）：等待。

【译文】

现在我恍然大悟，非常懊悔，心里想：您的冷漠表情，那是责怪我不常去拜访的缘故啊；沉默少语，也是在暗示这种意思。对我生性愚钝不明事理的责怪，我是无法逃避的。我不敢立刻就去拜见您，就写信梳理叙述事情的原因，同时献上近日写的《复志赋》等十篇文章整理成一卷，卷有标记。《送孟郊序》一文，用生纸写成，没有加以装饰，并且有涂改和加字的地方。因为急于向您阐明误解和道歉，所以来不及重新誊写清楚，希望您接受我的心意而不要计较我礼节上的不周之处。韩愈诚惶诚恐，再拜。

送董邵南序

【原文】

燕、赵古称多感慨悲歌之士[1]。董生举进士，连不得志于有司[2]，怀抱利器[3]，郁郁适兹土。吾知其必有合也。董生勉乎哉！

夫以子之不遇时，苟慕义强仁者，皆爱惜焉。矧燕赵之士[4]，出乎其性者哉！然吾尝闻，风俗与化移易。吾恶知其今不异于古所云邪[5]？聊以吾子之行卜之也[6]。董生勉乎哉！

【注释】

①燕赵：战国时期，燕国在今河北、辽宁等地，赵国在今河北省南部及山西北部。

②有司：主管官吏。

③利器：比喻杰出的才能。

④矧（shěn）：况且。

⑤恶（wū）：怎么。

⑥聊：姑且。

【译文】

自古就说燕、赵一带有很多慷慨仗义、悲壮可歌的豪杰之士。董生参考进士，接连几次都没被主考官录取，他怀有杰出的才能，心情郁闷地要到这个地方去。我知道他此去定会有所遇合。董生努力吧！

像你这样怀才不遇的时候，如果遇到仰慕正义、力行仁道的人，都会同情、怜惜你的。何况燕、赵一带的豪杰之士，行侠仗义是出于他们的本性呢！然而我曾听说，风俗习惯是随着教化的改变而变化的，我怎能料想现在比起古时候所说的，会不会有所不同呢？姑且以你此行去证实一番了。董生好自为之吧！

【原文】

吾因子有所感矣。为我吊望诸君之墓[1]，而观于其市，复有昔时屠狗者乎[②]？为我谢曰："明天子在上，可以出而仕矣。"

【注释】

①望诸君：即乐毅，战国时期燕国名将，晚年在燕不得志归赵，赵国国君封其于观津（今河北武邑东南），称"望诸君"。

②屠狗者：指战国时荆轲的朋友高渐离。本文指不得志的豪侠义士。

【译文】

我因你的此番出行而有所感想。请你替我凭吊一下望诸君乐毅的坟墓，并且到那里的街市上去看看，还有以前像高渐离一类的侠义之士吗？替我向他们殷勤致意说："圣明天子在当朝执政，可以出来任职为国家效忠了！"

送温处士赴河阳军序

【原文】

"伯乐一过冀北之野，而马群遂空。夫冀北马多天下，伯乐虽善知马，安能空其群邪？"解之者曰："吾所谓空，非无马也，无良马也。伯乐知马，遇其良，辄取之，群无留良焉。苟无良[①]，虽谓无马，不为虚语矣。"

【注释】

①苟：如果，假如。

【译文】

“伯乐一经过冀北的原野，马群便会为之一空。那冀北是天下产马最多的地方，伯乐虽然善于识马，怎能选空那里的马群呢？”解释这个问题的人说：“我所说的空，并不是没有马了，而是没有好马了。伯乐善于识马，一遇到好马，就把它们选走，马群中就无法留存好马了。假如一匹好马都没有，那么说没有马，也不能算是说假话呀。”

【原文】

东都[①]，固士大夫之冀北也。恃才能深藏而不市者，洛之北涯曰石生，其南涯曰温生。大夫乌公以铁钺镇河阳之三月[②]，以石生为才，以礼为罗，罗而致之幕下[③]；未数月也，以温生为才，于是以石生为媒，以礼为罗，又罗而置之幕下。东都虽信多才士，朝取一人焉，拔其尤[④]；暮取一人焉，拔其尤。自居守、河南尹，以及百司之执事，与吾辈二县之大夫，政有所不通，事有所可疑，奚所咨而处焉？士大夫之去位而巷处者，谁与嬉游？小子后生，于何考德而问业焉？搢绅之东西行过是都者[⑤]，无所礼于其庐[⑥]。若是而称曰：“大夫乌公一镇河阳，而东都处士之庐无人焉。”岂不可也？

【注释】

①东都：指洛阳。

②铁钺（fū yuè）：同“斧钺”，古代两种兵器。此处指代节度使的身份。

③罗：网。借喻招聘贤士的手段。幕下：即幕府中。军队出征，施用帐幕，为此将帅的官署叫“幕府”。

④尤：突出的，优秀的。

⑤搢绅：官员的衣饰。本文借指仕宦。

⑥礼：此处指谒见，拜访。

【译文】

东都洛阳，固然是士大夫的“冀北”。拥有真才实学而隐居不仕的，洛河北岸有一位叫石生，洛河南岸有一位叫温生。御史大夫乌公以节度使身份在河阳镇守的第三个月，认为石生是个人才，便依照礼仪，把石生招入幕府；没过几个月，又认为温生是个人才，于是通过石生从中做媒介，以礼相待，又把温生招入幕府安置下来。尽管东都确实有很多有真才实学之士，但是如果早晨来选一个，把其中最好的带走；晚上再来挑选一个，然后也把最优秀的带走。从东都留守、河南尹起，直到各部门的主管，连同我们洛阳、河南两县的官吏，如果政务上遇到难以解决的问题，或者处理事务上遇到疑难问题，又到哪里去咨询而来妥善解决呢？那些辞官回乡的士大夫们，和谁一起娱乐郊游呢？年轻的后辈晚生，又到哪里去考究德行并请教学业呢？东来西往路过这洛阳的官员，也无法依礼到他们的家里去拜访。像这样就说：“御史大夫乌公一到洛阳镇守，那么洛阳贤士们的住所里就没有人了。”难道不可以吗？

【原文】

夫南面而听天下①，其所托重而恃力者，惟相与将耳。相为天子得人于朝廷，将为天子得文武士于幕下。求内外无治，不可得也。愈縻于兹，不能自引去②，资二生以待老。今皆为有力者夺之，其何能无介然于怀耶？

生既至，拜公于军门，其为吾以前所称，为天下贺；以后所称，为吾致私怨于尽取也！留守相公首为四韵诗歌其事③，愈因推其意而序之。

【注释】

①南面：此处指皇帝。古代以坐北朝南为尊位。

②縻（mí）：系住，羁留。引去：引退，辞去。

③留守相公：指东都留守郑馀庆。相公：指宰相。四韵：旧体诗一般为隔句押韵，四韵为八句。

【译文】

皇上处理天下大事，所能委以重任而且可以依靠能力的，只有宰相和将军罢了。宰相为皇帝搜罗人才到朝廷，将军为皇帝选拔文才武将到幕府中。这样，要使国家内外不安宁，那是不可能的了。我被羁留在这里任职，不能自己引退，想依赖石、温二位的关照安度晚年。现在，二位都被有权力的人要走了，这又怎能不使我耿耿于怀呢？

温生前往军营就职，能拜在乌公军门之下，那正是我前面所说的，代为天下人祝贺；而后面我所说的，是我私下里对选尽人才这等事情的抱怨罢了！东都留守朱馀庆最先写成一首四韵诗来赞美此事，我便推敲他的诗意而写了这篇序文。

送李愿归盘谷序

【原文】

太行之阳有盘谷[①]。盘谷之间，泉甘而土肥，草木丛茂，居民鲜少。或曰："谓其环两山之间，故曰盘。"或曰："是谷也，宅幽而势阻，隐者之所盘旋[②]。"友人李愿居之。

【注释】

①阳：山的南面叫阳。盘谷：在今河南济源北二十里。

②盘旋：同"盘桓"。

【译文】

太行山的南麓有个地方叫盘谷。盘谷中间，泉水甜美而且土地肥沃，草木繁茂，居住的人口稀少。有人说："因为它处在两山环抱之间，所以叫'盘'。"或者说："这个山谷，境地幽静而山势险阻，正是隐居之人愿意逗留的地方。"我的朋友李愿就隐居在这里。

【原文】

愿之言曰："人之称大丈夫者，我知之矣。利泽施于人，名声昭于时。坐于庙朝[①]，进退百官，而佐天子出令。其在外，则树旗旄[②]，罗弓矢，武夫前呵，从者塞途，供给之人，各执其物，夹道而疾驰。喜有赏，怒有刑。才畯满前[③]，道古今而誉盛德，入耳而不烦。曲眉丰颊，清声而便体[④]，秀外而惠中，飘轻裾，翳长袖[⑤]，粉白黛绿者，列屋而闲居，妒宠而负恃，争妍而取怜。大丈夫之遇知于天子，用力于当世者之所为也。吾非恶此而逃之，是有命焉，不可幸而致也。"

【注释】

①庙朝：宗庙和朝廷。

②旗旄（máo）：旗帜。

③才畯（jùn）：才能出众的人。畯，同"俊"。

④便（pián）体：美好的体态。

⑤裾（jū）：衣服的前后襟。翳（yì）：遮蔽，掩映。

【译文】

李愿说："人们称之为大丈夫的，我是了解的。那就是把利益恩泽布施给别人，让自己的名声卓著而显扬于世。他们可以出入宗庙和朝廷之上参事，任免文武百官，辅佐天子发布诏令。他们在朝堂之外，则树起旗帜，罗列弓箭，有武士在前面开道，随从多得把路都堵塞了，左右服侍的仆役各自拿着物品，在路的两边匆匆疾行。他们高兴时就给予赏赐，发怒时就任情处罚。身边聚集着很多才华出众的人，论古论今地赞扬他们盛大的功德，令人听起来顺耳而不感到厌烦。此外还有那些眉毛弯弯脸蛋儿丰满的美人，声音清婉而体态轻盈，外貌秀美而内在聪慧，轻歌曼舞时裙带飘扬，长袖掩面，粉白黛绿扑粉描眉的娇娥们，舒适地养在一列列的后房里，整日里自恃貌美而相互妒忌斗宠，为了博取主子怜爱而争香竞妍。这就是那些被天子赏识，为当代出力的大丈夫的所作所为啊。我并不是厌恶这些而避开，这是命中注定的，不可能侥幸得到啊。”

【原文】

“穷居而野处，升高而望远，坐茂树以终日，濯清泉以自洁。采于山，美可茹；钓于水，鲜可食。起居无时，惟适之安。与其有誉于前，孰若无毁于其后；与其有乐于身，孰若无忧于其心。车服不维[①]，刀锯不加，理乱不知，黜陟不闻[②]。大丈夫不遇于时者之所为也，我则行之。伺候于公卿之门，奔走于形势之途，足将进而趑趄[③]，口将言而嗫嚅[④]，处污秽而不羞，触刑辟而诛戮[⑤]。侥幸于万一，老死而后止者，其于为人，贤不肖何如也！”

【注释】

①车服：代指官职。车子和服饰代表官职的品级高下。维：束缚。

②理：治。唐代避高宗李治的名讳，以“理”代替“治”。黜陟（chù zhì）：指官吏的进退或升降品级。陟：升官级。

③趑趄（zī jū）：踌躇不前，犹豫不决。

④嗫嚅（niè rú）：欲言又止。

⑤刑辟：刑法。诛戮：诛杀，杀戮。

【译文】

“在山野之间过着清贫的隐居生活，登高可以望远，可以整日在繁茂的树下悠然闲坐，以清澈的泉水洗涤性灵。从山上采来的果子，甜美可食；从水中钓来的鱼虾，吃起来鲜嫩可口。日常作息没有定时，只要感到安然舒适就行。与其当面受到赞誉，不如背后不受人诋毁；与其肉体享受安乐，不如内心无所忧虑。不受官职的束缚，就受不到刀锯刑戮的惩处，无须知道天下的治乱，官吏的贬升一概不问。这些都是时运不佳的大丈夫日常所做的事啊，我就这样做的。侍候在达官贵人的门下，在权势利益的道路上奔走，想要抬脚前进却又犹豫不决，想要开口说话却欲言又止，处于污秽之中却不知羞耻，以至于触犯刑法而遭受诛杀。总是想万一有机会能侥幸飞黄腾达，直到老死才罢休的人，在为人处世方面，品质的贤德与不肖该如何评断啊！”

【原文】

昌黎韩愈闻其言而壮之。与之酒，而为之歌曰：“盘之中，维子之宫。盘之土，可以稼[①]。盘之泉，可濯可沿。盘之阻，谁争子所？窈而深，廓其有容[②]。缭而曲，如往而复。嗟盘之乐兮，乐且无殃[③]。虎豹远迹兮，蛟龙遁藏。鬼神守护兮，呵禁不祥。饮则食兮寿而康，无不足兮奚所望？膏吾车兮秣吾马[④]，从子于盘兮，终吾生以徜徉！”

【注释】

①稼：播种五谷，这里指种谷处。

②窈：幽远。廓其有容：广袤而有所兼容。其：而。

③无殃：没有穷尽。

④膏：把油加在车轴上。秣（mò）：喂牲口。

【译文】

韩愈听了李愿这番话，不觉为之心头一震。韩愈给李愿斟上酒，并为李愿作了一首歌：“盘谷之中，有你的家园。盘谷的土地上，可以播种五谷。盘谷的溪泉，可以濯洗也能沿溪盘桓。盘谷的山势险阻，又有谁能来与你争夺住所？幽静而深远，广袤而足以容身。缭绕而蜿蜒，就像走出去又回到原处一样。这盘谷中的乐趣啊，快乐久长无边。虎豹的足迹都远去了啊，蛟龙逃遁藏起。鬼神守护着啊，叱呵阻挡所有的不祥。吃喝不愁啊长寿而健康，没有不满足的啊，还有什么可奢望？给我的车轴加好油吧，还要喂好我的马，跟随你留在盘谷吧，让我一辈子在这儿自由自在地来来往往！”

送石处士序[1]

【原文】

河阳军节度御史大夫乌公，为节度之三月，求士于从事之贤者。有荐石先生者。公曰："先生何如？"曰："先生居嵩、邙、瀍、谷之间[2]，冬一裘，夏一葛；食朝夕，饭一盂，蔬一盘。人与之钱，则辞；请与出游，未尝以事辞；劝之仕，不应。坐一室，左右图书。与之语道理，辨古今事当否，论人高下，事后当成败，若河决下流而东注；若驷马驾轻车就熟路，而王良、造父为之先后也；若烛照数计而龟卜也[3]。"

【注释】

①石处士：姓石名洪，洛阳人，辞去黄州录事参军后，退居洛阳，十年不曾外出做官，所以称处士。后应河阳节度使乌重胤的重用任事。

②嵩（sōng）：嵩山。邙（máng）：洛阳北邙山。瀍谷（chán gǔ）：谷河和涧水，皆洛水支流。

③烛照数计：用烛光照，用数理推算。喻见事之明，料事精准。龟卜：用龟壳占卜吉凶。喻料事如神。

【译文】

河阳军节度使、御史乌大夫，就任节度使后的第三个月时，在手下的贤能人群中招纳贤士。有人举荐石先生。乌公问："石先生的为人怎么样？"回答说："石先生深居在嵩邙山、瀍谷河之间，冬天穿一件皮衣，夏天穿一件麻布葛衣；早晚吃饭，只是一盂米饭，一盘蔬菜。别人给他钱，他就谢绝；请他一道出去游玩，他从不借故推辞；劝他出来做官，他不予理睬。休息的一间屋子里，两旁全是书籍。如果跟他谈道论理，辩论古今事物的正确与否，评论人物德才的高下，讨论事态发展的成功与失败，就好像河流决堤而下注入东海那样滔滔不绝；好像四匹马驾驶着轻车走熟路，而与史上驾驭高手王良、造父简直不相上下啊；又好像用烛光照耀般明察幽微，像数理推算般析理精确，并不亚于龟甲占卜般料事如神。”

【原文】

大夫曰：“先生有以自老，无求于人，其肯为某来邪?”从事曰：“大夫文武忠孝，求士为国，不私于家。方今寇聚于恒①，师环其疆。农不耕收，财粟殚亡②。吾所处地，归输之涂③，治法征谋，宜有所出。先生仁且勇，若以义请而强委重焉，其何说之辞?”于是撰书词，具马币，卜日以授使者，求先生之庐而请焉。

【注释】

①寇聚于恒：恒即今河北正定。当时有叛乱。

②殚（dān）：尽。

③归输之涂：指粮饷转运之地。

【译文】

乌大夫说：“看来石先生有隐居终老的心愿，如此与世无争，他肯为我而来做官吗?”手下的人说：“大夫您文武全才忠孝兼备，访求贤士一心为国，而不是为自家谋得私利。当今贼寇聚集在恒州地带，敌军环布在疆界周

围。农田不能耕种而没有收成，钱财粮草殆尽，我们所处的地段，是回归中原粮饷转运要道，无论是治理措施还是军事谋略，都应该有出色的人来出谋划策。石先生仁义并且勇敢，如果凭仁义邀请他并坚决委以重任，他还能有什么言辞可拒绝呢？”于是乌大夫亲笔撰写邀请函，备好车马和礼物，选择吉日派遣使者带上礼物，找到石先生的住处拜请了。

【原文】

先生不告于妻子，不谋于朋友，冠带出见客，拜受书礼于门内。宵则沐浴，戒行事①，载书册，问道所由，告行于常所来往。晨则毕至，张上东门外②。酒三行，且起，有执爵而言者曰：“大夫真能以义取人，先生真能以道自任，决去就，为先生别。”又酌而祝曰：“凡去就出处何常？惟义之归。遂以为先生寿。”又酌而祝曰：“使大夫恒无变其初，无务富其家而饥其师；无甘受佞人③而外敬正士，无味于谄言，惟先生是听。以能有成功，保天子之宠命！”又祝曰：“使先生无图利于大夫，而私便其身图。”先生起拜祝辞，曰：“敢不敬蚤夜以求从祝规④？”

于是东都之人士，咸知大夫与先生果能相与以有成也。遂各为歌诗六韵，退，愈为之序云。

【注释】

①戒：准备。

②张：供张。为饯别在郊野设置的宴席。

③佞（nìng）人：指善以巧言献媚的人。

④蚤夜：朝夕。祝规：祝贺和劝诫的话。

【译文】

石先生没告知妻儿，也没同朋友商量，整理好衣冠就出来会见客人，在家里恭敬地接受了聘书和礼物。当天晚上就沐浴更衣，准备行囊，装好所需书籍，问清路上所经过的地方，并向经常往来的朋友道别。次日清晨，得知消息的亲友们都来到东门外设宴为他饯行。酒过三巡，石先生将要动身的时候，有人端起酒杯说：“乌大夫真正是以大义访求人才，石先生也真正能以道

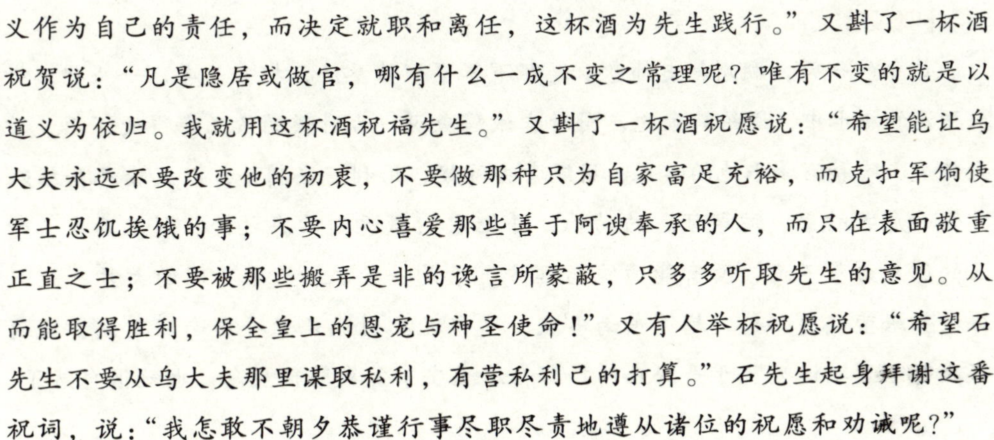

义作为自己的责任，而决定就职和离任，这杯酒为先生践行。”又斟了一杯酒祝贺说：“凡是隐居或做官，哪有什么一成不变之常理呢？唯有不变的就是以道义为依归。我就用这杯酒祝福先生。”又斟了一杯酒祝愿说：“希望能让乌大夫永远不要改变他的初衷，不要做那种只为自家富足充裕，而克扣军饷使军士忍饥挨饿的事；不要内心喜爱那些善于阿谀奉承的人，而只在表面敬重正直之士；不要被那些搬弄是非的谗言所蒙蔽，只多多听取先生的意见。从而能取得胜利，保全皇上的恩宠与神圣使命！”又有人举杯祝愿说：“希望石先生不要从乌大夫那里谋取私利，有营私利己的打算。”石先生起身拜谢这番祝词，说：“我怎敢不朝夕恭谨行事尽职尽责地遵从诸位的祝愿和劝诫呢？”

因此东都人士，全都料定乌大夫和石先生一定能相互配合而成就大业。于是分别为此作了一首六韵诗，让我为他写了这篇序。

祭鳄鱼文

【原文】

维年月日，潮州刺史韩愈，使军事衙推秦济，以羊一猪一，投恶溪之潭水[①]，以与鳄鱼食，而告之曰：昔先王既有天下，列山泽，罔绳擉刃[②]，以除虫蛇恶物为民害者，驱而出之四海之外。及后王德薄，不能远有，则江汉之间，尚皆弃之，以与蛮夷楚越。况潮岭海之间，去京师万里哉？鳄鱼之涵淹卵育于此[③]，亦固其所。

【注释】

①恶溪：指潮州境内的韩江。

②列：同“烈”，焚烧。罔：同“网”。擉（chuō）：同“戳”，刺。

③涵淹：潜伏居留。

【译文】

这年的一天，潮州刺史韩愈派遣部下军事衙推秦济，把一头羊、一头猪，投入恶溪的潭水中，送给鳄鱼吃，同时告诫鳄鱼说：古时候的帝王夺得天下后，放火焚烧山岭和沼泽平地的草木，用绳索去网捉、用利刃去刺杀，以灭除那些给人民带来危害的虫、蛇等可恶的动物，并把它们驱逐到四海之外。到了后来，帝王的德义力量不足，没有能力统治远方，于是，长江、汉水之间的大片土地只得放弃给蛮、夷、楚、越等东南各族。更何况潮州地处五岭和南海之间，距离京城有万里之遥呢？于是鳄鱼选择留在这里安家筑巢繁衍生息，也就很自然了。

【原文】

今天子嗣唐位，神圣慈武。四海之外，六合之内，皆抚而有之。况禹迹所掩，扬州之近地，刺史、县令之所治，出贡赋以供天地宗庙百神之祀之壤者哉！鳄鱼其不可与刺史杂处此土也！

刺史受天子命，守此土，治此民。而鳄鱼睅然不安溪潭[①]，据处食民畜、熊、豕、鹿、獐，以肥其身，以种其子孙；与刺史亢拒，争为长雄。刺史虽驽弱[②]，亦安肯为鳄鱼低首下心。伈伈睍睍[③]，为民吏羞，以偷活于此邪？且承天子命以来为吏，固其势不得不与鳄鱼辨。

【注释】

①睅（hàn）然：瞪起眼睛，很凶狠的样子。

②驽（nú）：劣马。

③伈伈（xǐn xǐn）：恐惧的样子。睍睍（xiàn xiàn）：眯起眼睛看，形容胆怯。

【译文】

如今天子继承了大唐帝位，神圣而仁慈英武。四海之外，天地四方之内，都在他的安抚统辖之下。更何况这种大禹足迹所到过的地方，扬州这么近的地域，是刺史、县令所治理的地方，又是交纳贡品、赋税以供应皇上祭天地、祭祖宗、祭神灵的地方呢！所以鳄鱼，你是不可以同刺史在这块土地上一起居住的！

刺史受天子之命，镇守这块土地，在这里治理民众。而鳄鱼竟敢不安分守己地待在溪潭水中，却出来行凶，占据一方吞食民众的牲畜、熊、猪、鹿、獐，以养肥自己的身体，以此繁衍自己的后代；胆敢与刺史抗衡，争当统率一方的英雄。刺史我虽然像劣马一样软弱无能，但岂肯胆小怯懦地向鳄鱼低头屈服，我低头胆怯的样子一定会被平民和下属嘲笑，如此怎能在此地苟且偷生呢？况且刺史是奉天子的命令来这里当官的，故而势必不得不与鳄鱼争个明白了。

【原文】

鳄鱼有知，其听刺史言：潮之州，大海在其南。鲸鹏之大，虾蟹之细，无不容归，以生以食，鳄鱼朝发而夕至也。今与鳄鱼约：尽三日，其率丑类南徙于海，以避天子之命吏。三日不能，至五日；五日不能，至七日；七日不能，是终不肯徙也。是不有刺史，听从其言也；不然，则是鳄鱼冥顽不灵，刺史虽有言，不闻不知也。夫傲天子之命吏，不听其言，不徙以避之，与冥顽不灵而为民物害者[①]，皆可杀。刺史则选材技吏民，操强弓毒矢，以与鳄鱼从事，必尽杀乃止。其无悔！

【注释】

①冥顽：愚昧无知。

【译文】

鳄鱼你如果懂的话，那就听我说：潮州这地方，大海在它的南面。大至鲸、鹏，小至虾、蟹，没有大海所不能归顺和容留的，可以赖以生存取食，鳄鱼你早上从潮州出发，晚上就能到了。现在就与你们约定：至多三天，务必率领那批丑众南迁到海里去，以回避天子任命的官员；三天不行，就放宽到五天；五天不行，那就七天；七天还办不到，那就表明你们终是不想迁徙了。这就是不把刺史放在眼里，不肯听刺史的话；不是这样，就是你们鳄鱼愚昧无知了，虽然刺史已经有言在先，但鳄鱼你分明是听不进，故意不明白啊。但凡对天子任命的官吏傲慢无礼，不听从命令，不肯迁移回避，以及顽固不化而又残害民众牲畜的，都可以处死。那刺史可就要挑选武艺高强和善于射箭的官吏和民众，操起强弓，安上毒箭，来同鳄鱼决战，一定要把你们赶尽杀绝才肯罢手。你们可不要后悔啊！

柳宗元篇

作者小传

柳宗元（773—819年），字子厚，唐代河东郡人，故有“柳河东”“河东先生”之称。他是我国唐朝著名的文学家、哲学家、散文家和思想家，与韩愈共同倡导唐代古文运动，并称为“韩柳”，是唐宋八大家之一。

他祖上世代为官，21岁（793）时考中进士，24岁（796）时任秘书省校书郎。虽仕途不顺，几度被贬，却在文学上创造了诗文作品达600余篇，在诗歌、辞赋、散文、游记、寓言、小说、杂文以及文学理论等方面，都做出了突出贡献。

由于长期贬谪生活困顿和精神折磨，47岁（819）时便含恨辞世，刘禹锡把他的遗稿编成《柳宗元集》，流传至今。

驳复仇议

【原文】

臣伏见天后时[①]，有同州下邽人徐元庆者[②]，父爽，为县吏赵师韫所杀，卒能手刃父仇，束身归罪。当时谏臣陈子昂建议，诛之而旌其闾，且请“编之于令，永为国典”。臣窃独过之。

臣闻礼之大本，以防乱也。若曰无为贼虐[③]，凡为子者杀无赦。刑之大本，亦以防乱也。若曰无为贼虐，凡为理者杀无赦。其本则合，其用则异，旌与诛莫得而并焉。诛其可旌，兹谓滥，黩刑甚矣[④]！旌其可诛，兹谓僭[⑤]，坏礼甚矣！果以是示于天下，传于后代，趋义者不知所向，违害者不知所立，以是为典可乎？盖圣人之制，穷理以定赏罚，本情以正褒贬，统于一而已矣。

【注释】

①伏见：旧时臣下对君主有所陈述时的表敬之辞，可译为知道。天后：即

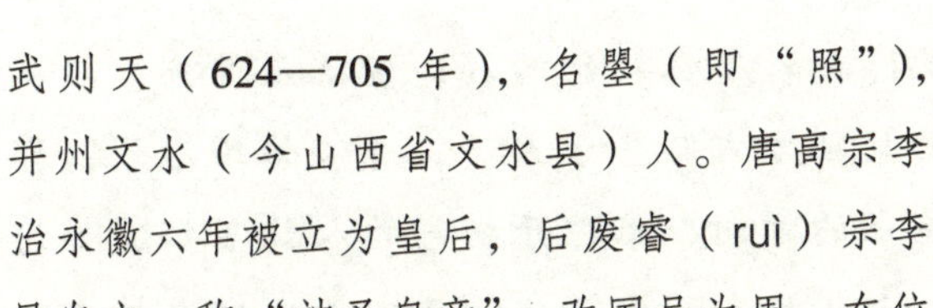

武则天（624—705 年），名曌（即“照”），并州文水（今山西省文水县）人。唐高宗李治永徽六年被立为皇后，后废睿（ruì）宗李旦自立，称“神圣皇帝”，改国号为周，在位十六年。中宗李哲复位后，被尊为“则天大圣皇帝”，后人称武则天。

②下邽（guī）：县名，今陕西省渭南市。

③贼虐：残害，践踏。

④黩（dú）刑：滥用刑罚。

⑤僭（jiàn）：超出本分范畴。

【译文】

臣从记载上看到天后在位的时候，同州下邽县有个叫徐元庆的人，父亲徐爽被县尉赵师韫杀了，他最后能亲手杀掉他的杀父仇人，自己捆绑着身体到官府自首认罪。当时的谏官陈子昂建议将他处以死刑，同时在他家乡表彰他伸张正义的行为，并请奏朝廷将这种处理方式“编入法令，永远作为国家的法律制度”。臣私下认为这样做是不对的。

臣听说礼法的根本作用，就是为了防止人们作乱犯法。如果说不能让礼法随便受到践踏，那么凡是做儿子的为父母报仇，而杀了人就不能予以赦免。刑罚的根本作用，也是防止人们作乱。倘若说不能让杀人者逍遥法外，那么凡是当官的错杀了人，也必须处死，不能予以赦免。礼和刑的根本作用是一致的，但是实际的应用则不同。表彰和处死是不能同时施行在一人的。处死可以表彰的

人，这就叫乱杀，就是刑罚太过了！表彰应当处死的人，这就是过失，破坏礼制太严重了！如果以这种刑罚的处理方式昭告于天下，并流传给后代，那么，追求正义的人就不知道所要追求的方向，想避开祸害的人就不知道如何立身行事，以此作为法则能行吗？大凡圣人制定礼法，是透彻地研究了事物的道理来规定赏罚，根据事实来确定奖惩，只不过是把礼制和刑罚结合在一起罢了。

【原文】

向使刺谳其诚伪[①]，考正其曲直，原始而求其端，则刑礼之用，判然离矣。何者？若元庆之父，不陷于公罪，师韫之诛，独以其私怨，奋其吏气，虐于非辜，州牧不知罪，刑官不知问，上下蒙冒，吁号不闻；而元庆能以戴天为大耻，枕戈为得礼，处心积虑，以冲仇人之胸，介然自克，即死无憾，是守礼而行义也。执事者宜有惭色，将谢之不暇，而又何诛焉？

其或元庆之父，不免于罪，师韫之诛，不愆于法[②]，是非死于吏也，是死于法也。法其可仇乎？仇天子之法，而戕奉法之吏[③]，是悖骜而凌上也[④]。执而诛之，所以正邦典[⑤]，而又何旌焉？

【注释】

①刺谳（yàn）：审理判罪。

②愆（qiān）：过错。

③戕（qiāng）：杀害。

④悖骜（bèi ào）：桀骜不驯。

⑤邦典：国法。

【译文】

如果当初能彻底审察案情的真假，考证是非曲直，推究案子的起因，那么刑罚和礼制的运用，就能明显地区分开来了。为什么呢？如果徐元庆的父亲没有触犯法律而获罪，赵师韫杀他，只是出于他个人的私怨，施行他当官的威风，残暴地处罚无罪的人，可是上级州官不去治赵师韫的罪，执法的官员也不去调查这件事，上下官员互相蒙混包庇，对喊冤叫屈的呼声充耳不闻；

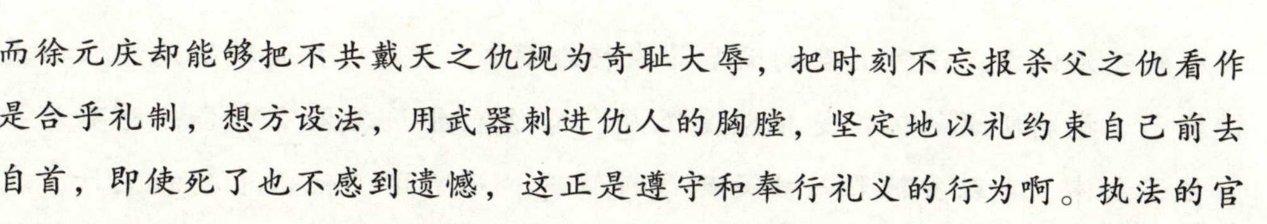
而徐元庆却能够把不共戴天之仇视为奇耻大辱，把时刻不忘报杀父之仇看作是合乎礼制，想方设法，用武器刺进仇人的胸膛，坚定地以礼约束自己前去自首，即使死了也不感到遗憾，这正是遵守和奉行礼义的行为啊。执法的官员本应感到惭愧，应该向他谢罪都来不及，还有什么理由要把他处死呢？

如果徐元庆的父亲确是犯了不可赦免的死罪，赵师韫杀他，那就没有过错，他的死也就不是被官吏错杀，而是因为犯法被杀。难道法律是可以仇视的吗？仇视皇帝的法律，又杀害执法的官吏，如此桀骜不驯，这是悖逆犯上的行为。应该把这种人抓起来处死，以此来严正国法，又怎么可以表彰他呢？

【原文】

且其议曰：“人必有子，子必有亲，亲亲相仇，其乱谁救？”是惑于礼也甚矣。礼之所谓仇者，盖其冤抑沉痛而号无告也；非谓抵罪触法，陷于大戮。而曰“彼杀之，我乃杀之”。不议曲直，暴寡胁弱而已。其非经背圣，不亦甚哉！

《周礼》[①]：“调人，掌司万人之仇。凡杀人而义者，令勿仇；仇之则死。有反杀者，邦国交仇之。”又安得亲亲相仇也？《春秋公羊传》曰[②]：“父不受诛，子复仇可也。父受诛，子复仇，此推刃之道，复仇不除害。”今若取此以断两下相杀，则合于礼矣。且夫不忘仇，孝也；不爱死，义也。元庆能不越于礼，服孝死义，是必达理而闻道者也。夫达理闻道之人，岂其以王法为敌仇者哉？议者反以为戮，黩刑坏礼，其不可以为典，明矣。

请下臣议附于令。有断斯狱者，不宜以前议从事。谨议。

【注释】

①《周礼》：又名《周官》《周官经》，儒家经典之一。内容是汇编周王室的官制和战国时代各国的制度等历史资料。

②《春秋公羊传》：即《公羊传》，为解释《春秋》的三传之一（另二传是《左氏传》和《谷梁传》）。旧题战国时齐人、子夏弟子公羊高作，一说是他的玄孙公羊寿作。

【译文】

而且陈子昂的奏议上还说：“人必有儿子，儿子必有父母，因为爱自己的亲人而互相仇杀，这种混乱局面靠谁来拯救呢?”这是对礼制所规范的认识太模糊了。礼制所说的仇，是指蒙受冤屈，悲伤哀号而又无法申告；并不是指触犯了法律，再以身抵罪而被处死这种情况。而所谓“他杀了我的父母，我就要杀掉他”，不过是不问是非曲直，任意欺凌孤寡、威胁弱者罢了。那不是圣贤经传所教导的做法，不也是太过了吗!

《周礼》上说：“调人，就是负责调解众人仇怨的。凡是杀人而又合乎礼义的，就不准被杀者的亲属报仇；如要报仇，就给他们处以死刑。如果有反过来再杀死对方的，全国的人就都要把他当作仇人。”这样的话，又怎么会发生因为爱自己的亲人而互相仇杀的情况呢?《公羊传》说：“父亲无辜被杀，儿子报仇是可以的。父亲犯法被杀，儿子前来报仇，这就是互相仇杀的做法，这样相互报复，彼此仇杀是不能根除祸害的。”现在如果用这种标准来判断赵师韫杀死徐元庆的父亲和徐元庆杀死赵师韫的案件，就合乎礼制了。而且不忘父仇，这是孝的表现；不怕死，这是道义的表现。徐元庆能做到不越出礼制的范畴，恪尽孝道，为义而死，这一定是个明晓事理、懂得圣贤之道的人啊。如此明晓事理、懂得圣贤之道的人，怎么会是把王法当作仇敌的人呢?但是呈上奏议的人反而认为应当对他处以死刑，这种滥用刑罚、败坏礼制的建议是不能作为法律制度的，应该十分清楚了。

请把我的建议附在法令之后颁发下去。今后凡是审理这类案件的人，不应该再依据以前的法制处理。在下谨对此提出上述建议。

罴说①

【原文】

鹿畏貙②，貙畏虎，虎畏罴。罴之状，被发人立③，绝有力而甚害人焉。

楚之南有猎者，能吹竹为百兽之音。寂寂持弓矢罂火④，而即之山。为鹿鸣以感其类，伺其至，发火而射之。貙闻其鹿也，趋而至。其人恐，因为虎而骇之。貙走而虎至，愈恐，则又为罴，虎亦亡去。罴闻而求其类，至则人也，捽搏挽裂而食之⑤。

今夫不善内而恃外者，未有不为罴之食也。

【注释】

①罴（pí）：哺乳动物，体大，肩部隆起，能爬树、游水。掌和肉可食，皮可做褥子，胆入药。亦称“棕熊”“马熊”“人熊”。

②貙（chū）：一种像狐狸而形体较大的野兽。

③被（pī）发：披散毛发。被：同“披”。

④寂寂：清静无声的样子。罂（yīng）火：装在瓦罐中的灯火。罂：一种小口大肚的罐子。火：燃烧。

⑤捽（zuó）：揪住。

【译文】

鹿害怕貙，貙害怕虎，虎又害怕罴。罴的样子是头上披散着长长的毛发，可以像人一样站立着行走，特别有力气，害处非常大。

楚国的南部有个打猎的人，能用竹笛模仿出各种野兽的叫声。他悄悄地拿着弓、箭、装火的瓶子和火种来到山上。模仿着鹿的叫声误导鹿群以至于把鹿引诱出来，等到鹿一出来，就用火种向它们射去。貙听到了鹿的叫声，就会快速地跑过来，猎人见

到貙很害怕，于是就模仿老虎的叫声来吓唬它。貙听到虎叫声就会被吓跑，老虎听到了同伴的叫声也跑来了，猎人更加惊恐，就赶紧吹出罴的叫声来，这样老虎又被吓跑了。这时，罴听到了声音就出来寻找同类，找到的却是人，罴就揪住猎人，把他撕成碎块吃掉了。

如今那些没有真正的本领，只想着依靠外部力量保护自己的人，没有一个不成为罴的食物的。

谪龙说

【原文】

扶风马孺子言：年十五六时，在泽州，与群儿戏郊亭上。顷然，有奇女坠地，有光晔然，被缁裘[①]，白纹之理，首步摇之冠[②]。贵游少年骇且悦之，稍狎焉[③]。奇女頩尔怒曰："不可。吾故居钧天帝宫，下上星辰，呼嘘阴阳，薄蓬莱、羞昆仑而不即者。帝以吾心侈大，怒而谪来，七日当复。今吾虽辱尘土中，非若俪也。吾复且害若。"众恐而退。遂入居佛寺讲室焉。及期，进取杯水饮之，嘘成云气，五色翛翛也[④]。因取裘反之，化成白龙，徊翔登天，莫知其所终，亦怪甚矣！

呜呼！非其类而狎其谪，不可哉！孺子不妄人也，故记其说。

【注释】

①缁（zōu）：黑红色。

②步摇之冠：步摇冠，古时贵妇人戴的一种帽子。上面缀着许多装饰品，走路时装饰品随之摇摆，故名。

③狎（xiá）：亲近而态度不庄重。

④翛翛（xiāo xiāo）：错杂的样子。

【译文】

扶风的马孺子说：在他十五六岁的那年，在泽州，有一天正在和一群孩子在郊外的亭子里玩耍。突然，有个奇异的女子从天而降，光彩耀人，只见

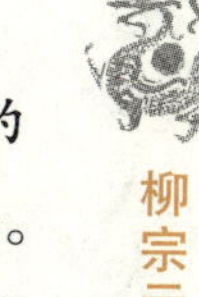

她身披黑红色皮衣，上面是白色的纹理，头上戴着金光闪闪的头饰。游玩的少年们很骇异但很喜欢她，试探着亲近她。奇女板起面孔怒道："不准这样。我之前是居住在天庭玉帝居住的宫殿之上，自由出入在星辰之间，呼吸的是阴阳两气，小视蓬莱、不屑昆仑，从不到那儿去的。玉帝因为我的自高自大目空一切，一气之下把我贬谪到这里来，七天后就回去。现在我虽然屈辱地来到尘世中，却并非你们的伙伴。我回去会给你们带来灾害的。"众人害怕她，就赶紧离开了。于是她就来到佛寺，住在佛堂中。等到了回归天庭的期限，便拿了杯水喝到嘴里，喷出来变成了五彩缤纷的一片云气。然后拿起皮衣来，化成一条白色的龙，盘旋飞起登天而去，不知道她最后飞到哪里去了，也是非常怪异的事啊！

唉！不是她的同类却趁其被贬谪之机而进行猥亵，那是不可以的啊！马孺子不是喜欢胡吹的人，所以我记录了他所说的这件事。

捕蛇者说

【原文】

永州之野产异蛇，黑质而白章；触草木，尽死；以啮人[①]，无御之者。然得而腊之以为饵[②]，可以已大风、挛踠、瘘、疠[③]，去死肌，杀三虫。其始，太医以王命聚之，岁赋其二，募有能捕之者，当其租入。永之人争奔走焉[④]。

有蒋氏者，专其利三世矣。问之，则曰："吾祖死于是，吾父死于是。今吾嗣为之十二年，几死者数矣[⑤]。"言之，貌若甚戚者。

余悲之，且曰："若毒之乎？余将告于莅事者[⑥]，更若役，复若赋，则何如？"

【注释】

①啮（niè）：用牙齿咬。

②腊（xī）：干肉。

③挛踠（luán wǎn）、瘘（lòu）、疠（lì）：所指为各种病症。

④焉：兼词，于之，在捕蛇这件事上。也可理解为语气词兼代词。

⑤几（jī）死者数（shuò）矣：险些丧命有很多次了。

⑥莅事者：管理政事的人，指地方官。

【译文】

永州的山野间生长一种奇异的蛇，黑色的质地白色的花纹；这种蛇碰到草木，草木都要干枯而死；如果咬了人，就找不到能够抵挡蛇毒的办法来救治。然而捉到它并且把它晾干，用蛇肉干制成药丸，可以用来治疗麻风、手足痉挛、颈肿、毒疮等病，还能去除腐烂的肌肉，杀死人体内的各种寄生虫。起初，太医奉皇帝的命令来征集这种蛇，每年征收两次，招募能够捕捉蛇的人，用蛇顶替他们需要上缴的赋税。于是永州的人就争先恐后地干起了捕蛇这件差事。

有个姓蒋的人家，享有这种捕蛇而不纳税的好处已经有三代了。我问他，他就说："我的祖父死在捕蛇这件差事上，我父亲也死在这件差事上。现在我继承祖业干这捕蛇的差事也已十二年了，险些丧命也有很多次了。"他说这些话的时候，脸上好像很悲伤。

我可怜他，并且对他说："你怨恨捕蛇这差事吗？我打算告诉管理政事的人，让他更换你的差事，恢复你的赋税，你看怎么样呢？"

【原文】

蒋氏大戚，汪然出涕曰："君将哀而生之乎？则吾斯役之不幸，未若复吾赋不幸之甚也。向吾不为斯役，则久已病矣。自吾氏三世居是乡，积于今六十岁矣，而乡邻之生日蹙[①]，殚其地之出[②]，竭其庐之入，号呼而转徙，饥渴而顿踣[③]，触风雨，犯寒暑，呼嘘毒疠，往往而死者相藉也。曩与吾祖居者[④]，今其室十无一焉；与吾父居者，今其室十无二三焉；与吾居十二年者，今其室十无四五焉。非死即徙尔。而吾以捕蛇独存。

①蹙（cù）：窘迫。

②殚（dān）：竭尽。

③顿踣（bó）：跌倒在地上。

④曩（nǎng）：从前。

【译文】

蒋氏听了之后更加悲伤，满眼含泪地说："您是在哀怜我，使我活下去吗？我这差事的不幸，还比不上恢复我赋税所遭受的不幸那么厉害呢。如果我从前不干这种差事，那我早已困苦不堪了。我家三代自从住到这个地方，到现在已经六十年了，可乡邻们的生活却一天比一天窘迫，把他们土地上生产出来的粮食都拿去，把他们家里的收入也尽数拿走上交赋税还不够，只得号啕痛哭、辗转逃亡，甚至又饥又渴地晕倒在地上，这一路上顶着狂风暴雨，冒着严寒酷暑，呼吸着带毒的疫气，一个接着一个死去，那些死去的人互相压着。从前和我祖父同住在这里的，现在十户当中也剩不下一户了；和我父亲住在一起的人家，现在十户当中只有不到两三户了；和我一起住了十二年的人家，现在十户当中剩下的也不到四五户了。那些人家不是死了就是迁走了。我却由于捕蛇这个差事活了下来。

【原文】

“悍吏之来吾乡，叫嚣乎东西，隳突乎南北，哗然而骇者，虽鸡狗不得宁焉。吾恂恂而起[①]，视其缶[②]，而吾蛇尚存，则弛然而卧。谨食之，时而献焉。退而甘食其土之有，以尽吾齿。盖一岁之犯死者二焉，其余则熙熙而乐。岂若吾乡邻之旦旦有是哉！今虽死乎此，比吾乡邻之死则已后矣，又安敢毒耶？”

余闻而愈悲。孔子曰：“苛政猛于虎也。”吾尝疑乎是，今以蒋氏观之，犹信。呜呼！孰知赋敛之毒，有甚是蛇者乎[③]！故为之说，以俟夫观人风者得焉[④]。

【注释】

①恂恂（xún xún）：小心谨慎的样子，提心吊胆的样子。

②缶（fǒu）：瓦罐。

③孰：谁。

④人风：即民风。唐代为了避李世民的讳，用“人”字代“民”字。

【译文】

“凶暴的官吏来到我乡，到处吵吵嚷嚷叫嚣不止，四处骚扰，那叫嚣吵闹的样子惊扰了原本平静的乡间生活，即使是鸡狗也不得安宁呢！我胆战心惊地坐起来，看看我的瓦罐，我的蛇还在，就放心地躺下了。我小心地喂养蛇，到规定的期限时再把它献上去。回家后就能有滋有味地吃着田地里出产的东西，就能平安地度过我的余年。估计一年当中冒死的情况也只是捕蛇这两次，其余时间我都可以快快乐乐地过日子。哪像我的乡邻们每天都生活在苦难之中啊！现在我即使死在这差事上，比起我的乡邻，已经是死在他们后面了，我又怎么敢怨恨捕蛇这件事呢？”

我听了蒋氏的诉说之后越来越感到悲伤。孔子说：“严苛的政律比老虎还要凶猛啊。”我曾经怀疑过这句话，现在从蒋氏述说的遭遇来看，还真是不假呀。唉！谁知道搜刮老百姓的毒害有比这种毒蛇更厉害呢！所以写了这篇文章，以期待那些朝廷派遣来此考察民情的人能获得这些实情。

桐叶封弟辨

【原文】

古之传者有言[①]：成王以桐叶与小弱弟戏[②]，曰："以封汝。"周公入贺。王曰："戏也。"周公曰："天子不可戏。"乃封小弱弟于唐[③]。

吾意不然。王之弟当封邪，周公宜以时言于王[④]，不待其戏而贺以成之也。不当封邪，周公乃成其不中之戏，以地以人与小弱者为之主，其得为圣乎？且周公以王之言不可苟焉而已，必从而成之耶？设有不幸，王以桐叶戏妇寺[⑤]，亦将举而从之乎？

【注释】

①传者：书传。此指《吕氏春秋·重言》和刘向《说苑·君道》所载周公促成桐叶封弟的故事。

②成王：姓姬名诵，西周初期君主，周武王之子，十三岁继承王位，因年幼，由叔父周公摄政。

③小弱弟：指周成王的弟弟叔虞。

④周公：姓姬名旦，周武王之弟，周朝开国大臣。

⑤妇寺：宫中的妃嫔和太监。

【译文】

古书上记载说：周成王拿着一片削成珪形的桐树叶跟他年幼的弟弟叔虞开玩笑，说："把这个作为御赐封给你。"周公入宫前去祝贺。成王解释说："我是开玩笑的。"周公说："天子不可以随便开玩笑。"于是，成王为了一句戏言而把唐地封给了弟弟叔虞。

我认为事情不应该是这样的，如果成王的弟弟应该受封的话，周公就应当及时向成王说，不应该等到他开玩笑时才以祝贺的方式来促成这件事。如果不应该受封的话，周公促成了他那不适宜的玩笑，把土地和百姓给予了周成王的弟弟叔虞，让他做了君主，周公这样做能算是圣人吗？况且周公只是认为君王不可随便许诺罢了，难道就一定要遵从所言而促成这件事吗？假设有这样不幸的事，成王把削成珪形的桐树叶跟妇人和太监开玩笑，周公也会提出来让成王照办吗？

【原文】

凡王者之德，在行之何若。设未得其当，虽十易之不为病；要于其当，不可使易也，而况以其戏乎！若戏而必行之，是周公教王遂过也。吾意周公辅成王，宜以道，从容优乐，要归之大中而已①，必不逢其失而为之辞。又不当束缚之，驰骤之，使若牛马然，急则败矣。且家人父子尚不能以此自克，况号为君臣者耶！是直小丈夫缺缺者之事②，非周公所宜用，故不可信。

或曰：封唐叔③，史佚成之④。

【注释】

①大中：指适当的道理和方法，不偏于极端。

②缺缺：耍小聪明。

③唐叔：即叔虞。

④史佚：周武王时的史官尹佚。史佚促成桐叶封弟的说法，见《史记·晋世家》。

【译文】

凡是帝王的德行，都在于他做得怎么样。假设他做得不得当，即使多次改变也不算是缺点；关键在于是不是恰当，恰当就不能随意更改，何况是用它来开玩笑的呢！如果开玩笑的话也一定要照办，这就是周公在教唆成王铸成大错啊。我想周公辅佐成王，应当拿适当的道理去引导他，使他的举止行动以至玩笑作乐都要符合“中庸”之道就行了，一定不要刻意去逢迎他的过失，为他巧言辩解。也不应该对他管束太严，使他每天都不停地忙碌，对他像牛马那样，管束得太紧太严反而坏了大事。而且在父子之间，尚且不能用这种方法来进行

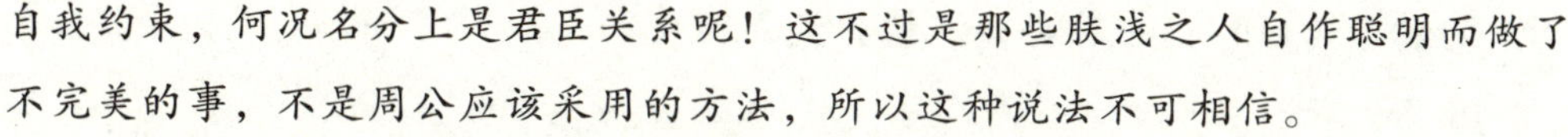

自我约束，何况名分上是君臣关系呢！这不过是那些肤浅之人自作聪明而做了不完美的事，不是周公应该采用的方法，所以这种说法不可相信。

有的史书上记载说："封唐叔的事，是周武王时的史官尹佚促成的。"

永州韦使君新堂记[①]

【原文】

将为穹谷嵁岩渊池于郊邑之中，则必辇山石[②]，沟涧壑，凌绝险阻，疲极人力，乃可以有为也。然而求天作地生之状，咸无得焉。逸其人，因其地，全其天，昔之所难，今于是乎在。

永州实惟九疑之麓[③]。其始度土者[④]，环山为城。有石焉，翳于奥草[⑤]；有泉焉，伏于土涂[⑥]。蛇虺之所蟠[⑦]，狸鼠之所游。茂树恶木，嘉葩毒卉[⑧]，乱杂而争植，号为秽墟。

【注释】

①韦使君：即韦宙，公元812—813年（元和七、八年）间任永州刺史。

②辇（niǎn）：人推或拉的车，这里用如动词，用车装载的意思。

③九疑：即九嶷山，在今湖南宁远县境内。

④度（duó）：这里指勘测规划。

⑤翳（yì）：遮蔽。奥草：深草。

⑥涂：污泥。

⑦蛇虺（huǐ）：一种毒蛇。蟠：盘屈而伏。

⑧葩：花。

【译文】

如果打算在城邑营造幽谷、峭壁和深池，那就必须有人用车马运载山石，开凿山涧沟壑，逾越险阻，耗尽人力，才有可能办得到。但是如果想要有那种天造地设般的景致，则不能那么去做了。而不必耗费民力，顺应地形，也能保持天然之美，这种在过去非常不容易见到的景观，如今在这里出现了。

永州在九嶷山的山脚下，最初在这里测量规划的人，也曾环绕着山麓建起了城池。这里有山石，却被茂密的草丛遮蔽着；这里原本也有清泉，却被埋藏在污泥之下，成了毒蛇盘踞、狸鼠出没的地方。茂密的树林怪木丛生，嘉树、鲜花与毒草交织，繁多纷乱，竞相疯长。因此，此地被称为荒凉的地方。

【原文】

韦公之来，既逾月，理甚无事。望其地，且异之。始命芟其芜[①]，行其涂。积之丘如，蠲之浏如[②]。既焚既酾[③]，奇势迭出。清浊辨质，美恶异位。视其植，则清秀敷舒；视其蓄，则溶漾纡余。怪石森然，周于四隅[④]。或列或跪，或立或仆，窍穴逶邃[⑤]，堆阜突怒。乃作栋宇，以为观游。凡其物类，无不合形辅势，效伎于堂庑之下。外之连山高原，林麓之崖，间厕隐显[⑥]。迩延野绿，远混天碧，咸会于谯门之外[⑦]。

已乃延客入观，继以宴娱。或赞且贺曰："见公之作，知公之志。公之因土而得胜，岂不欲因俗以成化？公之择恶而取美，岂不欲除残而佑仁？公之蠲浊而流清，岂不欲废贪而立廉？公之居高以望远，岂不欲家抚而户晓？夫然，则是堂也，岂独草木土石水泉之适欤？山原林麓之观欤？将使继公之理者，视其细，知其大也。"宗元请志诸石，措诸壁，遍以为二千石楷法。

【注释】

①芟（shān）：割除。庑（wǔ）：堂下四周的屋子。

②蠲（juān）：清洁，使动用法。浏如：水清澈的样子。

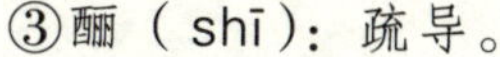

③釃（shī）：疏导。

④四隅：指四面八方。

⑤窍穴：指山洞。

⑥间厕：交错纵横。

⑦谯（qiáo）门：古代建筑在门楼上用以瞭望的楼阁。

【译文】

韦公来到永州，一个月之后，政务治理得很出色，没有什么繁杂事情发生。韦公望着这片土地，感觉它很不平常。于是让人将荒草铲除，挖去污泥。铲下来的草堆积如山，疏通后的泉水晶莹清澈。烧掉了那些杂草，疏通了被淤阻的清泉，奇特的景致层出不穷。清秀和污浊分开了，美景代替了荒凉。看那树木，则清秀挺拔，枝叶舒展；看那湖水，则微波荡漾，曲折萦回。怪石森然繁密，环绕四周。有的排列成行，有的如同跪拜，有的站立，有的卧倒。石洞曲折幽深，石山突兀高耸。于是韦公便在此建造亭阁轩宇，作为观赏游玩的地方。所有的怪石无不适应地形地势，就像立在大厅四周朝拜于亭阁之下。新堂的外边，高原和山麓相连，林木覆盖的山脚悬崖，纵横交错，若隐若现。绿色的原野从近处伸向远方，跟碧蓝的天空连成了一体。这一切，都交汇于瞭望远方的门楼之外。

新堂盖好后，使君便邀请各方宾客前来参观，随后又摆设酒宴娱乐。有的人一边赞誉，一边祝贺地说："看到您修建这新堂，便知道您的思想志向。您随着地势开辟出盛丽景观，难道不就是想顺着当地的风俗来形成教化吗？您铲除恶木毒草而保留嘉树鲜花，难道不就是想铲除凶暴而保护仁者吗？您挖除污泥而使清泉流淌，难道不就是想除去贪污而提倡廉洁吗？您登临高处而纵目远望，难道不就是想让每个家庭都能有安定和富饶的远景吗？既然这样，那么建这个新堂的意义，难道仅仅是为了草木土石清泉流水怡人心意，或是为了观赏山峦、原野和树林的景色吗？一定是希望在使君之后来治理这个州的官员，能够通过这件小事，懂得治民的大道理啊。"宗元请求把这篇记文镌刻在石板上，嵌在墙里，编入书中，作为刺史的楷模法式。

始得西山宴游记

【原文】

自余为僇人[①]，居是州，恒惴栗[②]。其隙也，则施施而行，漫漫而游。日与其徒上高山[③]，入深林，穷回溪，幽泉怪石，无远不到。到则披草而坐，倾壶而醉。醉则更相枕以卧，卧而梦。意有所极，梦亦同趣。觉而起，起而归。以为凡是州之山水有异态者，皆我有也，而未始知西山之怪特。

【注释】

①僇（lù）人：受过刑辱的人，罪人。作者因永贞革新失败，被贬为永州司马，故自称僇人。僇：通“戮”，耻辱。

②惴栗：恐惧不安。惴：恐惧。栗：发抖。此意为害怕政敌落井下石。

③其徒：那些同伴。徒：同一类的人，指爱好游览的人。

【译文】

我自从成为有罪被贬的人之后，就住在永州，常常恐惧不安。一旦有空闲时间，就缓步而行，无拘束地游玩。每天和那些爱好游览的同伴，爬上高山，穿越深林，走到曲折溪流的尽头。幽僻的泉水，奇异的山石，没有一处偏僻遥远的地方是我不曾到过的。到了目的地就分开杂草席地而坐，喝尽壶中的酒，一醉方休。喝醉了我们就互相枕靠着睡觉，睡着了也会做梦。心里有向往的好境界，梦里也就会在这种境界中享受乐趣。睡醒了就起来，起来了就回家。原以为凡是永州有奇特山水的地方，我都游玩过了，而未曾知道西山竟这样奇异特别。

【原文】

今年九月二十八日[①]，因坐法华西亭[②]，望西山，始指异之。遂命仆人过湘江，缘染溪，斫榛莽[③]，焚茅茷，穷山之高而上。攀援而登，箕踞而遨[④]，则凡数州之土壤，皆在衽席之下。其高下之势，岈然洼然[⑤]，若垤若穴，尺寸千里，攒蹙累积，莫得遁隐。萦青缭白，外与天际，四望如一。然后知是山之特立，不与培塿为类[6]。悠悠乎与颢气俱，而莫得其涯；洋洋乎与造物者游，而不知其所穷。引觞满酌[7]，颓然就醉，不知日之入。苍然暮色[8]，自远而至，至无所见，而犹不欲归。心凝形释，与万化冥合。然后知吾向之未始游，游于是乎始。故为之文以志。是岁，元和四年也。

【注释】

①今年：指元和四年（809 年）。

②法华：指法华寺，在原零陵县城东山之上。西亭：在法华寺内，为柳宗元所建，他经常在这里游赏山景，饮酒赋诗。

③斫（zhuó）：砍掉，砍伐。

④箕（jī）踞：像簸箕一样围坐一起。

⑤岈（xiā）然：高山深邃的样子。洼然：深谷低洼的样子。

⑥培塿（pǒu lǒu）：小土丘。

⑦引觞：拿起酒杯。

⑧苍然：灰暗的样子，这里形容傍晚的天色。

【译文】

今年的九月二十八日，由于坐

在法华寺西亭，才得以眺望西山，才觉得它很奇特。于是命令仆人渡过湘江，沿着染溪而行，砍掉杂乱丛生的荆棘，焚烧了乱草，一直到山顶才停下。随后我们攀登到山顶，像簸箕一样围坐一起远望观赏，附近这几个州的土地，就全在我们的目光所及之中了。这几个州的地势高低不平，高处是高山深邃，低处是深浅绵延，有的像蚁穴外隆起的小土堆，有的像深深的洞穴，千里之遥如同咫尺之间，聚集收拢，层层堆叠，没有一处景象能够隐藏起来的。青山白云相互萦绕，远处与天边交会，从四面望去，浑然一体。登上山顶之后我才知道这座山的奇特不凡，与小土丘全然不同。辽阔浩渺与天地间的大气合一，而看不到到它的边际；洋洋洒洒地与大自然交游而永无尽头。于是我们拿起酒杯斟满酒，喝得东倒西歪，进入醉态，不知不觉中，太阳已经下了山。苍茫的暮色由远而至，直到天黑什么也看不见了还不想归去。只觉得精神宁静安详而身体得到解脱，与大自然中的万物不知不觉地融为一体了。游过西山之后才知道，我以前不曾真正游览过风景，真正的游赏是从这里开始的。所以我把这次西山之游写成文章以记载下来。这一年是元和四年。

小石城山记

【原文】

自西山道口径北，逾黄茅岭而下[①]，有二道：其一西出，寻之无所得；其一少北而东，不过四十丈，土断而川分，有积石横当其垠[②]。其上为睥睨梁欐之形[③]，其旁出堡坞[④]，有若门焉。窥之正黑，投以小石，洞然有水声[⑤]，其响之激越[⑥]，良久乃已。环之可上，望甚远，无土壤而生嘉树美箭，益奇而坚，其疏数偃仰[⑦]，类智者所施设也。

【注释】

①黄茅岭：在今湖南省零陵县城西面。

②垠（yín）：边界。

③睥睨（pì nì）：城上锯齿形的矮墙，又称女墙。梁欐（lì）：房屋的大梁。

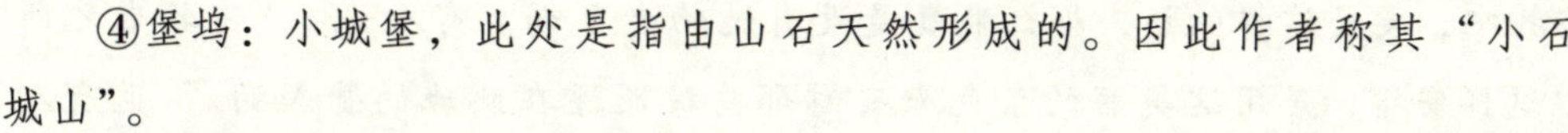

④堡坞：小城堡，此处是指由山石天然形成的。因此作者称其“小石城山”。

⑤洞然：深深的样子。

⑥激越：声音高亢清远。

⑦疏数（cù）偃仰：疏密起伏。

【译文】

从西山路口一直向北走，越过黄茅岭继续往下走，有两条路：一条向西走，沿着它走过去什么也没有发现；另一条稍微偏北而后向东，走了不到四十丈，只见地层断裂，河道分差，有一大堆积聚的山石形成的山冈横挡在路的尽头。山石顶部天然生成矮墙和栋梁的形状，旁边凸出的一块山石好像堡垒，还有一个像门的洞。从洞往里探望一片漆黑，将一块小石头丢进去，咚的一下有水响声，那声音高亢而清远，好久才消失。这座石山可以盘绕着登到山顶，站在上面可以眺望很远的地方。山上没有土壤却长着很好的树木和秀美的竹子，而且更显得形状奇特且质地坚硬。那些树木和箭竹分布得疏密有致，参差错落，就好像是用人的智慧设计布置而成的。

【原文】

噫！吾疑造物者之有无久矣。及是，愈以为诚有①。又怪其不为之中州，而列是夷狄，更千百年不得一售其伎，是固劳而无用。神者傥不宜如是，则其果无乎？或曰：“以慰夫贤而辱于此者。”或曰：“其气之灵，不为伟人，而独为是物，故楚之南少人而多石。”是二者，余未信之。

【注释】

①愈：更是。

【译文】

唉！我怀疑自然界是否有造物者已经很久了。到了这里，就更以为造物者是确实存在的。可是又奇怪它为何不把这小石城山安放到人口密集的中原地区去，却把它摆在这荒凉偏僻的蛮夷之地，即使经过千百年也没有一次可以显示自己奇异景色的机会，这简直是白耗力气而毫无用处啊。神灵或许不应该这样安排吧，要是这样的话，那么果真是没有造物者了吗？有人说："造物者之所以这样安排，是用这美丽的景色来安慰那些被贬逐在此地的贤人的。"也有人说："这地方山川钟灵之气不孕育伟人，而唯独能凝聚成这奇山胜景，所以楚地的南部很少出人才而多产奇峰怪石。"然而这两种说法，我都不信。

钴鉧潭记

【原文】

钴鉧潭在西山西[①]。其始盖冉水自南奔注[②]，抵山石，屈折东流；其颠委势峻[③]，荡击益暴，啮其涯[④]，故旁广而中深，毕至石乃止；流沫成轮，然后徐行。其清而平者，且十亩余，有树环焉，有泉悬焉。

其上有居者，以予之亟游也[⑤]，一旦款门来告曰："不胜官租、私券之委积，既芟山而更居[⑥]，愿以潭上田贸财以缓祸。"

【注释】

①钴鉧（gǔ mǔ）潭：形状像熨斗的水潭。钴鉧：熨斗，也有学者认为钴鉧是釜锅。

②冉水：即冉溪，又称染溪。

③颠委：首尾，这里指上游和下游。

④啮（niè）其涯：啮：咬。涯：边沿。这里指侵蚀着岸边。

⑤以予之亟（qì）游：因为我经常去游玩。以：因为。予：我。亟：经常，多次。

⑥芟（shān）山：割草开山。

【译文】

钴鉧潭在西山的西面。它的源头大概是由冉溪自南向北如注般奔流，碰到山石阻隔，曲折蜿蜒地向东流去；潭水的上游和下游水势湍急，撞击更加激荡，侵蚀钴鉧潭的潭岸边，潭边广阔而中间水较深，水流受到了山石的阻挡才停止；冲过来的水流回转成车轮般的漩涡，然后缓缓而流去。那潭水清澈而平缓，而且十亩有余，钴锅潭四周有树木环绕，有瀑布垂悬而下。

也有在这山上居住的人，因我多次来游玩，有一天早晨来敲门对我说："我因为无法负担越欠越多的官租私债，想在山上锄草开荒，并愿意卖掉我潭上的田，暂时缓解一下我的债务。"

【原文】

予乐而如其言。则崇其台，延其槛，行其泉于高者而坠之潭，有声潨然[①]。尤与中秋观月为宜，于以见天之高，气之迥。孰使予乐居夷而忘故土者？非兹潭也欤[②]？

【注释】

①潨（cóng）然：水声淙淙的样子。

②欤（yú）：文言助词，表示疑问，感叹，反诘语气。

【译文】

我很高兴答应了他的话。于是我就加高台面，将栏杆延伸，疏导高处的泉水，使泉水从高处落入潭中，发出了悦耳的声音。尤其是到了中秋时节在潭水边赏月更为惬意，可以看到天空的最高处，视野更加辽远。是谁使我乐于住在这夷人之地而忘却故土的呢？难道不是因为这钴锅潭吗？

钴鉧潭西小丘记

【原文】

得西山后八日[①]，寻山口西北道二百步，又得钴鉧潭。潭西二十五步，当湍而浚者为鱼梁[②]。梁之上有丘焉，生竹树。其石之突怒偃蹇[③]，负土而出，争为奇状者，殆不可数。其嵚然相累而下者[④]，若牛马之饮于溪；其冲然角列而上者，若熊罴之登于山[⑤]。

【注释】

①西山：在永州，今湖南的零陵县。

②浚（jùn）：深，挖深。

③偃蹇（yǎn jiǎn）：曲折起伏的样子。

④嵚（qīn）然：山石耸立的样子。

⑤罴（pí）：熊的一种，体形比熊大，俗称人熊。

【译文】

寻到西山后的第八天，沿着西山口向西北走了大概两百步，又发现了钴鉧潭。离潭西二十五步，正当水深流急的地方是一道阻水坝。坝顶上有一座小丘，土丘上面长着竹子和树木。小丘上的石头骤然突起或兀然高耸，破土而出，竞相形成奇形怪状，多得几乎数也数不清。那些高而险峻的山峰重叠相负而下，好像牛马俯身在小溪里喝水；那些高耸突出的山峰，像是兽角斜列着向前冲去的样子，如同熊罴在登山。

【原文】

丘之小不能一亩，可以笼而有之。问其主，曰："唐氏之弃地，货而不售。"问其价，曰："止四百。"余怜而售之。李深源、元克己时同游[①]，皆大喜，出自意外。即更取器用，铲刈秽草[②]，伐去恶木，烈火而焚之。嘉木立，美竹露，奇石显。由其中以望，则山之高，云之浮，溪之流，鸟兽之遨游，举熙熙然回巧献技，以效兹丘之下。枕席而卧，则清泠之状与目谋，潜潜之

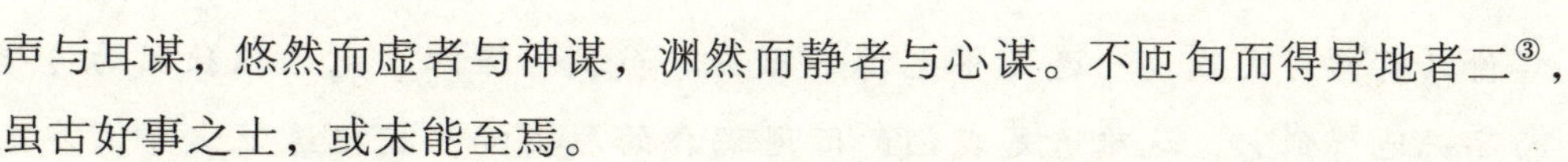

声与耳谋，悠然而虚者与神谋，渊然而静者与心谋。不匝旬而得异地者二[3]，虽古好事之士，或未能至焉。

噫！以兹丘之胜，致之沣、镐、鄠、杜[4]，则贵游之士争买者，日增千金而愈不可得。今弃是州也，农夫渔父过而陋之，贾四百，连岁不能售。而我与深源、克己独喜得之，是其果有遭乎！书于石，所以贺兹丘之遭也。

【注释】

①李深源、元克己：二人均为柳宗元友人。李深源名幼清，原任太府卿。元克己原任侍御史。二人此时同贬居永州。

②刈（yì）：割。

③匝旬：周旬，即十天。

④沣：在今陕西户县东，周文王建都处。镐：在今陕西西安市西南，周武王建都处。鄠（hù）：今陕西户县。杜：亦称杜陵，在今西安市东南。以上四地都是唐都长安附近豪门贵族聚居之地。

【译文】

这小丘小得不足一亩，简直可以把它装在笼子里提走。我打听它的主人是谁，有人说："这是唐家不要的地方，想出售而没人来买。"问它的价钱，说："只需要四百文。"我很怜惜小丘的不遇，就把它买了下来。当时，和我一起游览的李深源和元克己，他们都非常高兴，认为是出乎意料的收获。我们就轮流拿起镰刀、锄头，铲去杂草，砍掉那些乱七八糟的树，点起一把大火把它们都烧掉。好看的树木竹子显露出来了，奇峭的石头也呈现出来了。站在其中眺望，只见四面的高山，天上的浮云飘飘，潺潺的溪水流过，鸟兽在自由自在地游玩；万物都和乐怡畅地运技献能，而呈现在这小丘之下。铺席展枕地躺在丘上，清澈明净的溪水使我眼目舒适，潺潺的水声格外悦耳，那悠远寥廓、恬静幽深的境界使人心旷神怡。不满十天就得到两处风景胜地，即便是古代爱好山水的人士，也许都没有到过这地方呢。

唉！凭着这小丘优美的景色，如果把它放到京都附近的沣、镐、鄠、杜等地，那么喜欢游览观赏的人士会争先恐后地来购买它，每天增加千两纹银也未必能买到。如今被抛弃在这荒僻的永州，连农民、渔夫走过也瞧不上眼，售价只有四百文钱，一连几年也卖不出去。而我和深源、克己独独因为怜惜而高兴地得到它，这难道是我们的际遇偶合的原因吗？我把这篇文章写在石碑上，用来祝贺这小丘遭遇的好运气。

小石潭记

【原文】

从小丘西行百二十步，隔篁竹①，闻水声，如鸣佩环，心乐之②。伐竹取道③，下见小潭，水尤清冽。全石以为底，近岸，卷石底以出，为坻，为屿，为嵁，为岩④。青树翠蔓，蒙络摇缀，参差披拂。

潭中鱼可百许头，皆若空游无所依。日光下澈，影布石上，佁然不动⑤；俶尔远逝，往来翕忽⑥。似与游者相乐。

【注释】

①篁竹：成林的竹子。

②乐：以……为乐，对……感到快乐。

③取：这里指开辟。

④为坻（chí），为屿，为嵁（kān），为岩：成为坻、屿、嵁、岩各种不同的形状。坻：水中高地。屿：小岛。嵁：不平的岩石。岩：悬崖。

⑤佁（yí）然不动：（鱼）呆呆地一动不动。佁然：呆呆的样子。

⑥俶（chù）尔：忽然。翕（xī）：迅疾。

【译文】

从小丘向西走了一百二十多步，隔着竹林，可以听到水声，好像人身上佩戴的玉佩、玉环相互碰击发出的美妙声音，我的心情高兴起来。随即开始砍伐竹子，开辟道路，沿途走下去看见一个小潭，潭水显得格外清澈。小潭以整块石头为底，靠近岸边的地方，石底有些部分翻卷出来，露出水面，成为水中的高地，像水中的小岛，像悬崖，也有高低不平的石头形态各异地探出头来。树木葱郁，藤蔓翠绿，相互覆盖缠绕，风起时丝丝连连，参差不齐，披散拂动。

潭中的鱼大约有一百多条，都好像无所依附地在空中悠然游动。阳光直射到清澈的水底，鱼的影子映在水底的石面上，鱼儿呆呆地一动不动；忽然向远处游去，来来往往，轻快敏捷，好像在和游玩的人一起娱乐似的。

【原文】

潭西南而望，斗折蛇行，明灭可见。其岸势犬牙差互[①]，不可知其源。

坐潭上，四面竹树环合，寂寥无人，凄神寒骨，悄怆幽邃[②]。以其境过清，不可久居，乃记之而去。

同游者：吴武陵，龚古[③]，余弟宗玄[④]。隶而从者，崔氏二小生：曰恕己，曰奉壹。

【注释】

①差互：互相交错。

②凄神寒骨，悄怆幽邃：使人感到心情凄凉，寒气透骨，幽静深远，弥漫着忧伤的气息。凄、寒：使动用法，使……感到凄凉，使……感到寒冷。悄怆：寂静得使人感到忧伤。邃：深。

③吴武陵、龚古：都是作者的朋友。

④宗玄：作者的堂弟。

【译文】

向小石潭的西南方望去，溪岸像北斗七星那样曲折，又像蛇一样弯曲爬行，时隐时现，清晰可见。溪岸的形状像狗的牙齿那样参差不齐，让你无法分辨溪水的源头在哪里。

我坐在潭水旁边，四周有竹林和树木环绕着，寂静无人，让人感到心神凄凉，寒气透骨，幽静深远。因为那种环境太过凄清，不能长时间停留，于是把当时的情景记录下了后，我就离开了此地。

当时一同前去游玩的人有：吴武陵、龚古、我的堂弟宗玄。作为随从一同跟去的，有姓崔的两个年轻人：一个名叫恕己，一个名叫奉壹。

袁家渴记①

【原文】

由冉溪西南水行十里，山水之可取者五，莫若钴鉧潭。由溪口而西，陆行，可取者八九，莫若西山。由朝阳岩东南水行②，至芜江，可取者三，莫若袁家渴。皆永中幽丽奇处也。

楚、越之间方言③，谓水之反流者为渴，音若衣褐之褐。渴上与南馆高嶂合，下与百家濑合④。其中重洲小溪⑤，澄潭浅渚，间厕曲折⑥。平者深墨，峻者沸白。舟行若穷，忽又无际。

【注释】

①袁家渴（hé）：水名。《舆地纪胜》载："永州：袁家渴，在州南十里曾有姓袁者居之，两岸木石奇怪，子厚记叙之。"渴：原为干涸之意。湖广方言，称水之反流（即回流）为渴。袁家渴位于今永州南津渡电站坝址所在地，即原诸葛庙乡沙沟湾村前潇水河床的一段湾流。

②朝阳岩：地名，在今永州古城潇水西岸。

③楚：古称湖南为楚。越：通"粤"，古称广东为越。

④百家濑（lài）：水名，在永州古城南二里处。

⑤重洲：重叠的水中沙洲。

⑥渚（zhǔ）：泛指水中的小洲。间厕：交相错落。

【译文】

从冉溪向西南走水路十里远，山水风景较好的有五个地方，风景最好的是钴鉧潭；从溪口向西，沿陆路而行，风景较好的有八九个地方，风景最好的是西山；从朝阳岩向东南，走水路到芜江，风景较好的有三个地方，风景最好的是袁家渴。这些都是永州景致幽深美丽又奇异的地方。

楚、越两地之间的方言，把水的支流叫作"渴"，读音就像衣褐的"褐"。渴的上游与南馆的高山汇合，下游与"百家濑"汇合。其中重叠的水中岛屿、小溪，交相错落。有的地方水深，成为清澈的潭，有的地方水浅，露出小块的沙地，成为浅滩沙洲，曲折蜿蜒。水流平静的地方呈深黑色，急流的地方像沸腾一样冒着白沫。行驶中，船好像走到了尽头，可忽然又无边无际了。

【原文】

有小山出水中。山皆美石，上生青丛，冬夏常蔚然。其旁多岩洞，其下多白砾；其树多枫、柟[①]、石楠[②]、楩[③]、槠、樟、柚[④]。草则兰芷[⑤]，又有异卉，类合欢而蔓生[⑥]，轇轕水石[⑦]。

每风自四山而下，振动大木，掩苒众草[⑧]，纷红骇绿，蓊葧香气[⑨]；冲涛旋濑，退贮溪谷；摇飏葳蕤[⑩]，与时推移。其大都如此。余无以穷其状。

永之人未尝游焉。余得之，不敢专也。出而传于世。其地主袁氏，故以名焉。

【注释】

①柟（nán）：常绿乔木。

②石楠：生于石缝间的常绿树，又名千年红。

③楩（pián）：即黄楩木。

④槠（zhū）：常绿树，木坚硬，子可食。柚：常绿乔木，柚子，可食。

⑤芷（zhǐ）：白芷。多年生草本植物，开白花，果实长椭圆形，中医入药，有镇痛作用。

⑥合欢：合欢树，又名马缨花，落叶乔木，夜间小叶成对相合，夏季开花。蔓生：草本蔓生植物。

⑦轇轕（jiāo gé）：交错纠缠。

⑧掩苒（rǎn）：野草轻柔地随风倒斜的样子。

⑨蓊葧（wěng bó）：草木茂盛。

⑩摇飏（yáng）：摇曳飞扬。葳蕤（wēi ruí）：草木茂盛，枝叶下垂。

【译文】

有座小山从水中露出来。山上都是好看的石头，上面绿草丛生，一年四季都浓密茂盛。山旁有许多岩洞，山下散落着许多白色的碎石；山上生长的树木多是枫树、柟树、石楠、楩树、槠树、樟树、柚树；小草则多是兰草、芷草，也有许多奇异的花卉，类似合欢但是长出许多茎蔓，缠绕着水中石头。

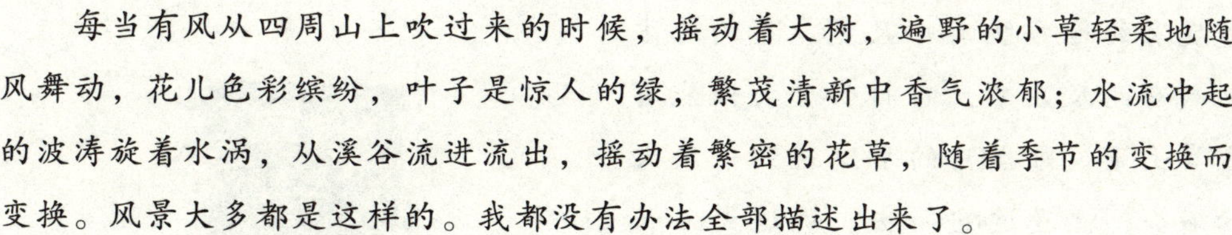
每当有风从四周山上吹过来的时候，摇动着大树，遍野的小草轻柔地随风舞动，花儿色彩缤纷，叶子是惊人的绿，繁茂清新中香气浓郁；水流冲起的波涛旋着水涡，从溪谷流进流出，摇动着繁密的花草，随着季节的变换而变换。风景大多都是这样的。我都没有办法全部描述出来了。

永州没有人过来游玩，我来到了这里，不敢独自享受。所以回来写出文章告诉世人。这里土地的主人姓袁，所以我叫它“袁家渴”。

石渠记

【原文】

自渴西南行不能百步①，得石渠，民桥其上。有泉幽幽然②，其鸣乍大乍细③。渠之广，或咫尺④，或倍尺⑤，其长可十许步。其流抵大石，伏出其下。逾石而往有石泓⑥，昌蒲被之，青藓环周。又折西行，旁陷岩石下，北堕小潭。潭幅员减百尺，清深多儵鱼。又北曲行纡馀⑦，睨若无穷，然卒入于渴。其侧皆诡石怪木、奇卉美箭，可列坐而庥焉。风摇其巅，韵动崖谷，视之既静，其听始远。

【注释】

①渴：指袁家渴。

②幽幽然：流水幽静的样子。

③乍：连词，或者。

④咫尺：比喻很近的距离，周代称八寸为一咫。

⑤倍尺：二尺。

⑥泓：深潭。水深而广。

⑦纡（yū）馀：曲折伸延。

【译文】

从袁家渴潭往西南方向行走不到百步，就看见一个石渠，百姓在石渠上建了一座便桥。有一眼泉水幽静地流淌，它流淌时的声音时大时小。石渠的宽度有的地方能有一尺宽，有的地方则只有两尺左右，它的长度大概能有十步上下。每当它的水流遇到一块大的石头，就漫过它而去。跳过大石头再往前走，就发现一个石潭，菖蒲覆盖着它，碧绿的苔藓环绕着石泓而生。渠水又转弯向西流去，从岩石边流入石缝里，然后像瀑布一样地流入北边的小潭中。小潭方圆还不足一百尺，潭水深而清澈，有许多鱼在快速游动。渠水又往北曲折绵延，斜着看好像没有尽头，最终就这样流入袁家渴。潭的一边全是怪异的石头、奇特的树木、奇异的花草、美丽的小竹，人们可以并排坐在那里休息。风吹动着树梢时，悦耳的声音在山崖和山谷间回荡，看上去虽然很宁静，但它们被风吹动所发出的声音却很悠远。

【原文】

予从州牧得之，揽去翳朽，决疏土石，既崇而焚，既酾而盈[①]，惜其未始有传焉者，故累记其所属，遗之其人[②]，书之其阳，俾后好事者求之得以易。

元和七年正月八日，蠲渠至大石[③]。十月十九日，逾石得石泓小潭，渠之美于是始穷也。

【注释】

①酾（shī）：分流，疏导。

②遗：留给。

③蠲（juān）：清理。

我跟随柳州太守时发现了这个地方，拨开阴郁的密林和腐烂的朽木，开掘疏通淤土和乱石，把朽木乱草堆积起来全部烧掉，全面疏导石渠里的渠水。可惜从来都没有遇到颂扬它的人，所以我就把它全都记录下来，留给匠人，刻写在潭南面的石头上，帮助以后喜欢游历的人比较容易地看到它。

元和七年正月初八，疏通水流到大石处。十月十九日，越过石头发现了石泓小潭，石渠的美因此就全都展示给游人了。

石涧记

【原文】

石渠之事既穷[①]，上由桥西北，下土山之阴，民又桥焉。其水之大，倍石渠三之一。亘石为底[②]，达于两涯。若床若堂，若陈筵席，若限阃奥[③]。水平布其上，流若织文，响若操琴。揭跣而往[④]，折竹箭，扫陈叶，排腐木，可罗胡床十八九居之。交络之流，触激之音，皆在床下；翠羽之木，龙鳞之石，均荫其上。古之人其有乐乎此耶？后之来者，有能追予之践履耶？得意之日，与石渠同。

由渴而来者，先石渠，后石涧；由百家濑上而来者，先石涧，后石渠。涧之可穷者，皆出石城村东南，其间可乐者数焉。其上深山幽林，逾峭险，道狭不可穷也。

【注释】

①穷：毕，完成。

②亘（gèn）石：接连不断的石头。

③限：门槛，这里作动词用，用门槛把正屋与内室隔开。阃（kǔn）：特指城郭的门槛。

④揭（qì）：把衣服拎起来。跣（xiǎn）：光着脚，不穿鞋袜。

【译文】

发现石渠美景之后，从石渠的桥上向西北走一直到土山的北坡，百姓又架了一座桥。它的水量比石渠的水量大三倍。接连不断的石头衬在水流的底部，宽度可达到两岸。石头有的像床，有的像门堂的基石，有的就像筵席上摆设的菜肴，有的像用门槛隔开的内外屋。水面平坦得像一块织布，水流的波纹像布料上的花纹，泉水咚响声像是弹琴的声音。拎着衣服光着脚前去，折断竹箭，扫除陈叶，排掉腐木，清出一块可排列十八九张躺椅的空地住下来。交织的流水，激撞的水声，都回响在椅下；如翠鸟羽毛般的树木，像鱼龙鳞甲一样的石头，都掩映在交椅之上。古时候的人有谁曾在这里找到这种快乐呢？以后的人又有谁能追随我的足迹来到此地呢？到石涧的日子，与石渠相同。

从袁家渴来的人，先到石渠后到石涧；从百家濑上山到这里的人，先到石涧后到石渠。石涧的源头，都在石城村的东南，在这条路的沿途中可以游乐的地方还有好几个。那上面的深山老林更加险峻，道路狭窄不能走到尽头。

游黄溪记

【原文】

北之晋，西适豳[①]，东极吴，南至楚、越之交，其间名山水而州者以百数，永最善[②]。环永之治百里，北至于浯溪[③]，西至于湘之源，南至于泷泉[④]，东至于黄溪东屯，其间名山水而村者以百数，黄溪最善。

黄溪距州治七十里，由东屯南行六百步，至黄神祠。祠之上，两山墙立，如丹碧之华叶骈植，与山升降。其缺者为崖峭岩窟。水之中，皆小石平布。黄神之上，揭水八十步[⑤]，至初潭，最奇丽，殆不可状。其略若剖大瓮[⑥]，侧立千尺，溪水积焉。黛蓄膏渟[⑦]，来若白虹，沉沉无声，有鱼数百尾，方来会石下。

南去又行百步，至第二潭。石皆巍然，临峻流[⑧]，若颏颔龂腭[⑨]。其下大石杂列，可坐饮食。有鸟赤首乌翼，大如鹄，方东向立。

【注释】

①豳（bīn）：古地名，唐代邠州，位于永州西北。在今陕西省旬邑县西南方向。

②最善：指山水最佳。

③浯（wú）溪：源出湖南祁阳西南松山，东北流入湘江。唐代在永州境内，诗人元结居溪畔，名溪为“浯”。

④泷（lóng）泉：地名不详，当在永州。

⑤揭水：撩起衣服，涉水而行。

⑥瓮（wèng）：陶罐。

⑦黛：古代妇女画眉用的颜料。膏：油脂。渟（tíng）：水停止不流。这句形容溪水积在潭里，乌光油亮，像贮了一瓮画眉化妆的油脂。

⑧峻流：从高而下的急流，即谓黄溪。

⑨颏（kē）：下巴尖。颔（hàn）：下巴。龂（yín）：牙根。齶（è）牙床。

【译文】

从北到晋国，西到豳国，东到吴国，南到楚国和越国交界的地方，其中有名山名水的州郡，数以百计，永州是最负盛名的了。永州管制下的方圆几百里，北面到浯溪，西面到湘江的源头，南面到泷泉，东面到东屯，其中有名山名水的村，数以百计，黄溪是最美丽的地方。

黄溪距离州城七十里。由东屯向南行走六百步，到达黄神祠。黄神祠上两座高山如墙一般高高矗立。山上的花草树木互相映衬，这些花草树木随着山势的高低而起伏，在那山间的凹陷处形成了陡崖和洞窟。水流之中都有小石头平铺分布。黄神祠之上，可以撩起衣裳涉水，行走八十步左右，就能来到初潭，此处最为奇丽，几乎难以描绘形容。溪水的两岸大致像一个剖开的大瓮，高达千尺，站立两旁，溪水汇集在这里。水呈深青色，像油脂一样明亮而无波痕。阳光下的水流灌注，像一条白虹飞泻，深沉而无声地流动，有几百尾鱼儿正欢畅地游来，聚集在石头下。

往南行去又走上百步，就能看到第二个潭。岩石都高高耸立，有湍急的水流自上而下，山石的形状像下巴和牙床。潭下的大石头交错罗列，平整得可以就座饮食。石头上有一只红首黑翼的鸟，大得像天鹅一般，正朝东面站立。

【原文】

自是又南数里，地皆一状，树益壮，石益瘦，水鸣皆锵然[①]。又南一里，至大冥之川[②]，山舒水缓[③]，有土田。始黄神为人时，居其地。

传者曰[④]：黄神王姓，莽之世也[⑤]。莽既死，神更号黄氏，逃来，择其深峭者潜焉。始，莽尝曰：“余黄、虞之后也。”故号其女曰“黄皇室主”。“黄”与“王”声相迩，而又有本，其所以传言者益验。神既居是，民咸安焉，以为有道，死乃俎豆之[⑥]，为立祠。后稍徙近乎民，今祠在山阴溪水上。

元和八年五月十六日，既归为记，以启后之好游者。

【注释】

①锵然：流水声铿锵有力。

②大冥：像海一般大。

③舒：坡度小。

④传者：介绍关于黄神传说的人。

⑤莽：王莽，字巨君，汉元帝妻王皇后的侄子，汉平帝时擅政篡汉，改国号“新”，世称“新莽”。世：后嗣。

⑥俎（zǔ）豆：古代祭祀时放祭品的案盏，此用作动词，祭祀。这句是说，黄神死后，黄溪居民就祭祀他。

【译文】

从这里又向南行进几里，地势大致相同，只是这一路上的树木更加粗壮，山石更加细长，流水的声音都是铿锵有力。再往南行一里，来到大冥的平野，山势平坦水流自然就舒缓，有了土地和田园。最初黄神活着的时候，就曾居住在这个地方。

有传闻说：“黄神姓王，是王莽的后人。”王莽死了以后，黄神改姓黄，逃到这里，选择那幽深陡峭的地方隐居下来。最初，王莽曾说：“我是黄帝、虞舜的后人。”所以称他的女儿为“黄皇室主”。“黄”与“王”读音相近，并且又有事实为依据，所以那些用作传言的说法就显得更有凭证了。黄神曾经生活在这里，而百姓也都能安居乐业，认为他已经得道而来护佑后人。他死后就为他祭祀，给他立有宗祠。后来稍稍迁移了祠庙的位置而离老百姓更近了，现在祠庙坐落在山岭下黄溪的北岸。

元和八年五月十六日，我出游归来写完这篇游记，以便来日喜欢游历的人有所参考。

欧阳修篇

作者小传

欧阳修（1007—1072年），字永叔，号醉翁，晚号六一居士，吉州永丰（今江西省吉安市永丰县）人，北宋政治家、文学家，在政治上负有盛名，唐宋八大家之一。

他天资聪颖，刻苦勤奋，常借书抄读，少时便可吟诗作赋。仁宗天圣八年（1030）进士。庆历五年（1045），被贬为滁州太守，任知滁州时，写下名篇《醉翁亭记》《丰乐亭记》，使二亭闻名于世。至和元年（1054年），任翰林学士，奉旨修《新唐书》。宋神宗熙宁五年（1072）病故。赠太子太师，谥文忠，葬于开封府新郑市旌贤乡。

他的作品多是言之有物，有感而发。著有《欧阳文忠公近体乐府》《醉翁琴趣外篇》《六一词》等。

纵囚论

【原文】

信义行于君子，而刑戮施于小人[①]。刑入于死者，乃罪大恶极，此又小人之尤甚者也。宁以义死，不苟幸生[②]，而视死如归，此又君子之尤难者也。方唐太宗之六年[③]，录大辟囚三百余人[④]，纵使还家，约其自归以就死。是以君子之难能，期小人之尤者以必能也。其囚及期，而卒自归无后者，是君子之所难，而小人之所易也。此岂近于人情哉？

或曰："罪大恶极，诚小人矣。及施恩德以临之，可使变而为君子。盖恩德入人之深，而移人之速，有如是者矣。"曰："太宗之为此，所以求此名也。然安知乎纵之去也，不意其必来以冀免，所以纵之乎？又安知乎被纵而去也，不意其自归而必获免，所以复来乎？夫意其必来而纵之，是上贼下之

情也；意其必免而复来，是下贼上之心也。吾见上下交相贼以成此名也，乌有所谓施恩德与夫知信义者哉？不然，太宗施德于天下，于兹六年矣，不能使小人不为极恶大罪，而一日之恩，能使视死如归，而存信义，此又不通之论也！”

【注释】

①刑戮：刑罚或处死。

②苟：只图眼前。

③唐太宗之六年：632 年（唐太宗贞观六年）。唐太宗是中国历史上有一定作为的皇帝，他在位年间，国势强大，社会较安定，史称“贞观之治”。

④大辟：意为最重的刑罚。

【译文】

信义可以在君子中施行，而种种刑罚则是对小人施行的。被判处死刑的人，是罪大恶极，这种人是小人中特别败坏的。宁愿为坚守信义而死，也不愿意苟且偷生，视死如归的人，这在君子中也是很难做到的。唐太宗即位后第六年时，选取被判处死刑的犯人有三百多人，暂时释放他们回家，约定好到期自动回来接受死刑。这是君子都难以做到的事，而希望小人中最坏的人能做到自然更难。到了规定的时间，那些囚犯自动回来而没有延误归期的，这是君子难以做到的，而小人却很容易地做到了。这难道近于人之常情吗？

有人说：“罪大恶极，确实是小人了。但是对他们采取恩德感化的手段，就可以使他们变为君子。恩德感化越深入人心，人的转变速度就会越快，所以才会出现这样的情况。”我说：“唐太宗之所以这样做，就是为了求得恩德深入人心的好名声啊。然而那些囚犯哪里会知道放走他们，是因为没想到他们必定会回来，心存侥幸，所以才放走他们呢？又怎知那些被放而又回来的囚犯，没有料到他们自动回来就一定会被赦免自己的死罪，这才又回来呢？那种料想到囚犯一定会回来才放他们回家，这是上面在揣摩下面内心的情形；料想到一定会被赦免死罪这才回来，这是下面囚犯在揣摩上面皇帝的内心罢了。我从中看到的是上下互相揣摩内心想法才形成了这种声誉，哪里有什么布施恩德和遵守信义的事呢？不然的话，唐太宗在全国施行恩德感化的事情，到这次释放犯人的时间已经六年了，却不能让小人不犯极恶大罪，只凭一天的恩德感化，就能使囚犯视死如归，而且坚守信义，这是讲不通的理论啊！”

【原文】

然则何为而可？曰：纵而来归，杀之无赦。而又纵之，而又来，则可知为恩德之致尔。然此必无之事也。若夫纵而来归而赦之，可偶一为之尔。若屡为之，则杀人者皆不死，是可为天下之常法乎？不可为常者，其圣人之法乎？是以尧、舜、三王之治①，必本于人情，不立异以为高，不逆情以干誉②。

【注释】

①三王：指夏禹、商汤、周文王和周武王。他们都是儒家崇拜的古代圣王。

②干誉：求取名誉。

【译文】

既然这样，那么应该怎么去做才好呢？我认为：释放了而后又回来的囚犯，照样杀头不予赦免。然后再放出一批囚犯，他们又回来了，这样才能知道是皇上布施恩德而使他们这样做的。然而这必定是不可能的事。如果对放出的囚犯在他们回来后就赦免了死罪，可以偶尔做一次。如果总是这样去做，那么杀人犯都不会被处死，这可以作为国家的常法吗？不能作为国家的常法，这难道能说是圣人之法吗？所以说，尧、舜、三王治理国家，一定以合乎人情为基本出发点，不以标新立异凸显高尚，不违背情理来博取好的名望。

醉翁亭记

【原文】

环滁皆山也①。其西南诸峰，林壑尤美②。望之蔚然而深秀者③，琅琊也。山行六七里，渐闻水声潺潺，而泻出于两峰之间者④，酿泉也⑤。峰回路转，有亭翼然临于泉上者⑥，醉翁亭也。作亭者谁？山之僧曰智仙也。名之者谁？太守自谓也。太守与客来饮于此，饮少辄醉⑦，而年又最高，故自号曰醉翁也。醉翁之意不在酒，在乎山水之间也。山水之乐，得之心而寓之酒也。

若夫日出而林霏开，云归而岩穴暝，晦明变化者，山间之朝暮也。野芳发而幽香，佳木秀而繁阴，风霜高洁，水落而石出者，山间之四时也。朝而往，暮而归，四时之景不同，而乐亦无穷也。

【注释】

①环滁：环绕着滁州城。

②壑：山谷。

③蔚然：草木繁盛。

④潺潺：流水声。

⑤酿泉：泉的名字。因水清可以酿酒，故名酿泉。

⑥翼然：四角翘起，像鸟张开翅膀的样子。

⑦辄：就，总是。

【译文】

环绕着滁州城周边的都是山。在它西南方向的几座山峰，树林和山谷格外秀美。远远望去，所见的树木茂盛而又幽深秀美的地方，便是琅琊山了。沿着山路行走六七里远，渐渐听到潺潺的流水声，有水流从两座山峰之间飞泻而下的地方，便是酿泉了。山势曲折绵延，路径回环之处有一个四角翘起，像大鸟张开翅膀盘踞于泉水之上的亭子，这便是醉翁亭了。建造这个亭子的人是谁呢？那是山里的和尚智仙。给这个亭子命名的人是谁？是太守用自己的别号给它命名的。太守和宾客来这里饮酒，稍微喝了一点就有醉意了，当时他的年龄又是最大的，所以给自己起了个别号叫"醉翁"。醉翁的情趣不在喝酒上，而在欣赏山水之间的美景。欣赏山水的乐趣，心里能感受到，并把它全都寄托在酒中。

若是早晨日出的时候，林间的雾气便会散开，云烟归去时，山岩洞穴就显得昏暗朦胧了。这种阴暗与明亮交替变化的，就是山间的早晨和傍晚了。遍地的野花盛开而散发着清幽的香味，秀美的树木繁茂成荫，天高气爽而又霜色晶莹，水位低落而显露出各异的石头，这就是山间四季变化的景色了。早晨出去，傍晚归来，所见四季的景色不同，而其中的乐趣也是无穷无尽的。

【原文】

至于负者歌于途，行者休于树，前者呼，后者应，伛偻提携[①]，往来而不绝者，滁人游也。临溪而渔，溪深而鱼肥；酿泉为酒，泉香而酒洌；山肴野蔌[②]，杂然而前陈者，太守宴也。宴酣之乐，非丝非竹，射者中[③]，弈者胜，觥筹交错[④]，起坐而喧哗者，众宾欢也。苍颜白发，颓然乎其间者，太守醉也。

已而夕阳在山，人影散乱，太守归而宾客从也。树林阴翳[⑤]，鸣声上下，游人去而禽鸟乐也。然而禽鸟知山林之乐，而不知人之乐；人知从太守游而乐，而不知太守之乐其乐也。醉能同其乐，醒能述以文者，太守也。太守谓谁？庐陵欧阳修也。

【注释】

①伛偻（yǔ lǚ）：这里指老年人。

②野蔌（sù）：野菜的总称。

③射：这里指投壶，古人宴饮时的一种游戏，把箭向壶里投，投中多者为胜，负者照规定的杯数喝酒。

④觥（gōng）：古代饮酒用的大杯，用木或铜制。筹：用竹子制成的计数用具。在这里指记饮酒数量的筹码。

⑤翳（yì）：遮盖。

【译文】

至于背负着东西走在路上唱歌的人，路过的人在树下稍作休息，前面的人呼喊，后面的人随声应答的，弯腰驼背的老人和由大人领着小孩子的，来来往往络绎不绝的，那便是滁州的人在游览。来到溪边垂钓，溪水清澈而鱼儿肥美；用酿泉的泉水来酿酒，泉水清冽而做出的酒水甘甜；各种野味山菜，错杂地摆在面前的，那是太守在宴请宾客。宴会喝酒高潮四起时的欢笑声，并非是弹琴奏乐所带来的，而是投壶的人投中了目标，下棋的人获胜了，酒杯和酒筹在人们手中传来传去，坐着的人和站起来的人在嬉笑喧哗的，是宾客在尽情欢乐。而那位容颜苍老，头发花白，醉醺醺地坐在众人中间的，那是已经醉了的太守。

过了一会儿，夕阳落到山顶，人影散乱，这是宾客们跟随着太守归去了。树林沉浸在阴暗之中，依然听见鸟儿四处啼鸣，那是游人离去后鸟儿在欢唱呢。然而鸟儿只知道山林中的乐趣，却不知道人间的乐趣；而人们只知道跟随太守游玩的乐趣，却不知道太守是因为他们的快乐而感到快乐。醉了能够和大家一起欢乐，醒来能够用文章记叙这快乐的人，正是太守。太守是谁呢？就是庐陵的欧阳修啊。

丰乐亭记[①]

【原文】

修既治滁之明年[②]，夏，始饮滁水而甘。问诸滁人，得于州南百步之近。其上丰山，耸然而特立；下则幽谷，窈然而深藏；中有清泉，滃然而仰出[③]。俯仰左右，顾而乐之。于是疏泉凿石，辟地以为亭，而与滁人往游其间。

滁于五代干戈之际[④]，用武之地也。昔太祖皇帝，尝以周师破李景兵十五万于清流山下，生擒其将皇甫晖、姚凤于滁东门之外，遂以平滁。修尝考其山川，按其图记，升高以望清流之关，欲求晖、凤就擒之所。而故老皆无在者，盖天下之平久矣。自唐失其政，海内分裂，豪杰并起而争，所在为敌国者，何可胜数？及宋受天命，圣人出而四海一。向之凭恃险阻，刬削消磨。百年之间，漠然徒见山高而水清；欲问其事，而遗老尽矣[⑤]。今滁介于江淮之间，舟车商贾、四方宾客之所不至，民生不见外事，而安于畎亩衣食[⑥]，以乐生送死。而孰知上之功德，休养生息，涵煦百年之深也。

【注释】

①丰乐亭：在今安徽滁州城西丰山北，为欧阳修被贬滁州后建造的。苏轼曾将《丰乐亭记》书刻于碑。《舆地纪胜》：“淮南路滁州：丰乐亭，在幽谷寺。庆历中，太守欧阳修建。”清《一统志》：“安徽滁州丰乐亭在州西南琅琊山幽谷泉上。欧阳修建，自为记，苏轼书，刻石。”

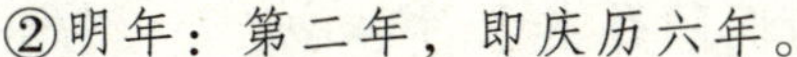

②明年：第二年，即庆历六年。

③滃（wěng）然：水势盛大的样子。

④五代：指后梁、后唐、后晋、后汉、后周。

⑤遗老：指经历战乱的老人。

⑥畎（quǎn）亩：田地。

【译文】

我担任滁州以后的第二年春天，刚喝到滁州的泉水，就觉得格外甘甜。于是向滁州人询问泉水的发源地，就在距离滁州城南面一百步的近处。它的上游是丰山，高耸地矗立着；下面是一处深谷，幽暗地潜藏着；中间就有一股清泉，水势汹涌，向上涌出。我上下左右地观看，很是喜爱这里的风景。因此，我就叫人疏通泉水，凿开石头，拓出空地，造了一座亭子，和滁州人在这美景之中往来游乐。

滁州在五代混战的时候，是个互相争夺的区域。过去，太祖皇帝曾经率领后周军队在清流山下击溃李景的十五万军队，在滁州东门外的战役中活捉了他的大将皇甫晖、姚凤，就此平定滁州。我曾经考察过滁州地区的山水，查核过滁州地区的图籍，登上高山来眺望清流关，想在此寻找皇甫晖、姚凤被捉的地方。可是，当时的人都已经不在了，大概是天下太平的时间太久了吧。自从唐朝的政权败落，天下四分五裂，英雄豪杰们全都起来争夺天下，到处都是敌对的政权，哪能数得清呢？到了大宋朝接受天命，圣人一出现，天下就得到统一了。以前凭靠险要割据的政权都被削平消灭。在一百年之间，只有随处可见的山高水清。想问问那时的情形，可是当年留下来的老年人都早已经不在人世了。如今，滁州处在长江、淮河之间，是乘船坐车的商人和四面八方的旅游者都无法抵达的地方。百姓活着不知道外面的事情，安心地耕田播种，满足地穿衣吃饭，欢乐地过日子，一直到死。有谁晓得这都是皇帝的功德，才得以让百姓休养生息，怡然自得已然一百年之久了呢。

【原文】

修之来此，乐其地僻而事简，又爱其俗之安闲。既得斯泉于山谷之间，乃日与滁人仰而望山，俯而听泉；掇幽芳而荫乔木[①]，风霜冰雪，刻露清秀，四时之景，无不可爱。又幸其民乐其岁物之丰成[②]，而喜与予游也。因为本其山川，道其风俗之美，使民知所以安此丰年之乐者，幸生无事之时也。夫宣上恩德，以与民共乐，刺史之事也[③]。遂书以名其亭焉。

庆历丙戌六月日，右正言知制诰知滁州军州事欧阳修记。

【注释】

①掇（duō）：拾取，采取。

②岁物：一年的收成。

③刺史：官名，宋人习惯上作为知州的别称。欧阳修此时为滁州知州，根据习惯自称为刺史。

【译文】

我来到这里，喜欢这地方的僻静，而且政事清简，又爱这里安恬闲适的风俗。在山谷间找到这样的甘泉之后，我每天同滁州的民众来这里游玩，抬头可以仰望高山，低头可以听到泉水弦音。春天能采摘幽香的鲜花，夏天可以在茂密的乔木林中纳凉，风吹落霜冰结飞雪之时，更鲜明地显露出它的清肃秀美，四季的风光，无不令人喜爱。又庆幸遇到民众为那年谷物丰收带来的高兴，而乐意与我同游。因此我根据这里的山脉河流，叙述这里风俗的美好，让民众知道能够安享丰年的欢乐，是因为有幸生于这太平无事的时代。宣扬皇上的恩德，和民众共享欢乐，这都是刺史职责范围之内的事。于是我写下这篇文章来为这座亭子命名。

庆历丙戌六月日，右正言知制诰、滁州军州事欧阳修记。

朋党论

【原文】

臣闻朋党之说，自古有之，惟幸人君辨其君子小人而已。

大凡君子与君子以同道为朋，小人与小人以同利为朋，此自然之理也。然臣谓小人无朋，惟君子则有之，其故何哉？小人之所好者，禄利也；所贪

者，财货也。当其同利之时，暂相党引以为朋者①，伪也；及其见利而争先，或利尽而交疏，则反相贼害②，虽其兄弟亲戚不能相保。故臣谓小人无朋，其暂为朋者，伪也。君子则不然，所守者道义，所行者忠信，所惜者名节。以之修身，则同道而相益；以之事国，则同心而共济，终始如一，此君子之朋也，故为人君者，但当退小人之伪朋，用君子之真朋，则天下治矣。

【注释】

①党引：互相勾结。

②贼害：残害。

【译文】

臣听说关于朋党的言论，是自古就有的，只是希望君王能分清他们是君子还是小人罢了。

一般说来君子与君子都是因为志趣一致才结为朋党，而小人则因利益相同而结为朋党。这是很自然的规律。但是臣以为小人并没有朋党，只有君子才有。这是什么原因呢？因为小人所爱所喜欢的是显贵和权势；他们所贪恋的，是物质和钱财。当他们所追求的利益相同的时候，暂时地互相勾结成为朋党，那是虚假的；等到他们见到利益后就会争先恐后地抢夺，或者利益已尽而交情淡漠之时，就会反过来互相残害，即使是兄弟亲戚，也不会互相保护。所以说小人并无朋党，他们只是暂时结为朋党，那是虚假的。君子就不是这样。他们坚持的是信守道义，所执行的准则是忠诚守信，所珍惜的是名节。用这些来提高自身修养，彼此具有相同的道义而且能够取长补短；用这些来为国家做事，那么观点相同就能共同前进，始终如一，这才是君子的朋党啊。所以做君主的，只要能废掉小人的假朋党，任用君子的真朋党，那么天下就可以安定了。

【原文】

尧之时，小人共工、讙兜等四人为一朋①，君子八元、八凯十六人为一朋②。舜佐尧，退四凶小人之朋，而进元、凯君子之朋，尧之天下大治。及舜自为天子，而皋、夔、稷、契等二十二人并列于朝③，更相称美，更相推让，凡二十二人为一朋，而舜皆用之，天下亦大治。

《书》曰："纣有臣亿万，惟亿万心；周有臣三千，惟一心。"纣之时，亿万人各异心，可谓不为朋矣。然纣以亡国。周武王之臣，三千人为一大朋，而周用以兴。后汉献帝时④，尽取天下名士囚禁之，目为党人。及黄巾贼起，汉室大乱，后方悔悟，尽解党人而释之，然已无救矣。唐之晚年，渐起朋党之论，及昭宗时⑤，尽杀朝之名士，或投之黄河，曰："此辈清流，可投浊流。"而唐遂亡矣。

【注释】

①共工、讙兜等四人：指共工、讙兜、鲧、三苗，即后文被舜放逐的"四凶"。

②八元：传说中上古高辛氏的八个才子。八恺：传说中上古高阳氏的八个才子。

③皋（gāo）、夔（kuí）、稷（jì）、契（xiè）：传说他们都是舜时的贤臣，皋掌管刑法，夔掌管音乐，稷掌管农业，契掌管教育。《史记·五帝本纪》载："舜曰：'嗟！（汝）二十有二人，敬哉，惟时相天事。'"

④后汉献帝：东汉最后一个皇帝刘协。

⑤昭宗：唐朝将要灭亡时的一个皇帝。

【译文】

唐尧的时候，小人共工、讙兜等四人结为一个朋党，君子则有八元、八凯等十六人结为一个朋党。舜辅佐尧，废掉“四凶”的小人朋党，而任用元、凯的君子朋党，因此唐尧的天下非常太平。等到虞舜自己做了天子，皋陶、夔、稷、契等二十二人同时列位于朝廷。他们互相推举赞美，互相推辞谦让，一共二十二人结为一个朋党。而虞舜从不怀疑他们而全都任用，天下也因此得到大治。

《尚书》上说：“商纣有亿万臣，是亿万条心；周有三千臣，却是一条心。”商纣王的时候，虽有亿万人却都各存异心，可以说不能称其为朋党了，所以纣王因此而亡国。周武王的臣下，只有三千人结成一个大朋党，但是周朝却因此而能兴盛。后汉献帝的时候，把天下名士都关押起来，把他们视作“党人”。等到黄巾军起来了，汉王朝大乱，然后才悔悟，解除了禁令而释放了他们，可是已经无法挽回局面了。唐朝的末期，逐渐生出朋党的议论，到了昭宗时，把朝廷中的名士都杀害了，有的竟被投入黄河，说什么“这些人自命为清流，应当把他们投到浊流中去”。然而唐朝也就很快随之灭亡了。

【原文】

夫前世之主，能使人人异心不为朋，莫如纣；能禁绝善人为朋，莫如汉献帝；能诛戮清流之朋，莫如唐昭宗之世。然皆乱亡其国。更相称美，推让而不自疑，莫如舜之二十二臣，舜亦不疑而皆用之。然而后世不诮舜为二十二人朋党所欺①，而称舜为聪明之圣者，以能辨君子与小人也。周武之世，举其国之臣三千人共为一朋，自古为朋之多且大莫如周，然周用此以兴者，善人虽多而不厌也②。

夫兴亡治乱之迹③，为人君者可以鉴矣!

【注释】

①诮（qiào）：责备。

②厌：通“餍”，满足。

③迹：事迹。

【译文】

前代的那些君王们，能使人人异心不结为朋党的，谁也不及商纣王；能禁止断绝好人结为朋党的，谁也比不过汉献帝；能诛杀残害“清流们”朋党的，谁也不及唐昭宗之时。然而都因此而使他们的国家招来混乱以致灭亡。而互相推举谦让而不疑忌的，谁也不及虞舜的二十二位大臣，虞舜也毫不猜疑地任用他们。但是后世并不讥笑虞舜被二十二人的朋党所蒙骗，却赞美虞舜是聪明的君主，原因就在于他能准确地区分君子和小人。周武王时，全国所有的臣下三千人结成一个朋党，自古以来朋党又多又大的，莫过于周朝，然而周朝却能因此而兴盛，原因就在于贤良之士虽多，周王却不会因此而感到满足。

那么前代朝纲治乱与兴亡的过程，作为君主的，就可以拿它作为借鉴了。

秋声赋

【原文】

欧阳子方夜读书[①]，闻有声自西南来者，悚然而听之，曰：“异哉！”初淅沥以萧飒，忽奔腾而砰湃[②]；如波涛夜惊，风雨骤至。其触于物也，鏦鏦铮铮[③]，金铁皆鸣；又如赴敌之兵，衔枚疾走[④]，不闻号令，但闻人马之行声。余谓童子：“此何声也？汝出视之。”童子曰：“星月皎洁，明河在天，四无人声，声在树间。”

予曰：噫嘻悲哉！此秋声也。胡为而来哉？盖夫秋之为状也，其色惨淡，烟霏云敛；其容清明，天高日晶；其气栗冽，砭人肌骨[⑤]；其意萧条，山川寂寥。故其为声也，凄凄切切，呼号愤发。丰草绿缛而争茂[⑥]，佳木葱茏而可悦。草拂之而色变，木遭之而叶脱。其所以摧败零落者，乃其一气之余烈。

【注释】

①欧阳子：作者自称。

②砰湃：同“澎湃”，波涛汹涌的声音。

③钬钬（cōng cōng）铮铮：金属相击的声音。

④衔枚：古时行军或袭击敌军时，让士兵衔枚以防出声。

⑤砭（biān）：古代用来治病的石针，这里引用为刺的意思。

⑥绿缛（rù）：碧绿繁茂。

【译文】

我夜里正在读书，突然听到有声音从西南方向传来，心理恐惧地侧耳倾听惊道：“真是好奇怪啊！”这声音初听时像是淅淅沥沥的雨声，其中还夹杂着萧萧飒飒的风吹树木的声音，然后忽然间变得汹涌澎湃起来；像是江河在夜间波涛倏然激起，风雨骤然而至。那种声音如同碰到物体上发出铿锵之声，又好像金银铁质的物体相互撞击的鸣响，再仔细去听，又像是衔枚奔走去袭击敌人的军队，听不到任何号令声，只听见有人马行进的声响。于是我对书童说：“这是什么声音？你出去看看。”书童回答说：“月色皎洁明亮，星光灿烂于浩瀚的银河，四下里没有人的声音，那声音是从树林间传来的。”

我叹道：唉，好生悲凉啊！这就是潇潇秋声呀，为什么要来呢？大概是那秋天的样子吧，它的色调暗淡，烟飞云收；它的形貌清新明丽，日色高远明亮；它的气势寒冷凛冽，刺人肌骨；它的意境寂寞空冷而没有生机，山林川流寂静空旷。所以它发出的声音时而凄凄切切，时而呼啸，时而激昂。原本绿草浓密丰美，争相繁茂，树木青翠茂盛而使人快乐。然而，一旦秋风吹起，拂过草地，草就要变色；掠过森林，树木就要叶落飘零。它能折断枝叶，凋落花草，造成树木凋零的原因，是秋天气势的余威啊。

【原文】

夫秋，刑官也[①]，于时为阴；又兵象也，于行用金。是谓天地之义气，常以肃杀而为心。天之于物，春生秋实，故其在乐也，商声主西方之音，夷则为七月之律。商，伤也，物既老而悲伤；夷，戮也，物过盛而当杀。

“嗟乎！草木无情，有时飘零。人为动物，惟物之灵。百忧感其心，万事劳其形，有动于中，必摇其精。而况思其力之所不及，忧其智之所不能，宜其渥然丹者为槁木[②]，黝然黑者为星星[③]。奈何以非金石之质，欲与草木而争荣？念谁为之戕贼[④]，亦何恨乎秋声！”

童子莫对，垂头而睡。但闻四壁虫声唧唧，如助余之叹息。

【注释】

①刑官：执掌刑狱的官。《周礼》把官职与天、地、春、夏、秋、冬相配，称为六官。秋天肃杀万物，所以司寇为秋官，执掌刑法，称刑官。

②渥（wò）：红润的脸色。槁（gǎo）木：已经死亡干枯的树木，形容毫无生气。

③黝（yǒu）然：形容黑的样子。

④戕（qiāng）贼：残害人的人。

【译文】

秋天就是一个执掌刑狱的刑官，它在季节上说属于阴；秋天又是兵器和用兵的象征，在五行上属于金。这就是常说的天地具有严凝之气，它常常以肃穆杀戮为核心。自然界对万物来说，是要它们在春天生长，在秋天结出果实，故而它又属于乐声，秋天在音乐的五声中又属商声。商声是西方之声，夷则是七月的曲律之名。商，也就是“伤”的意思，万物衰老了，都会悲伤。夷，是杀戮的意思，草木过了繁盛期，就会衰亡。

“唉！草木没有情感，季节一到便会衰败凋零。人是动物的一种，在万物中唯独最有灵性，无穷无尽的忧虑煎熬他的心绪，无数琐碎烦恼的事来劳累他的身体。只要内心被外界事物所触动，就一定会消耗他的精神之气。更何况是常常思索自己的力量所做不到的事情，忧虑自己的智慧所不能解决的问题，这一切自然都会使他红润的面色变得苍老枯槁，乌黑的头发也会变得花白如霜。为什么却要用并非金石般结实的肌体，去像草木那样争一时的荣盛呢？应当细细想一想究竟谁是残害我们的贼人，又何必去怨恨这秋声呢？”

书童没有回答我的话语，他已经低头沉沉睡去。只听得四壁虫鸣唧唧，好像是在同情我而轻声叹息。

祭石曼卿文

【原文】

维治平四年七月日，具官欧阳修①，谨遣尚书都省令史李敭②，至于太清，以清酌庶羞之奠③，致祭于亡友曼卿之墓下，而吊之以文。曰：

呜呼曼卿！生而为英，死而为灵。其同乎万物生死，而复归于无物者，暂聚之形④；不与万物共尽，而卓然其不朽者，后世之名。此自古圣贤，莫不皆然，而著在简册者⑤，昭如日星。

【注释】

①具官：唐宋以来，官吏在奏疏、函牍及其他应酬文字中，常把应写明的官职爵位，写作具官，表示谦敬。欧阳修写作此文时官衔是观文殿学士刑部尚书亳州军州事。

②尚书都省：即尚书省，管理全国行政的官署。敭（yáng）：通“扬”。

③清酌：祭奠时所用之酒。庶：各种。羞：通“馐”，食品，这里指祭品。

④暂聚之形：指肉体生命。

⑤简册：指史籍。

【译文】

在英宗治平四年七月某日，具官欧阳修差遣尚书都省令史李敭到太清之下，以清酒和各种美味的菜肴作奠仪，致祭于亡友石曼卿的墓前，并作一篇祭文来悼念：

唉！曼卿，生前是杰出的人才，死后一定会成为神灵。那同万物一起生死，而后又回归到无物的地方的，是暂时精气相聚的肉身；那不与万物一起灭亡，卓越挺立，那永垂不朽的，是留给后世的英名。这样的规律从古至今，对圣贤来说莫不如此，一生美名留著于史册，像日月星辰一样闪亮。

【原文】

呜呼曼卿！吾不见子久矣，犹能仿佛子之平生。其轩昂磊落，突兀峥嵘而埋藏于地下者，意其不化为朽壤[①]，而为金玉之精。不然，生长松之千尺，产灵芝而九茎。奈何荒烟野蔓，荆棘纵横；风凄露下，走磷飞萤！但见牧童樵叟，歌唫而上下，与夫惊禽骇兽，悲鸣踯躅而咿嘤[②]。今固如此，更千秋而万岁兮，安知其不穴藏狐貉与鼯鼪[③]？此自古圣贤亦皆然兮，独不见夫累累乎旷野与荒城！

呜呼曼卿！盛衰之理，吾固知其如此，而感念畴昔[④]，悲凉凄怆，不觉临风而陨涕者[⑤]，有愧乎太上之忘情。尚飨[⑥]！

【注释】

①朽壤：腐朽的土壤。

②踯躅（zhí zhú）而咿嘤：这里指野兽来回徘徊，禽鸟悲鸣惊叫。

③狐貉（hé）：兽名，形似狐狸。鼯（wú）：鼠的一种，也称飞鼠。鼪（shēng）：黄鼠狼。

④畴昔：往昔，从前。

⑤陨（yǔn）涕：落泪。

⑥尚飨：祭文套语，表示希望死者鬼神来享用祭品之意。

【译文】

唉！曼卿，我已经很久没有看见你了，但还能依稀记得你生前的模样。你那气宇轩昂的外表和光明磊落的胸襟，你那突出的才干和峥嵘不凡的气质，虽然已经埋葬在地下，想来不会腐化成腐朽的土壤，而会变成金玉的精华。如果不是这样，就会生长起高达千尺的松树，或者是长出九根茎的灵芝。无奈那坟茔之上也会荒陌野草，藤蔓缠绕，荆棘纵横；风雨凄凉，霜露下降；磷火飘动，明灭飞萤！但只见牧童与老樵夫唱着悼歌，上下走动悲吟；受惊的飞禽与野兽，前后徘徊不去，发出悲切的鸣叫呼声。今天固然这样离去，再过千秋万年之后，怎知道穴洞里不深藏着狐狸貉子、鼯鼠和黄鼠狼？而自古以来圣贤都是这样，难道没有见过那接连不断的旷野和荒城！

唉！曼卿，万物盛衰生死的道理，我固然知道会是这样，然而思念起往昔的情景，越发地感到悲凉凄怆，不由自主地迎风而流下眼泪，惭愧自己不能像圣人那样淡然忘情。悲乎哀哉，请享用祭品吧！曼卿。

送杨寘序①

【原文】

予尝有幽忧之疾②，退而闲居，不能治也。既而学琴于友人孙道滋③，受宫声数引④，久而乐之，不知疾之在其体也。

夫琴之为技小矣⑤，及其至也，大者为宫，细者为羽，操弦骤作，忽然变之，急者悽然以促⑥，缓者舒然以和，如崩崖裂石、高山出泉，而风雨夜至也。如怨夫寡妇之叹息⑦，雌雄雍雍之相鸣也⑧。其忧深思远，则舜与文王、孔子之遗音也；悲愁感愤，则伯奇孤子、屈原忠臣之所叹也⑨。喜怒哀乐，动人必深。而纯古淡泊，与夫尧舜三代之言语、孔子之文章、《易》之忧患、《诗》之怨刺无以异。其能听之以耳，应之以手，取其和者，道其湮郁⑩，写其幽思，则感人之际，亦有至者焉。

【注释】

①杨寘（zhì）：欧阳修的朋友。字审贤，少睥时有文才，宋仁宗庆历二年进士。寘："置"的异体字。

②幽忧：过度的忧伤和劳累。语出《庄子·让王》："我适有幽忧之病。"

③孙道滋：作者的朋友。

④宫：五声音阶的第一音级，依次是商、角、徵、羽。引：乐曲体裁之一。本句意即学习宫、商的声音和几支曲子。

⑤技：技艺。

⑥凄然：悲伤的样子。

⑦怨夫：没有妻室的男子。

⑧雍雍：和睦。

⑨伯奇：《琴操》记周宣王时，大臣尹吉甫有个儿子，名伯奇，本来很孝顺，由于后娘谗害，被尹吉甫驱逐出去。伯奇很伤心，弹琴作《履霜操》，曲终，投河而死。

⑩湮（yān）郁：滞塞不通，抑郁不畅。

【译文】

我曾经得了忧劳的病症，辞官回乡闲居，一直没有医治好。后来在朋友孙道滋那里学习弹琴。学习了五声和几支乐曲，时间一长觉得很快乐，已经忘记了还有疾病在自己的身上。

弹琴是一种小技艺而已，但是这技艺到了极致，却能大到弹出宫声浩荡，小到弹出羽声轻扬，操着琴弦急速地弹拨出声，琴声忽而多变，急促起来会感到声音凄然，轻柔而弹的声音显得平和舒缓。时而像山崩石裂、高山上喷涌而出的清泉，时而像狂风暴雨在夜晚来临。有时像怨夫寡妇的叹息声，又像是雌鸟、雄鸟和睦的悠然和鸣。那琴声深沉的忧虑和悠远的思绪，恰是虞舜、周文王和孔子的遗音；那琴声似秋的悲伤和愤恨的感怀，是孤儿伯奇、忠臣屈原所发出的叹息。奔腾而出的喜怒哀乐，一定能深刻地打动人心。而淳厚、古雅、淡泊的音色，跟尧舜三代的言语，孔子的文章，《易经》所表现的忧患，《诗经》所包含的怨恨讽刺，没有什么区别。这声音能够用耳朵听出来，能够随手弹出来。如果选取那和谐的音调，排遣忧郁，散发幽思，那么那种感动人心的时刻，也是极为深切的。

【原文】

予友杨君，好学有文，累以进士举，不得志。及从荫调[①]，为尉于剑浦[②]，区区在东南数千里外，是其心固有不平者。且少又多疾，而南方少医药。风俗饮食异宜。以多疾之体，有不平之心，居异宜之俗，其能郁郁以久乎？然欲平其心以养其疾，于琴亦将有得焉。故予作《琴说》以赠其行，且邀道滋酌酒，进琴以为别。

【注释】

①荫调：凭借上代官爵而得官。

②剑浦：县名，今福建南平市内。

【译文】

我的朋友杨君，勤奋好学而且写得一手好文章，屡次参加进士考试，都不得中。后来依靠祖上官勋的庇佑，才调到剑浦去做了县尉。小小的剑浦在东南面几千里路以外，这种情形，他心里固然会愤愤不平。而且杨君年轻多病，而南方缺医少药，风俗、饮食习惯都不适宜。以他多病的身体，怀有不平的心境，却生活在风俗完全不同的地方，怎能在抑郁之中长久支持下去呢？然而想要使他的心境平和而来疗养他的疾病，对于学琴来说，将会是有所收获的吧。因此我写了这篇关于弹琴的文章来给他饯行，并且邀请孙道滋来喝酒，弹一曲琴音当作临别的纪念。

释秘演诗集序

【原文】

予少以进士游京师[①]，因得尽交当世之贤豪。然犹以谓国家臣一四海，休兵革[②]，养息天下，以无事者四十年，而智谋雄伟非常之士，无所用其能者，往往伏而不出；山林屠贩，必有老死而世莫见者，欲从而求之，不可得。

其后得吾亡友石曼卿[③]。曼卿为人，廓然有大志[④]，时人不能用其材，曼卿亦不屈以求合，无所放其意，则往往从布衣野老，酣嬉淋漓，颠倒而不厌。予疑所谓伏而不见者，庶几狎而得之[⑤]，故尝喜从曼卿游，欲因以阴求天下奇士。

【注释】

①京师：北宋都城汴京，今河南开封。

②兵革：指战争。

③石曼卿：名延年，今河南商丘市人。

④廓然：开朗，豪放。

⑤狎（xiá）：亲近且态度随便。

【译文】

我年轻时因考进士寄居京城，因而有机会广泛结交了当世的贤士豪杰。这之后就特别有感慨的是，国家统一了四方，停止一切战争，休养生息，以

至于天下太平了四十年，但那些智谋出众、志向雄伟的不凡之人，因此而没有地方施展他们的才能，往往就蛰伏不出了。生活在屠夫商贩之中，一定也有直到老死还没有被世人发现的人才，想去拜访他们并与之结交，都不容易办到。

后来，几经寻觅，我终于结识了亡友石曼卿。曼卿的为人，开朗豪放而且有远大的志向。任政之人没能任用他的才华，曼卿也不肯委屈自己去迁就别人。他没有地方舒展志向，就常常和布衣百姓、乡邻村老尽情地饮酒玩乐，直到癫狂醉倒也不尽兴。我猜想那些所谓蛰伏而不被发现的人才，或许只有亲近他们才能找到他们，所以我常常喜欢跟曼卿游玩，想借此机会暗中访求天下奇士。

【原文】

浮屠秘演者，与曼卿交最久，亦能遗外世俗，以气节相高。二人欢然无所间。曼卿隐于酒，秘演隐于浮屠[①]，皆奇男子也。然喜为歌诗以自娱，当其极饮大醉，歌吟笑呼，以适天下之乐，何其壮也！一时贤士，皆愿从其游，予亦时至其室。

十年之间，秘演北渡河，东之济、郓，无所合，困而归[②]。曼卿已死，秘演亦老病。嗟夫！二人者，予乃见其盛衰，则余亦将老矣。

【注释】

①浮屠：佛教。

②困：困顿不畅。

【译文】

秘演和尚，与曼卿交往时间最久，也能超脱世俗，以追求自守高雅的气节。他们两人相处融洽毫无嫌隙。曼卿在饮酒之中隐藏自己的才华，秘演则隐于寺庙之中，他们都是有奇才的男子，而且都喜欢作诗来自得其乐。当他们尽情饮酒到大醉时，唱歌吟诗欢笑狂呼，以共享天下最大的快乐，那种情景是多么豪迈啊！当时的贤士，都愿意跟他们交往，我也时常到他们家去。

一晃十年，秘演向北渡过黄河，向东到了济州、郓州一带，也许是没有遇上知己朋友，困顿而归。这时，曼卿已经去世了，秘演也已经年老多病。唉！这两个人，我是亲眼看见了他们从盛年到衰老，而我自己也将走向衰老了。

【原文】

夫曼卿诗辞清绝[①]，尤称秘演之作，以为雅健有诗人之意[②]。秘演状貌雄杰，其胸中浩然。既习于佛，无所用，独其诗可行于世，而懒不自惜。已老，胠其橐[③]，尚得三四百篇，皆可喜者。

曼卿死，秘演漠然无所向。闻东南多山水，其巅崖崛嵂[④]，江涛汹涌，甚可壮也，遂欲往游焉，足以知其老而志在也。于其将行，为叙其诗，因道其盛时，以悲其衰。

庆历二年十二月二十八日。庐陵欧阳修序。

【注释】

①清绝：清美至极。

②诗人：指《诗经》三百篇的作者。

③胠（qū）：腋下。这里指从旁边打开。橐（tuó）：古代的一种鼓风吹火器，口袋形状。

④崛嵂（lù）：高峻陡峭。

【译文】

曼卿的诗清妙绝伦，可是他更称道秘演的诗文，认为秘演所写典雅劲健，很有诗人的意趣。秘演体态相貌伟岸杰出，胸怀浩然正气。他既然选择修学佛教，就没有地方施展才能了，唯独他的诗作可以在世上流传，但他自己既懒散又不会珍惜自己的作品。现在他已经老了，打开他的箱子，还能找得到三四百篇，都是令人喜爱的作品。

曼卿死后，秘演寂寞茫然无处可去。他听说东南地方有很多奇山丽水，山峰悬崖高峻陡峭，江涛澎湃汹涌，很是壮观，于是他就想到那里去游历了。如此足以可见，他人虽然老了，可志向依旧还存在。在他临行之时，我为他的诗集写了序言，借此称道他的壮年，同时也悲叹他的衰老。

庆历二年十二月二十八日。庐陵欧阳修作此序。

养鱼记

【原文】

折檐之前有隙地，方四五丈，直对非非堂[①]，修竹环绕荫映，未尝植物[②]，因洿以为池[③]。不方不圆，任其地形；不甃不筑[④]，全其自然。纵锸以浚之[⑤]，汲井以盈之。湛乎汪洋，晶乎清明，微风而波，无波而平，若星若月，精彩下入。

予偃息其上，潜形于毫芒；循漪沿岸，渺然有江潮千里之想。斯足以舒忧隘而娱穷独也。

【注释】

①非非堂：欧阳修在洛阳时所建，堂名非非。作者作有《非非堂记》一文。

②植物：古今异义词，这里是种植植物的意思。

③洿（wū）：低凹之地。这里作动词用，即挖掘的意思。

④甃（zhòu）：用砖砌的井壁。

⑤锸（chā）：铁锹。

【译文】

房檐转角的前面有块空地，正巧能有四五丈长宽，面对着非非堂，四周绿竹成荫，不曾种植过花草，于是便掘开土地把它当作池塘。挖出的池塘不方不圆，任其顺应地形走向；没用砖石砌壁，没用泥土刻意修建，完全保持了它自然的特点。用铁锹开沟疏通水路，从井里取水把池塘灌得满满的。池水比大海的水还要澄澈，晶莹清亮，微风吹起时水波荡漾，没风的时候水面平静得就像一面镜子，时而星星，时而月亮，都能静美地倒映出来。

我在池塘边休息，渺小的身影在苍茫的水中清晰可见；顺着涟漪沿岸行走，仿佛置身在浩荡的江湖之间。那种忧愁郁闷得到释放，困乏寡助的心情也转换成了无穷的快乐。

【原文】

乃求渔者之罟[①]，市数十鱼，童子养之乎其中。童子以为斗斛之水不能广其容，盖活其小者而弃其大者。怪而问之，且以是对。嗟乎！其童子无乃嚚昏而无识矣乎[②]！

予观巨鱼枯涸在旁，不得其所，而群小鱼游戏乎浅狭之间，有若自足焉，感之而作《养鱼记》。

【注释】

①罟（gǔ）：音“古”，渔网。

②嚚（yín）昏：愚蠢糊涂。

【译文】

我找到一个网里有鱼的渔夫，买了几十尾鱼，叫童子把它们放进池塘里喂养。童子认为池塘水容量有限而不容易养活更多的鱼，大概是为了让小鱼能活下来，就把大鱼都扔在一边。我感到奇怪就问他，他却真的这样回答我。

可叹啊！这个童子真是愚昧糊涂没有见识啊！

我看那些大鱼枯死在池塘的一边，没能处在应该在的地方，而那些不谙世故的小鱼在又浅又窄的池塘里嬉戏玩耍，好像非常自我满足的样子。我很有感触，因而写了这篇《养鱼记》。

非非堂记

【原文】

权衡之平物，动则轻重差，其于静也，锱铢不失①。水之鉴物，动则不能有睹，其于静也，毫发可辨。在乎人，耳司听，目司视，动则乱于聪明，其于静也，闻见必审。处身者不为外物眩晃而动，则其心静，心静则智识明，是是非非，无所施而不中。

夫是是近于谄，非非近于讪，不幸而过，宁讪无谄。是者，君子之常②，是之何加？一以观之，未若非非之为正也。

【注释】

①锱铢（zī zhū）：比喻极其微小的事物。

②常：常态。

【译文】

用秤来衡量物体，晃动时就会产生轻重的差异，如果在稳定的时候，极其微小的差错都不会发生。用水来映照物体时，晃动的时候不能看到被照的物体；如果在平静的时候，一丝一毫都能辨认。对于人来说，耳朵是主管听的，眼睛是主管看的，动荡就会乱了听与看的分寸；如果在安静的时候，听到和看到的必定是真实的。立身处世的人，如果不被身外事物的炫目耀眼而迷乱，那他的内心就必定是安静的。内心安静时，智慧见识就会清晰透彻，肯定正确的而否定错误的，无论用在哪里都没有不对的。

那么肯定正确的常常近乎谄媚，否定错误的常常近似于诽谤，不幸受到指责，宁可被指为诽谤也不要被指为谄媚。言行正确，是君子的常态，肯定他又有什么增益呢？所以，从总体上看，肯定正确的不如否定错误的更为可取。

【原文】

予居洛之明年，既新厅事，有文记于壁末。营其西偏作堂，户北向，植丛竹，辟户于其南，纳日月之光①。设一几一榻，架书数百卷，朝夕居其中。以其静也，闭目澄心，览今照古，思虑无所不至焉。故其堂以“非非”为名云。

【注释】

①纳：吸收。

【译文】

我住在洛阳的第二年，重修使院大堂的事项一经完成，我就写了一篇文字刻于石壁之下。在大堂的西边建造了一间堂屋，门向北开着，院子里种植了几丛竹子，在房屋的南面开设了窗户，以便吸收日月的光辉。在屋子里摆设上一张几案，一张卧床，书架上摆放几百卷书，早晚都可以居住在里面。因为这里清静，我可以闭目养神，让思绪清澈明晰，看今日之事，对照古人所为，思绪顾虑就自由飞翔，没有到达不了的地方。所以，这个厅堂就用“非非”作为名字了。

樊侯庙灾记[①]

【原文】

郑之盗，有入樊侯庙刳神像之腹者[②]。既而大风雨雹，近郑之田，麦苗皆死。人咸骇曰："侯怒而为之也。"

余谓樊侯本以屠狗立军功，佐沛公至成皇帝[③]，位为列侯，邑食舞阳[④]，剖符传封[⑤]，与汉长久，《礼》所谓有功德于民则祀之者欤！舞阳距郑既不远，又汉、楚常苦战荥阳、京、索间，亦侯平生提戈斩级所立功处[⑥]，故庙而食之，宜矣。

【注释】

①樊侯：即樊哙，汉朝沛县人，汉高祖的功臣。

②刳（kū）：切割。

③沛公：即汉高祖刘邦。

④邑食：也就是食邑。

⑤传封：继承爵位。

⑥级：首级。古时打仗时以斩首的多少来论功封赏。

【译文】

在郑州有个强盗，闯入了樊侯庙中，把樊哙神像的腹部切开。不久，便刮起了大风，下起了冰雹，以至于郑州附近一带农民种的麦苗都被打死了。人们都很惊恐地说："这是樊侯发怒，降下这场灾害的。"

我认为，樊哙本来是一个杀狗的屠夫，跟随刘邦以后立了军功，又辅佐沛公做皇帝，才被封为一方诸侯。沛公赏赐他而把舞阳定为他的封地，剖符作为封赐的凭证，世代相传，与汉代一样长久，这便是《礼记》上所说的"对百姓有功德的人便会受到祭祀"。他的食邑封地舞阳离郑州不远，而且汉、楚两军常在荥阳、京、索一带激战，郑州也是樊侯指挥征战、杀敌立功的地方，所以在这里立庙祭祀他是理所当然的了。

【原文】

方侯之参乘沛公，事危鸿门，振目一顾，使羽失气，其勇力足有过人者，故后世言雄武称樊将军，宜其聪明正直，有遗灵矣。

然当盗之倳刃腹中①，独不能保其心腹肾肠哉？而后贻怒于无罪之民，以骋其恣睢②，何哉？岂生能万人敌，而死不能庇一躬邪③！岂其灵不神于御盗，而反神于平民以骇其耳目邪！风霆雨雹，天之所以震耀威罚有司者，而侯又得以滥用之邪？

盖闻阴阳之气，怒则薄而为风霆，其不和之甚者，凝结而为雹。方今岁且久旱，伏阴不兴，壮阳刚燥，疑有不和而凝结者，岂其适会民之自灾也邪？不然，则喑呜叱咤，使风驰霆击，则侯之威灵暴矣哉！

【注释】

①倳（zì）刃：把刀插进去。

②恣睢（zì suī）：任意胡为。

③庇：庇护。

【译文】

当年樊侯给沛公当参乘的时候，在鸿门惊心动魄的危急时刻，他瞪大眼睛环顾四周，竟使楚霸王项羽都会害怕而大失锐气，可见他的勇猛与气力确实具有远远超过常人之处，因此后人讲到英武勇猛时，都会称赞樊哙将军，人们说他聪明正直，难怪死后会显灵呢。

但是，当强盗将刀插入他神像的肚子时，难道连自己的五脏都保不住吗？却把怒气发到无罪的百姓头上，来放任自己胡作非为，这是为什么呢？难道说活着的时候可以力敌万人，死了连自己的躯体都保不住了吗！难道说他的威灵不能震慑防御盗贼，却反而对平民百姓发威，而致使百姓为之惊恐吗？大风大雨、雷电冰雹，是上天用来显示威力惩罚官吏的，樊侯你能随便使用吗？

听说阴阳二气，突然爆发而互相逼近才形成了雷电，当它们差异最大时便凝结成冰雹。目前，长期干旱，潜伏的阴气不能散发，而阳气却猛烈而干燥。我猜想一定是阴阳二气产生巨大差异才凝结形成了冰雹，大概是它们正好碰到樊侯神像被剖开这件事吧？不是这样的话，如果樊哙大声怒吼，就能使得狂风大作，雷电交加，那么他的威灵可就太厉害了！

峡州至喜亭记

【原文】

蜀于五代为僭国[①]，以险为虞，以富自足，舟车之迹不通乎中国者，五十有九年。宋受天命，一海内，四方次第平，太祖改元之三年，始平蜀。然后蜀之丝枲织文之富，衣被于天下，而贡输商旅之往来者，陆辇秦凤，水道岷江，不绝于万里之外。

岷江之来，合蜀众水，出三峡为荆江，倾折回直，捍怒斗激，束之为湍，触之为旋[②]。顺流之舟顷刻数百里，不及顾视，一失毫厘与崖石遇，则糜溃漂没，不见踪迹。故凡蜀之可以充内府、供京师而移用乎诸州者，皆陆出，而其羡余不急之物，乃下于江，若弃之然，其为险且不测如此。夷陵为州，当峡口，江出峡始漫为平流。故舟人至此者，必沥酒再拜相贺，以为更生。

【注释】

①僭（jiàn）国：割据一方自立为国。

②触：顷刻间。

【译文】

蜀地在五代时期割据一方自立为国，国号后蜀，以天险为属地自然屏障，自给自足，富甲一方，跟中原各地货币交易不相往来长达五十九年。直到宋朝顺应天命，宋太祖号令天下，率兵逐一平定四方。宋太祖赵匡胤从建隆改元乾德后第三年，平定蜀地。于是蜀地产的丝和锦，便开始源源不断地供应天下，那些往来运输的商人们，有从陆路自关西秦川坐车来的，也有从水路自岷江乘船而来的，熙熙攘攘，绵延万里。

岷江是由蜀地各条大小水路交汇而成，出了三峡就是荆江，河道曲折蜿蜒，水流激荡湍急。汇聚一起时湍急万分，瞬间又像千军万马奔腾而下。坐船顺流而下时，顷刻之间就能驶出数百里，船上的人根本就来不及观赏岸边美景。行舟之时如果稍微出点闪失，与水道中的礁石相撞的话，船只马上就会被撞得粉碎，而后被水流吞没。所以只要是从蜀地运送货物来充实国库和提供朝廷用于各地州府的物品，一般都是由陆路运输。只有剩下那些不重要的东西才走水路运送，而且运送这些货物就像准备扔掉了一样，岷江的凶险和其不可预知性就是这样。夷陵作为州县，正在三峡出口上，岷江的水流到这里才转而平和。所以那些行舟之人到了这里，一定会停下来喝酒感谢老天爷的眷顾，互相祝贺平安，就像再世重生一样。

【原文】

尚书虞部郎中朱公再治是州之三月[①]，作至喜亭于江津，以为舟者之停留也。且志夫天下之大险，至此而始平夷，以为行人之喜幸。夷陵固为下州[②]，廪与俸皆薄[③]，而僻且远，虽有善政，不足为名誉以资进取。朱公能不以陋而安之，其心又喜夫人之去忧患而就乐易，《诗》所谓“恺悌君子”者矣。

自公之来，岁数大丰[④]，因民之余[⑤]，然后有作，惠于往来，以馆以劳，动不违时，而人有赖，是皆宜书。故凡公之佐吏[⑥]，因相与谋而属笔于修焉。

【注释】

①尚书虞部：宋朝时期尚书省所辖六部分二十四司，工部下辖屯田、虞部、水部三司。

②下州：偏远州县。

③廪（lǐn）：米仓，这里指官员的供给。

④岁数：年年。

⑤余：生活富足、有余。

⑥佐吏：朱公手下的门吏。

【译文】

尚书省下工部所管辖的虞部郎中朱再治到任夷陵州三个月，在江边渡口修了一座至喜亭，作为往来岷江的船家的休息之地。而且“至喜亭”这个名字，还含有岷江水路的凶险到这里就平定了，行人为此而感到幸运和高兴的寓意。夷陵作为偏远的州县，这里官员的俸给和官禄都很微薄，而且由于地处偏远，就算官员有突出的政绩，也不足以传誉天下，作为晋升官职的资本。然而朱再治却能够接受这种简陋的环境，而且他还能够远离忧患，带领民众过上快乐的生活，《诗经》中所说的“和乐亲善，平易近人的谦谦君子”就是像他这样的人吧。

自他到任以后，年年丰收，因此人民生活富足，还能够有所作为，他施恩惠给那些往来的客商，修了馆驿提供给客商休息，客商就能来往顺利而不会误了生意，因而过往的客商们都能够感觉到家一般的依赖，对他的评价都很高。于是他手下的门吏们互相商量，找到了欧阳修我写了这篇文章，来歌颂他的功绩。

菱溪石记

【原文】

菱溪之石有六，其四为人取去，而一差小而尤奇，亦藏民家。其最大者，偃然僵卧于溪侧[①]，以其难徙，故得独存。每岁寒霜落，水涸而石出，溪旁人见其可怪，往往祀以为神。

菱溪，按图与经皆不载。唐会昌中，刺史李渍为《荇溪记》，云水出永阳岭，西经皇道山下。以地求之，今无所谓荇溪者。询于滁州人，曰：此溪是也。杨行密有淮南，淮人讳其嫌名，以荇为菱，理或然也。

溪旁若有遗址，云故将刘金之宅，石即刘氏之物也。金，伪吴时贵将，与行密俱起合淝，号三十六英雄，金其一也。金本武夫悍卒，而乃能知爱赏奇异，为儿女子之好，岂非遭逢乱世，功成志得，骄于富贵之佚欲而然邪？想其陂池台榭、奇木异草与此石称，亦一时之盛哉！今刘氏之后散为编民[②]，尚有居溪旁者。

【注释】

①偃然：骄傲自得的样子。

②编民：平民。

【译文】

菱溪的奇石共有六块，其中四块被别人取走了，一块稍微小一点但形状特别奇异，也藏在老百姓家里。另外最大的一块骄傲地仰面躺在溪边，因为它难以移动，所以才能够独自幸存下来. 每年到了天寒霜降时，水位干涸，露出石头，溪旁住的人见它形状怪异，常常把它当作神灵来祭祀。

菱溪在各类图册经籍中都没有记载。唐代会昌年间，刺史李渍写了一篇《荇溪记》，写道："荇溪水出永阳岭，向西从皇道山下经过。"但是从地理走势上寻找，现在并没有叫作"荇溪"的河流。询问滁州人荇溪在什么地方，他们回答说这条河就是荇溪。传说杨行密占据淮南的时候，淮南人为了避讳他的名字，把“荇”改为“菱”，从道理上来说也许是这样的。

溪旁有一处遗址，听说以前曾经是刘金将军的住宅，奇石就是刘金家的。刘金，是吴国时候的贵将，和杨行密同时在合淝举事，号称“三十六英雄”，刘金就是其中的一个。刘原本是一个剽悍的武夫，却也知道喜欢和欣赏奇异的物件，有了小孩子一样的爱好，难道不是因为在乱世之中功成名就，为了满足于富贵的安乐与嗜欲无度而使他这样的吗？遥想这宅院当年的水池台榭、奇木异草，和这些石头倒是很相称，却也只是一时的盛事！现在刘金的后人，散居为平民百姓，目前还有住在溪两岸的。

【原文】

予感夫人物之废兴，惜其可爱而弃也，乃以三牛曳置幽谷[①]；又索其小者，得于白塔民朱氏，遂立于亭之南北。亭负城而近，以为滁人岁时嬉游之好。

夫物之奇者，弃没于幽远则可惜，置之耳目则爱者不免取之而去。嗟夫！刘金者虽不足道，然亦可谓雄勇之士，其平生志意，岂不伟哉。及其后世，荒堙零落[②]，至于子孙泯没而无闻，况欲长有此石乎？用此可为富贵者之戒。而好奇之士闻此石者，可以一赏而足，何必取而去也哉？

【注释】

①曳：同“拽”，拖拽。

②荒堙（yīn）：衰败没落。

【译文】

我感叹于那些人与物的兴盛与衰废，尤其可惜这块大石让人喜爱却反而遭到遗弃，于是我用三头牛将它拖出来，放在幽谷之中；又前去寻找那块稍微小一点的，最后在白塔的朱姓人家找到了它，然后就将它们立在丰乐亭的南北。丰乐亭距离城路近，可以作为滁州人每年游玩的好地方。

那些奇异的物体，让它们弃置在僻远的地方可惜，把它们放在大家都看得到的地方，又免不了被喜欢它们的人拿走。唉！刘金虽然不值得一提，但也可以说是一个勇猛的豪杰，他平生的理想志向，难道不远大吗？可是到了他的后辈，家业衰败不兴，如花凋落，以至于他的子孙没落而无人知晓，更何况是想长久占有这块石头呢？这块石头可以作为那些富贵者的警戒。而那些喜欢奇异事物的人，听到了这块石头的故事以后，能够用心欣赏就足够了，何必非要取走占为己有呢？

王安石篇

作者小传

王安石（1021—1086年），字介甫，号半山，抚州临川（今江西抚州市）人。封荆国公，又称王荆公。元祐元年（1086）卒，时年六十六。赠太傅，谥‘文’。中国历史上杰出的政治家、思想家、学者、诗人、文学家、改革家，唐宋八大家之一。北宋丞相、新党领袖。宋仁宗嘉祐三年（1058）上万言书，提出变法主张，要求改变“积贫积弱”的局面，推行富国强兵的政策，抑制官僚地主的兼并。实行变法时，因遭保守派反对，新法受阻，熙宁七年（1074）时，他退隐田园。

他的作品多揭露时弊、反映社会矛盾，具有较浓厚的政治色彩。传世文集有《王临川集》《临川集拾遗》《临川先生文集》等。

伤仲永

【原文】

金溪民方仲永[①]，世隶耕。仲永生五年，未尝识书具，忽啼求之。父异焉[②]，借旁近与之[③]，即书诗四句，并自为其名。其诗以养父母[④]、收族为意[⑤]，传一乡秀才观之。自是指物作诗立就，其文理皆有可观者。邑人奇之，稍稍宾客其父，或以钱币乞之。父利其然也，日扳仲永环谒于邑人，不使学。

【注释】

①金溪：今在江西金溪。

②异：对……感到诧异。

③旁近：这里指邻居。

④养：奉养，赡养。

⑤收族：团结宗族，和同一宗族的人搞好关系。

【译文】

金溪有个叫方仲永的人，世世代代以耕田为主业。仲永长到五岁时，还不认识笔墨纸砚等书写用具，忽然有一天，仲永哭着索要这些东西。他的父亲对此感到诧异，就向邻居借来那些东西给他。仲永当即写下了四句诗，并亲自题上自己的名字。这首诗以赡养父母、团结同宗族的含意为主旨，诗被全乡的秀才传阅、欣赏。此后，只要有人指定事物让他作诗，方仲永都能立刻完成，而且诗的文采和道理都很值得欣赏。同县的人们对此都感到非常惊奇，渐渐地都以宾客之礼对待他的父亲，有的人用钱财和礼物请求仲永写诗。他的父亲认为这样有利可图，就每天带领着仲永四处拜访同县的人，不让他学习。

【原文】

余闻之也久。明道中[①]，从先人还家，于舅家见之，十二三矣。令作诗，不能称前时之闻[②]。又七年，还自扬州，复到舅家问焉。曰："泯然众人矣[③]。"

王子曰[④]：仲永之通悟，受之天也。其受之天也，贤于材人远矣[⑤]。卒之为众人，则其受于人者不至也。彼其受之天也，如此其贤也，不受之人，且为众人。今夫不受之天，固众人，又不受之人，得为众人而已耶？

【注释】

①明道：宋仁宗赵祯年号（1032—1033 年）。

②前时之闻：以前的名声。

③泯然：消失，指原有的特点完全消失了。

④王子：王安石的自称。

⑤材：同“才”，才能。

【译文】

我听闻这件事很久了。明道年间，我跟随父亲回到家乡，曾在舅舅家中见到方仲永，那时他已经十二三岁了。我叫他作诗，写出来的诗已经不能与从前的名声相称了。又过了七年，我从扬州回到家乡，再次到舅舅家去。问起方仲永的情况，舅舅回答说：“他的才华已经完全消失，和普通人没有什么区别了。”

我认为：方仲永的通达聪慧，是上天赋予的。他得到上天的赋予，比起努力学而成名的人要优越得多。但最终成为一个普通的人，是因为他没有得到后天常人所受的教育。他的天资是那样的好，是因为没有受到后天的教育培养，以至于成为极其普通的人。现在那些不具有先天禀赋的人很多，原本是普通的人，如果又不接受后天的教育培养，恐怕连一个平常人都不如吧？

答司马谏议书[①]

【原文】

某启：昨日蒙教[②]，窃以为与君实游处相好之日久[③]，而议事每不合，所操之术多异故也[④]。虽欲强聒[⑤]，终必不蒙见察[⑥]，故略上报，不复一一自辨。重念蒙君实视遇厚，于反复不宜卤莽，故今具道所以[⑦]，冀君实或见恕也。

【注释】

①司马谏议：司马光（1019—1086年），字君实，陕州夏县（今属山西）人，当时任右谏议大夫（负责向皇帝提意见的官）。他是北宋著名史学家，编撰有《资治通鉴》。神宗用王安石行新法，他竭力反对。元丰八年（1085年），哲宗即位，高太皇太后听政，召他主国政。次年为相，废除新法。为相八个月病死，追封温国公。

②蒙教：承蒙指教。这里指接到来信。

③君实：司马光的字。古人写信称对方的字以示尊敬。

④所操之术：每个人所持的政治主张。操：持。术：方法，这里指政治主张。

⑤强聒（guō）：硬在耳边强作解说。聒：语声嘈杂。

⑥不蒙见察：不蒙您考虑，不能得到您的谅解。见：被。察：了解。

⑦具道所以：详细说明这样做（指推行新法）的原因。具：详尽。

【译文】

安石敬白：昨日承您来信指教，我私下觉得与您交往期间，相处友好已经很长，但是在讨论国事方面时常意见有分歧，这大概是我们所采取的政治主张和处理方法不同的缘故吧。我虽然很想在您面前强作解释，恐怕最终必定还是不被您所谅解，故而只是很简略地呈上这封信，不再一一替自己辩护。后来又想到承蒙您一向的看重和厚待，在书信往来上不宜粗疏草率，所以今天我详细说明一下这样做的原因，希望您看到后或许能谅解我。

【原文】

盖儒者所争，尤在名实，名实已明，而天下之理得矣。今君实所以见教者，以为侵官、生事、征利、拒谏，以致天下怨谤也。某则以为受命于人主[①]，议法度而修之于朝廷，以授之于有司，不为侵官；举先王之政，以兴利除弊，不为生事；为天下理财，不为征利；辟邪说，难壬人[②]，不为拒谏。至于怨诽之多，则固前知其如此也。

人习于苟且非一日，士大夫多以不恤国事、同俗自媚于众为善，上乃欲变此，而某不量敌之众寡，欲出力助上以抗之，则众何为而不汹汹然[③]？

【注释】

①人主：皇帝。这里指宋神宗赵顼。

②难：反驳。壬（rén）人：佞人，指巧辩谄媚之人。

③汹汹然：吵闹、叫嚷的样子。

【译文】

大概我们读书人所争论的，特别注重于名义和实际情况是否相符的问题。名义和实际的关系一经明确，天下的是非之理也就明白了。如今您来指教我的，无非是认为我推行新法侵夺了其他官吏的职权，是惹是生非、制造事端，聚敛钱财、与民争利，是拒绝他人的规劝，因此招致天下人的埋怨和指责。我则认为遵从皇上的旨意，在朝堂上公开讨论和修订法令制度，再把它们交给有关部门的官吏去执行，这不是侵犯官权；效法先王的英明政治，用来兴办好事，革除有害的陋习，这不是生事扰民；替国家管理财政，这不是强求利益；反驳抨击荒谬言论，责难奸佞小人，这并不是拒绝劝谏。至于招来众多的怨恨和指责，那是早就预料到会出现这样的情况的。

人们习惯于苟且偷安，已不是一天两天的事了，士大夫们大多把不为国事忧虑、随声附和之态来讨好众人当作美德。于是皇上想要改变这种状况，而我不去考虑反对的人有多少，愿意竭力协助皇上来对抗他们，那么这些人怎么会不气势汹汹地喧闹呢？

【原文】

盘庚之迁[①]，胥怨者民也[②]，非特朝廷士大夫而已。盘庚不为怨者故改其度，度义而后动[③]，是而不见可悔故也。

如君实责我以在位久，未能助上大有为，以膏泽斯民[④]，则某知罪矣；如曰今日当一切不事事，守前所为而已，则非某之所敢知。

无由会晤，不任区区向往之至[⑤]。

【注释】

①盘庚：商朝中期的一个君主。商朝原来建都在黄河以北的奄（今山东曲阜），常有水灾。为了摆脱政治上的困境和自然灾害，盘庚即位后，决定迁

都到殷（今河南安阳西北）。这一决定曾遭到全国上下的怨恨和反对。后来，盘庚发表文告说服了他们，完成了迁都计划。事见《尚书·盘庚》。

②胥（xū）怨：全都抱怨。胥：全部。

③度（duó）义：考虑是否合理。

④膏泽：施加恩惠，这里用作动词。

⑤不任：不胜。区区：爱慕，思念。向往：仰慕。

【译文】

商王盘庚迁都时，百姓们群起埋怨，还不仅仅是朝廷里的士大夫而已呢。盘庚也并没有因为有人埋怨反对的缘故而改变计划，这是因为迁都是经过周密考虑后而决定行动的事情，他认为是正确的，就不觉得有什么可悔改的。

假如您责备我在位执政太久，没能协助皇上大有作为，没能使百姓普遍受到恩泽，那么我承认这是我的过错；如果说现在应当一切事情都不用去做，只要墨守从前的老规矩就行，那就不是我所敢认可的了。

没有机会见面详谈，实在是不胜想念和仰慕到极点啊。

游褒禅山记

【原文】

褒禅山亦谓之华山[①]，唐浮图慧褒始舍于其址[②]，而卒葬之，以故其后名之曰褒禅。今所谓慧空禅院者，褒之庐冢也[③]。距其院东五里，所谓华山洞者，以其乃华山之阳名之也。距洞百余步，有碑仆道[④]，其文漫灭，独其为文犹可识，曰“花山”。今言“华”如“华实”之“华”者，盖音谬也[⑤]。

其下平旷，有泉侧出，而记游者甚众，所谓前洞也。由山以上五六里，有穴窈然，入之甚寒，问其深，则其好游者不能穷也，谓之后洞。余与四人拥火以入，入之愈深，其进愈难，而其见愈奇。有怠而欲出者，曰：“不出，火且尽。”遂与之俱出。盖予所至，比好游者尚不能十一，然视其左右，来而记之者已少。盖其又深，则其至又加少矣。方是时，予之力尚足以入，火尚足以明也。既其出，则或咎其欲出者，而余亦悔其随之，而不得极夫游之乐也。

【注释】

①褒（bāo）禅山：位于今安徽含山县。

②浮图：梵（fàn）语（古印度语）音译词，也写作“浮屠”或“佛图”，本意是佛或佛教徒，这里指和尚。慧褒：唐代高僧。舍：名词活用作动词，建舍定居。址：地基，基部，基址，这里指山脚。

③庐冢（zhǒng）：古时为了表示孝敬父母或尊敬师长，在他们死后的服丧期间，为守护坟墓而盖的屋舍，也称“庐墓”。这里指慧褒弟子在慧褒墓旁盖的屋舍。

④仆道：“仆（于）道”的省略，倒在路旁。

⑤今言“华”（huā）如“华（huá）实”之“华（huá）”者，盖音谬也：汉字最初只有“华（huā）”字，没有“花”字，后来有了“花”字，

“华”“花”分家，“华”才读为huá。王安石认为碑文上的“花”是按照“华”的古音而写的今字，仍应读huā，而不应读“华（huá奢侈、虚浮）实”的huá。这里说的不是五岳中的“华（huà）山”。谬：错误的。

【译文】

褒禅山也称为华山，唐代和尚慧褒曾经在这里筑室居住过，死后又葬在那里，因为这个缘故，后人就称这座山为褒禅山。现在人们所说的慧空禅院，就是慧褒和尚的墓舍。距离那禅院东边五里，是人们所说的华山洞，因为它在华山南面而这样命名。距离山洞一百多步，有一座石碑倒在路旁，上面的文字已经被剥蚀、损坏得差不多接近磨灭，只有从勉强能认得出字的地方，还可以辨识出是“花山”的字样。如今将“华”读为“华实”的“华”，也许是因为字同而产生了读音上的错误吧。

由此向下的那个山洞平坦而空阔，有一股山泉从旁边汩汩地涌出来，在这里游览、题记的人很多，这就是人们所说的“前洞”了。经由山路向上走了五六里，有一个洞穴，一派幽深的样子，刚走进去便感到寒气逼人，询问它的深度，就是那些喜欢游险的人也都没能走到尽头，这就是人们所说的“后洞”。我和其他四个人举着火把走进去，进入越深，向前行进越感到困难，而所见到的景象却是越来越奇妙了。有个兴致懈怠而想退出的伙伴说：“再不出去，火把就要熄灭了。”于是，只好都跟他退了出来。这次我们走进去的深度，相比起那些喜欢游历探险的人来说，大概还不足十分之一的路程，然而看看左右的石壁，能走到这个地方而题记的人已经很少了。洞内更深的地方，大概来的游人就更少了。当我们从洞内退出时，我的体力还足够前进，火把也能够继续照明。等我们出洞以后，就有人埋怨那主张退出的人，我也后悔跟他出来，而未能享尽游洞的乐趣。

【原文】

于是余有叹焉：古人之观于天地、山川、草木、虫鱼、鸟兽，往往有得，以其求思之深而无不在也。夫夷以近，则游者众；险以远，则至者少。而世之奇伟、瑰怪[①]、非常之观[②]，常在于险远，而人之所罕至焉，故非有志者不能至也。有志矣，不随以止也，然力不足者，亦不能至也。有志与力，而又不随以怠，至于幽暗昏惑而无物以相之[3]，亦不能至也。然力足以至焉，于人为可讥，而在己为有悔；尽吾志也而不能至者，可以无悔矣，其孰能讥之乎？此予之所得也！

余于仆碑，又以悲夫古书之不存，后世之谬其传而莫能名者，何可胜道也哉！此所以学者不可以不深思而慎取之也。

四人者：庐陵萧君圭君玉，长乐王回深父，余弟安国平父、安上纯父[4]。

至和元年七月某日[5]，临川王某记。

【注释】

①瑰怪：瑰丽奇异。

②非常之观：不寻常的景观。观：可供游赏的景观。

③幽暗昏惑：指幽深不明，使人迷惑的地方。

④安国平父、安上纯父：王安国，字平甫。王安上，字纯父。父（fǔ）：通“甫”，古代在男子名字后加的美称。

⑤至和元年：公元1054年。

【译文】

对这件事我不禁有所感慨：古人观察天地、山川、草木、虫鱼、鸟兽，往往都会有所得益，是因为他们探究、思考问题无不深邃而且广泛。那种平坦而又近的地方，前来游览的人便多；危险而又遥远的地方，前来游览的人便少。但是世上奇特雄伟、瑰丽奇异、非同寻常的景观，常常在那险阻、僻远而很少有人能到达的地方，所以，没有意志的人是不能抵达的。虽然有了坚强的意志，也不能因盲从别人而停下来，但是倘若体力不足，也是不能到达的。有了意志与体力，也不盲从别人以至于有所懈怠，到了那幽深昏暗而使人感到模糊迷惑的地方，却没有必要的物体辅助，也是无法到达的。然而，原本自身力量足以达到目标却未能达到，在别人看来是理当嘲笑的，在自己说来也是有所悔恨的；尽了自己的主观努力而未能达到，便可以无所悔恨，这谁还能嘲笑他呢？这就是我这次游山的收获。

我对于那座倒地的石碑，又感叹古代所刻写的文献未能存留完整，也许

后世之人会用荒谬的言辞流传下去而无人知道具体真相，哪能说得完呢？这也是求学的人不可不深入思考而谨慎地援用资料的道理。

同游的四个人分别是：庐陵人萧君圭，字君玉；长乐人王回，字深父；我的弟弟王安国，字平父，王安上，字纯父。

至和元年七月某日，临川人王安石记。

读《孟尝君传》[①]

【原文】

世皆称孟尝君能得士[②]，士以故归之，而卒赖其力，以脱于虎豹之秦。嗟乎！孟尝君特鸡鸣狗盗之雄耳，岂足以言得士？不然，擅齐之强，得一士焉，宜可以南面而制秦，尚何取鸡鸣狗盗之力哉？夫鸡鸣狗盗之出其门[③]，此士之所以不至也。

【注释】

①选自《临川先生文集》，《孟尝君传》指司马迁《史记·孟尝君列传》。

②孟尝君：姓田名文，战国时齐国公子（贵族），封于薛地（今山东省滕县东南）。

③鸡鸣狗盗：孟尝君曾在秦国为秦昭王所囚，有被杀的危险。他的食客中有个能为狗盗的人，就在夜里装成狗混入秦宫，偷得狐白裘，用来贿赂昭王宠妃，孟尝君得以被放走。可是他逃至函谷关时，

正值半夜，关门紧闭，按规定要鸡鸣以后才能开关放人出去，而追兵将到。于是他的食客中会学鸡叫的人就装鸡叫，结果群鸡相应，终于及时打开城门，逃回齐国。后成为孟尝君能得士的美谈。

【译文】

世人都说孟尝君能够招贤纳士，贤士也都因为这个缘故投奔他，而孟尝君终于依靠他们的力量，从像虎豹一样凶残的秦国逃脱出来。唉！孟尝君也只不过是一群鸡鸣狗盗之徒的首领罢了，哪里能说是得到了贤士！如果不是这样，孟尝君拥有齐国强大的国力，只要得到一个贤士，齐国就应当可以依靠国力制服秦国，还用得着借助鸡鸣狗盗之徒的力量吗？鸡鸣狗盗之徒出现在他的门庭上，这就是贤士不归附他的原因。

上人书

【原文】

尝谓文者，礼教治政云尔。其书诸策而传之人①，大体归然而已②。而曰“言之不文，行之不远”云者，徒谓“辞之不可以已也”，非圣人作文之本意也。

自孔子之死久，韩子作③，望圣人于百千年中，卓然也。独子厚名与韩并，子厚非韩比也，然其文卒配韩以传，亦豪杰可畏者也。韩子尝语人文矣，曰云云，子厚亦曰云云。疑二子者，徒语人以其辞耳，作文之本意，不如是其已也。孟子曰：“君子欲其自得之也。自得之，则居安；居之安，则资之深；资之深，则取之左右逢其原④。”独谓孟子之云尔⑤，非直施于文而已⑥，然亦可托以为作文之本意。

【注释】

①书诸策：记录在史册之上。策：本为成编的竹简，这里指书本。

②大体：大致。归然：归于此，这里指归于礼教治政。

③韩子：韩愈，字退之，河阳（今河南孟州市）人，唐散文革新运动的

领袖。作：兴起，出现。

④资：藉，凭借。原：同“源”。

⑤独谓：一本无此二字，可以不做翻译。

⑥直：仅。施：推行。

【译文】

我曾经认为，文章不过是在表述礼教、政治罢了。那些记录在史册之上流传于后人的，大体上都可以归属于这一类。所谓“文章若没有辞藻彩饰，流传就不会久远”的说法，只是说文辞是不可以忽视的，但这不是圣人关于做文章讲究文采的本意。

孔子死后，过了很久，出现了韩愈，他仰望圣人于千百年后，继承圣人的道统，显示出了卓尔不凡。只有柳宗元能和韩愈齐名，柳宗元整体素质还不足以和韩愈相比，但他的文章终于配得上和韩文一道流传，也算是一位值得敬畏的杰出文豪了。韩愈曾对人讲过如何写作文章的问题，说要如此如此，柳宗元也说过要如此如此。我怀疑这两个人，只是给人讲了文章的言辞表现方法罢了，而写作文章的本意，并不是像他们所说的那样就可以了的。孟子说：“君子钻研学问想要求得高深的造诣，就是要有自己的心得。有了自己的心得，就能安稳牢固地保有它而毫不动摇；安稳而牢固地掌握，就能积蓄得深；积蓄得深，就能取之不尽，左右逢源。”孟子所说的这些，不仅可以推行到如何写文章中去，而且也可借以说明做文章的根本道理。

【原文】

且所谓文者，务为有补于世而已矣；所谓辞者，犹器之有刻镂绘画也[①]。诚使巧且华，不必适用；诚使适用，亦不必巧且华。要之，以适用为本，以刻镂绘画为之容而已[②]。不适用，非所以为器也。不为之容，其亦若是乎？否也。然容亦未可已也[③]，勿先之，其可也。

某学文久，数挟此说以自治。始欲书之策而传之人，其试于事者，则有待矣。其为是非耶？未能自定也。执事正人也[④]，不阿其所好者[⑤]，书杂文十篇献左右，愿赐之教，使之是非有定焉。

【注释】

①刻镂：刻画，镂空。

②容：容貌，这里指文章的外在形式。

③未可已：不可以废弃。

④执事：本指呈书的对象的办事人员。故人不便直呼对方姓名，而用“执事”表示尊崇。下文的“左右”，用法和含义相同。

⑤阿：曲从。

【译文】

况且我们所讲的做文章，无非是要做到对社会有益罢了；所说的文辞，就好像器物上有雕刻绘画一样。即使真的精巧而华丽，不一定就适用；即使确实适用，也不一定就精巧华丽。总之要以适于实用为根本，以雕刻绘画作为外表修饰罢了。不适用，就不能称其为器物了。不修饰它的外表，它也像不适用那样不能称其为器物吗？不是的。但外表修饰也不能忽略，只是不要把修饰外表放在第一位，那就可以了。

我学文章的时间很久了，时常拿这种观点来要求我自己。现在才想到要把自修心得写出来传给别人，至于文章中所说的把它应用到实际中去，那还要有所等待。我对文章所持的看法，以及我所写的文章究竟对不对，自己暂时还不能确定。您是一位正直的人，是不会曲从逢迎别人的爱好的。现在抄录杂文十篇呈现给您，望您赐教，使我对自己对与错的主张有一个明确的结论。

祭欧阳文忠公文

【原文】

夫事有人力之可致，犹不可期，况乎天理之溟溟，又安可得而推？

惟公生有闻于当时，死有传于后世，苟能如此足矣，而亦又何悲！如公器质之深厚，智识之高远，而辅学术之精微，故充于文章，见于议论，豪健

俊伟，怪巧瑰琦[①]。其积于中者，浩如江河之停蓄；其发于外者，烂如日星之光辉。其清音幽韵[②]，凄如飘风急雨之骤至；其雄辞闳辩[③]，快如轻车骏马之奔驰。世之学者，无问乎识与不识，而读其文，则其人可知。

呜呼！自公仕宦四十年，上下往复，感世路之崎岖；虽屯邅困踬[④]，窜斥流离，而终不可掩者，以其公议之是非。既压复起，遂显于世；果敢之气，刚正之节，至晚而不衰。

【注释】

①瑰琦：奇特，美好。形容事物、文章卓尔不凡。宋玉《对楚王问》："夫圣人瑰意琦行，超然独处。"

②幽韵：优雅的韵调。

③闳（hóng）辩：博大的辩论。

④屯邅（zhūn zhān）：处境艰难困苦。困踬（zhì）：困厄不得升进。踬：跌倒，受挫。

【译文】

人的力量能够做到的事情，还不一定能成功，何况天理渺茫捉摸不定，又哪里是人可以推测知晓的呢！

先生在世时，在当代很有名气；先生死后，有著述流传后世，有这样的成就已经可以了，我们还有什么可悲切的呢！像先生这样具有深厚的气质，高远的见识，加上学术功力精湛微妙，因此充分体现在了所做的文章，所发表的议论，是那么豪放强劲，俊逸奇伟，巧妙美好。沉积在心胸中的才能，浩瀚如汇聚起来的江河；那表露在外面的文才，明亮如日月的光辉。那清亮幽雅的韵调，悲凄时如疾风骤雨突然来临；那雄伟博大的辩论文辞，明快敏捷如轻车骏马的奔驰。世上所有求学的人，不用问他是否熟识先生，只要读到先生的著作，就能知道先生的为人。

唉！先生做官四十年来，时而升迁、时而贬谪，上上下下往复不定，使人感到这世上道路的崎岖不平；虽然处境艰难，困厄不得升进，甚至到边远州郡流放，但终究不会被埋没无闻，因为是是非非，自有公论。即便是被压抑之后，又能够再度受到重用而闻名于世；果敢刚正的气节，到了老年依旧丝毫不衰。

【原文】

方仁宗皇帝临朝之末年，顾念后事[①]，谓如公者，可寄以社稷之安危。及夫发谋决策，从容指顾，立定大计，谓千载而一时。功名成就，不居而去，其出处进退，又庶乎英魄灵气[②]，不随异物而腐散，而长在乎箕山之侧与颍水之湄。

然天下之无贤不肖，且犹为涕泣而歔欷[③]。而况朝士大夫，平昔游从，又予心之所向慕而瞻依[④]！

呜呼！盛衰兴废之理，自古如此，而临风想望，不能忘情者，念公之不可复见而其谁与归。

【注释】

①后事：这里指老皇帝死后王位继承之事。

②庶乎：大概，几乎。

③歔欷（xū xī）：感叹、抽泣声。

④向慕：仰慕而亲近。瞻依：瞻仰，凭吊。

【译文】

当仁宗皇帝在位的最后几年，考虑到他驾崩之后的继位之事，曾经说过，像先生这样的人才，可以把国家的前途相委托。到后来为国家出谋献策，能够从容挥使，对朝野大计当机立断，辅助当今皇上即位，真可说是千载难逢的一朝重臣。功成名就后，不自居有功而请求退隐，从出任官职到居家归隐，这样的精神气魄，想来绝不会随着躯体消灭，而会长留在箕山之旁与颍水之滨。

现今全天下的各阶层平民，都在为先生的逝去而哭泣感叹，何况我是同朝的士大夫，平常与您有结交往来，更何况先生您又是我心目中最仰慕而亲近的人呢！

唉！事物兴盛衰废的道理，自古以来就是如此，而伫立风中怀念，情感上不能割舍的，就是想到自己从此不能再与欧阳公交往，我又将崇拜仰慕谁呢？

同学一首别子固①

【原文】

江之南有贤人焉，字子固，非今所谓贤人者，予慕而友之。淮之南有贤人焉，字正之②，非今所谓贤人者，予慕而友之。二贤人者，足未尝相过也，口未尝相语也，辞币未尝相接也。其师若友，岂尽同哉？予考其言行，其不相似者，何其少也！曰："学圣人而已矣。"学圣人，则其师若友，必学圣人者。圣人之言行，岂有二哉？其相似也适然。

予在淮南，为正之道子固，正之不予疑也。还江南，为子固道正之，子固亦以为然。予又知所谓贤人者，既相似，又相信不疑也。

【注释】

①同学：共同学习圣人之道。一首：一篇。子固：曾巩（1019—1083年），字子固，建昌军南丰（今江西省南丰县）人，后居临川，北宋散文家、史学家、政治家。著有《元丰类稿》。

②正之：孙侔，字正之，一字少述，吴兴（今浙江湖州）人。早年丧父，事母至孝。多次被人推荐，曾授校书郎扬州州学教授。

【译文】

长江之南有一位贤人，字子固，他不是当今世俗所说的那种贤人，我敬慕他，并和他交为朋友。淮河之南有一位贤人，字正之，他也不是当今世俗所称道的那种贤人，我同样敬慕他，也和他交为朋友。这二位贤人，从未互相交往过，也不曾互相交谈过，从未互相赠过钱物，他们的老师和朋友，难道都是相同的吗？我考察他们的言行举止，他们不相似的地方竟是多么少呀！我说，这恐怕是他们都向圣人学习的结果吧。他们学习圣人，那么他们的老师或者朋友，也一定是向圣人学习的了。圣人的言行举止，怎么会有两种不同的样子呢？所以，他们二人的相似就是必然的了。

我在淮河之南，向正之提起子固，正之不怀疑我说的话；回到长江之南，向子固谈到正之，子固也相信我所说的话。于是，我又知道了所谓的圣贤之人，他们的言行既很相似，又互相信任而从不猜疑。

【原文】

子固作《怀友》一首遗予[①]，其大略欲相扳以至乎中庸而后已。正之盖亦常云尔。夫安驱徐行，轥中庸之庭，而造于其堂[②]，舍二贤人者而谁哉？予昔非敢自必其有至也，亦愿从事于左右焉尔。辅而进之，其可也。

噫！官有守，私有系，会合不可以常也，作《同学》一首别子固，以相警且相慰云。

【注释】

①遗：赠送，把……留给他人。

②造于：到达。《论语·先进》："子曰：'由也升堂矣，未入于室也。'"

【译文】

子固写了一篇《怀友》赠送给我。其中大概意思是希望我们能相互勉励，以至于能达到中庸的境界才肯罢休。正之也经常说类似的话。驾着车子安稳地前行，车轮碾过中庸的门庭而到达内室，除了这二位贤人还会有谁呢？

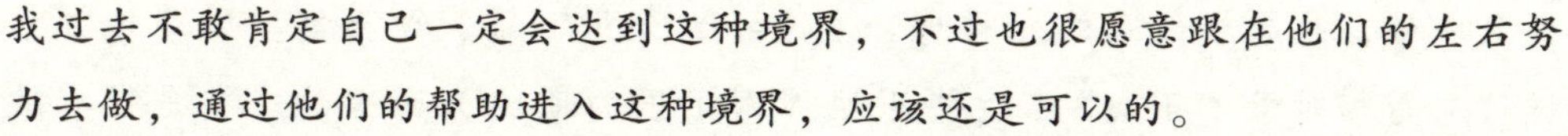

我过去不敢肯定自己一定会达到这种境界，不过也很愿意跟在他们的左右努力去做，通过他们的帮助进入这种境界，应该还是可以的。

唉！做官的各有自己的职守，由于个人私事的牵绊，我们之间不能经常相聚畅谈，因此，我作了一篇《同学一首别子固》以相互警策，并相互劝勉。

通州海门兴利记

【原文】

余读豳诗[①]：“以其妇子，馌彼南亩[②]，田畯至喜[③]。”嗟乎！豳之人帅其家人戮力以听吏，吏推其意以相民，何其至也。夫喜者非自外至，乃其中心固有以然也。既叹其吏之能民，又思其君之所以待吏，则亦欲善之心出于至诚而已，盖不独法度有以驱之也。以赏罚用天下，而先王之俗废。有士于此，能以豳之吏自为，而不苟于其民，岂非所谓有志者邪？

以余所闻，吴兴沈君兴宗海门之政，可谓有志矣。既堤北海七十里以除水患，遂大浚渠川，酾取江南[④]，以灌义宁等数乡之田。方是时，民之垫于海，呻吟者相属。君至，则宽禁缓求，以集流亡。少焉，诱起之以就功，莫不蹶蹶然奋其惫而来也[⑤]。由是观之，苟诚爱民而有以利之，虽创残穷敝之余，可勉而用也，况于力足者乎？

【注释】

①豳（bīn）诗：是《诗经》十五国风之一。共七篇，为先秦时代豳地华夏族民歌。豳同邠，古都邑名，在今陕西旬邑、

彬县一带，是周族部落的发祥地。《诗经》分风、雅、颂三类。风即地方乐调。它是相对于“王畿”（古指王城周围千里的地域）而言的。它是带有地方色彩的音乐，古人所谓《秦风》《魏风》《郑风》，就如现在我们说陕西调、山西调、河南调。豳风共有诗七篇，其中多描写公刘封地——豳地的农家生活，辛勤劳作的情景，是中国最早的田园诗。

②馌（yè）：给在田间劳动的农夫送饭。

③田畯（jùn）：监督农奴劳动的农官。

④酾（shī）：疏导。

⑤蹶蹶（guì guì）然：疾行如飞的样子。

【译文】

我在《诗经》的《豳风》中读到：“妻子和孩子给在南边田里劳动的我送饭，监督劳动的农官看到了这情景很高兴。”是啊！豳国的农人率领他的家人齐心协力听从官吏的指挥，官吏也能揣摩民意来以诚相待百姓，这是怎么做到的呢。其实喜悦不是从外表而来的，而是发自内心原本就有值得高兴的事物才这样喜悦的。我不禁感慨豳国的官吏能够与民亲善，又想到他们的国君是怎样对待官吏的，那么看来，也是以一颗至诚向善的心想着为百姓做事而已，这不仅仅是靠法律制度来控制的啊。以赏罚分明治理天下，那么先王时不好的旧制就废除掉了。有人在这里，能够效法豳国官吏的行为来要求自己，不苛求于老百姓，这难道不就是胸有大志的人吗？

据我所知，吴兴的沈兴宗大兴治海的政策，可以说是有大志的人了。他在北海首先修筑了七十里长的大堤防止水患，然后大规模疏通渠道，疏导长江以南的水，来灌溉义宁等地方的农田。那时候，陆地下陷，老百姓苦于东海水患，忧愁苦痛的嗟叹声随处可闻。沈兴宗到任以后，放宽政策不苛求百姓，以此集结流亡逃难的人。过一段时间，劝导百姓去完成水利事业，他们没有不疾行如飞而且不顾疲劳赶来效力的。从这可以看出，如果真的爱护老百姓，对老百姓有利，即使是伤残、困敝之人，也可以通过鼓励，让他们为国家所用，更何况是身强力壮的人呢？

【原文】

兴宗好学知方[①]，竟其学，又将有大者焉，此何足以尽吾沈君之才，抑可以观其志矣。而论者或以一邑之善不足书之[②]，今天下之邑多矣，其能有以遗其民而不愧于豳之吏者，果多乎？不多，则予不欲使其无传也。

至和元年六月六日，临川王某记。

【注释】

①方：道理。

②邑：县。

【译文】

沈兴宗勤奋好学又懂礼法，让他完全发挥他的学识，他将会有更大的作为。可是，在这里如何能让沈兴宗完全施展才华啊，当然，由此也可以看到他的大志啊。而评论的人往往认为治理好一个小小州县还不够伟大而不值得记载，当今天下的州县很多，能像豳国的官吏一样无愧于对待所管理的百姓的人，真的有很多吗？是真的不多，所以我不想让沈兴宗的事迹得不到流传啊。

至和元年六月六日，临川人王安石记录。

慈溪县学记

【原文】

天下不可一日而无政教，故学不可一日而亡于天下。

古者井天下之田，而党庠[①]、遂序、国学之法立乎其中。乡射饮酒、春秋合乐、养老劳农、尊贤使能、考艺选言之政，至于受成、献馘[②]、讯囚之事，无不出于学。于此养天下智仁、圣义、忠和之士，以至一偏一技、一曲之学，无所不养。而又取士大夫之材行完洁，而其施设已尝试于位而去者，以为之师。释奠、释菜，以教不忘其学之所自；迁徙、逼逐，以勉其怠而除其恶。则士朝夕所见所闻，无非所以治天下国家之道，其服习必于仁义，而所学必皆尽其材。一日取以备公卿大夫百执事之选，则其材行皆已素定，而士之备选者，其施设亦皆素所见闻而已，不待阅习而后能者也。古之在上者，事不虑而尽，功不为而足，其要如此而已。此二帝、三王所以治天下国家而立学之本意也。

【注释】

①党庠（xiáng）：古时五百家为党。庠：教导，教养。古代称学校。

②馘（guó）：古代战争中割取敌人的左耳以计数献功。

【译文】

天下每一天都离不开政治教化，因此不可以一日没有学校。

远古时代开始实行井田制，党庠、遂序、国学等各级各类学校在这个基础上建立。诸如乡射饮酒、春秋合乐、养老劳农、尊贤使能、考艺选言等各项社会活动和政务，直至受成、献馘、讯囚这些事务，也没有不在学校里进行的。学校广泛引进天下的智仁、圣义、忠和之士，乃至一技之长、一曲之学的人士，没有不引进的。而后选取那些士大夫中德才兼备，曾经做官但已经退隐的人担任老师。祭祀圣人先师，不忘知识学问的来源；用迁移、驱逐的办法，来勉励学生不可懈怠懒惰而且要摒弃恶习。由此，士子们每天的所见所闻，无不都是治国安邦之道，行为习惯必然会符合仁义，而所学本领都能根据他们的潜能物尽其用。一旦成为各级官吏的后备人才，由于他们的品行都已经在平日里养成，他们的才学能力都已经过实践锻炼，所以无须从头学起就能胜任。古代的那些在上为官的，不用殚思竭虑却也没有疏漏，不以功利为念却能功德圆满，其中最重要的因素不过如此罢了。这就是古代帝王创办学校以治天下的本意。

【原文】

后世无井田之法[①]，而学亦或存或废。大抵所以治天下国家者，不复皆出于学。而学之士，群居、族处，为师弟子之位者，讲章句、课文字而已。至其陵夷之久，则四方之学者，废而为庙，以祀孔子于天下，斫木抟土[②]，如浮屠、道士法，为王者象。州县吏春秋帅其属释奠于其堂，而学士者或不

与焉。盖庙之作出于学废，而近世之法然也。

今天子即位若干年，颇修法度，而革近世之不然者。当此之时，学稍稍立于天下矣，犹曰州之士满二百人，乃得立学。于是慈溪之士，不得有学，而为孔子庙如故，庙又坏不治。令刘君在中言于州，使民出钱，将修而作之，未及为而去，时庆历某年也。

【注释】

①井田之法：井田制是我国奴隶社会的土地制度，西周时盛行。那时，道路和渠道纵横交错，把土地分隔成方块，形状像“井”字，因此称作“井田”。

②斫（zhuó）：大锄，引申为用刀、斧等砍。

【译文】

后代再也没有井田之法，于是很多学堂遭到废弃。差不多那些治理天下国家的人，不一定再是学校培养出来的了。而那些所谓的学者，或群居，或族人庸常相处，作为老师或学生，也只讲讲文字章句而已。因为学堂已经废弃很久，那些学者干脆变学堂为庙宇，纷纷祭祀孔子于普天之下，用木头泥土仿效佛教和道教的做法，给孔子塑王者之像。州县官吏率部属祭孔子选择在春秋两个季节，而学者也有不参加的。大概庙宇之兴盛，是因为学校之衰败，这是近世之法造成的。

当今天子即位已经很多年，很注重修养法度，革除弊端。这种形势下，学堂又稍稍兴盛于天下，可还是有规定："县里学生只有满二百人，才能建学堂。"于是慈溪县的士子们仍旧不能有学习的地方，只有孔庙，而孔庙也已年久失修。前些年，刘君向州里打报告，让民众出钱修孔庙，还没等到动工他就离开了，那是三年前的事了。

【原文】

后林君肇至，则曰："古之所以为学者，吾不得而见，而法者，吾不可以毋循也。虽然，吾之人民于此，不可以无教。"即因民钱作孔子庙，如今之所云，而治其四旁为学舍，讲堂其中，帅县之子弟，起先生杜君醇为之师，而兴于学。噫！林君其有道者耶！夫吏者，无变今之法，而不失古之实，此有道者之所能也。林君之为，其几于此矣。

林君固贤令，而慈溪小邑，无珍产淫货[①]，以来四方游贩之民；田桑之美，有以自足，无水旱之忧也。无游贩之民，故其俗一而不杂；有以自足，故人慎刑而易治。而吾所见其邑之士，亦多美茂之材，易成也。杜君者，越之隐君子，其学行宜为人师者也。夫以小邑得贤令[②]，又得宜为人师者为之师，而以修醇一易治之俗[③]，而进美茂易成之材，虽拘于法，限于势，不得尽如古之所为，吾固信其教化之将行，而风俗之成也。夫教化可以美风俗，虽然，必久而后至于善。而今之吏，其势不能以久也。吾虽喜且幸其将行，而又忧夫来者之不吾继也，于是本其意以告来者。

【注释】

①淫货：奢侈工巧的物品。

②小邑：小县城。

③醇一：纯一，纯正。

【译文】

后来林肇到任本县县令，他说："我没见过古人如何办学，而今的法度我也不能不遵守。但是，我的百姓生活在这里，不能没有教化之地。"随即他用那笔钱把孔庙重修了一遍，就像如今看到的这样，在孔庙四周建学舍，讲堂建在中间，然后召集县里的子弟，聘请杜醇当老师，这样就把学堂又兴办起来了。林肇真是一个有办法的人啊！当官时，既不违反当今之法度，又取得古人才有的务实之方，这是有道者才可能做到的。林肇这样，就接近于一个有道者了。

林肇当然是一个贤能的县令，而慈溪小县，没有珍奇物产和奢侈工巧的物品，以招徕各地流动商贩；有田有桑，可以自足，而且没有遭受水旱的忧虑。没有流动商贩，所以当地风俗质朴纯正；能够自足，所以当地民众遵纪守法很好管理。而我所见过的慈溪士子，也多是美茂之材，容易培养。至于杜醇，更是优秀的隐士，他的品行学识最适合当老师。如今慈溪小县，既有贤明的县令，又有适宜做老师的人当老师。虽然拘泥于法度，局限于形势，不能完全复古，但我相信这里的教化能够得到推行，化民成俗事宜会做得很好。教化可以美风俗，这是自然的，但要长期坚持才能至善至美。如今的官吏有任期限制，难以长期坚持。我虽为林肇升迁而感到高兴，但又担心继任者不能继续这项功业啊，因此，把我们真实的想法告诉后来的人。

伍子胥庙记

【原文】

予观子胥出死亡逋窜之中，以客寄之一身，卒以说吴，折不测之楚，仇执耻雪，名震天下，岂不壮哉！

及其危疑之际，能自慷慨不顾万死，毕谏于所事，此其志与夫自恕以偷一时之利者异也。孔子论古之士大夫，若管夷吾、臧武仲之属[①]，苟志于善而有补于当世者，咸不废也。然则子胥之义又曷可少耶？

【注释】

①臧武仲：即臧孙纥（音 hé），又称臧孙、臧纥，谥“武”，臧文仲之孙，臧宣叔之子。鲁国大夫，封邑在防（今山东费县东北）。

【译文】

依我看伍子胥从亡命天涯的流亡生活中变得风光起来，凭借一个客居他国的身份，最终说服了吴国，一举击败了庞大的不可一世的楚国，抓住了自己的仇人报仇雪恨，从此名震天下，这是多么雄壮而令人敬仰的功业啊！

正当吴国危机四伏的时候，他能够慷慨地不顾个人安危，全力冒死直谏吴王，阐述国家所面临的问题。这种深明大义的做法，比起那种贪图一时的享乐、苟且偷安的人来说，的确是天壤之别啊。孔子曾点评古代的士大夫们，像管夷吾、臧武仲这样的，只是暂时想着对天下有所裨益的人，很少不被罢黜。可是像伍子胥这样的千秋高义的，又怎么能够少得了呢！

【原文】

康定二年，予过所谓胥山者，周行庙庭[①]，叹吴亡千有余年。事之兴坏废革者不可胜数，独子胥之祠不徙不绝，何其盛也！岂独神之事吴之所兴，盖亦子胥之节有以动后世，而爱尤在于吴也。

后九年，乐安蒋公为杭使，其州人力而新之，余与为铭也。

烈烈子胥，发节穷逋。遂为册巨，奋不图躯。谏合谋行，隆隆之吴。厥废不遂，邑都俄墟。以智死昏，忠则有余。胥山之巅，殿屋渠渠。千载之祠，如祠之初。孰作新之，民劝而趋。维忠肆怀，维孝肆孚。我铭祠庭，示后不诬。

【注释】

①周行：环绕而行。

【译文】

康定二年，我从所谓的胥山经过，来到庙前徘徊很久，绕着伍子胥的庙走了一圈又一圈，不禁慨叹万分：吴国已经烟消云散差不多千年了啊。从那时候到现在，历朝历代的兴亡变革数不胜数，各种亭台殿阁修建、废黜，变

化简直沧海桑田，然而只有伍子胥的这个庙宇没被迁移也没消失，反而是多么兴盛啊！这种祭祀的兴盛，难道仅仅是因为他当初凭借一己之力，将吴国推向了鼎盛的高峰吗？应该是伍子胥的气节能够名动后世天下，而在吴地，这种影响更加深远，更受到民间的爱戴罢了！

在这之后的九年，乐安的蒋公出任杭州的长官，应杭州百姓合力请求，把伍子胥的庙宇翻新了一遍，我为此作了这篇铭来记述这件盛事。

高大威武的伍子胥，节操高尚，身为吴臣，奋力不顾己身。吴王听其谏言行事，吴国就强大。反之，吴都即化为废墟。虽然他为昏君而死，有些愚忠，有所不值，但是伍子胥祠在高山顶峰，高大巍峨。名扬千载，而且千年香火兴盛不断。若问是谁能让祠庙历久弥新，是人民的爱戴形势所趋。只有忠义方可释怀，唯有孝道使人信服。我辈当以祠庭铭记千古，昭示后人不弃不诬。

本朝百年无事札子①

【原文】

臣前蒙陛下问及本朝所以享国百年②，天下无事之故。臣以浅陋，误承圣问，迫于日晷③，不敢久留，语不及悉④，遂辞而退。窃惟念圣问及此⑤，天下之福，而臣遂无一言之献，非近臣所以事君之义⑥，故敢昧冒而粗有所陈。

伏惟太祖，躬上智独见之明⑦，而周知人物之情伪，指挥付托，必尽其材；变置施设，必当其务⑧。故能驾驭将帅，训齐士卒，外以捍夷狄，内以平中国。于是除苛赋，止虐刑，废强横之藩镇⑨，诛贪残之官吏，躬以简俭为天下先。其于出政发令之间，一以安利元元为事。太宗承之以聪武，真宗守之以谦仁，以至仁宗、英宗，无有逸德。此所以享国百年，而天下无事也。

【注释】

①札子：当时大臣用以向皇帝进言议事的一种文体；也有用于发指示的，如中书省或尚书省所发指令，凡不用正式诏命的，也称为札子，或称“堂帖”。

②享国：指帝王在位掌握政权。

③日晷（guǐ）：按照日影移动来测定时刻的仪器。这里指时间。

④悉：详尽。

⑤窃惟念：我私下在想。这和下文“伏惟”一样，都是旧时下对上表示敬意的用语。

⑥近臣：皇帝亲近的大臣。当时王安石任翰林学士，是侍从官。

⑦躬：本身具有。

⑧变置施设：设官分职。变置：指改变前朝的制度而重新设立新制度。

⑨废强横之藩镇：指宋太祖收回节度使的兵权。唐代在边境和内地设置节度使，镇守一方，总揽军政，称为藩镇。唐玄宗以后至五代时，藩镇强大，

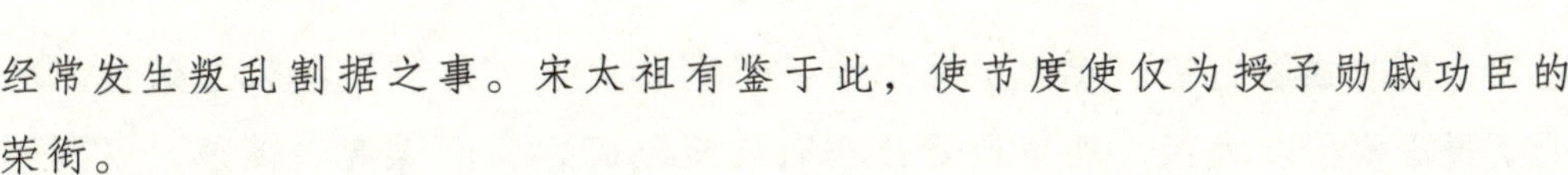

经常发生叛乱割据之事。宋太祖有鉴于此，使节度使仅为授予勋戚功臣的荣衔。

【译文】

我前些天承蒙陛下问到我朝之所以统治了上百年，天下太平无事的原因。我因为自知孤陋浅薄，错蒙皇上询问微臣，但是由于时间紧迫，不敢长时间留在宫中，话还没来得及说完，就告辞退朝。回去后私下里想到皇上问到这个问题，是天下的福气，而我却没有一句中肯的话奉献，这不是皇上身边官员效忠君主的态度，所以敢于无所顾忌冒昧粗略地说说我的看法。

我想太祖具有极高的智慧和独到的见解，能详尽地了解各种人物的真伪，指挥任命，一定做到人尽其才，设官分职，废旧革新制度，一定能够符合现实情况。所以能够驾驭将帅，练好兵卒，对外抵抗异族入侵，对内依靠这些将帅平定动乱。于是废除了繁重的苛捐杂税，禁止酷刑，废除强横的藩镇势力，诛杀贪婪残暴的大小官吏，自身俭朴，率先为天下做出榜样。太祖在制定政策发布命令的时候，一切以百姓能平安无事、获得利益为原则。太宗继承了太祖的聪慧勇武，真宗保持了太祖的谦恭仁爱，到了仁宗、英宗，也都没有丧失道德的地方。这就是我朝之所以能够统治上百年而天下太平的缘故。

【原文】

仁宗在位，历年最久。臣于时实备从官，施为本末，臣所亲见。尝试为陛下陈其一二，而陛下详择其可，亦足以申鉴于方今。

伏惟仁宗之为君也①，仰畏天，俯畏人；宽仁恭俭，出于自然，而忠恕诚悫，终始如一。未尝妄兴一役，未尝妄杀一人；断狱务在生之②，而特恶吏之残扰。宁屈己弃财于夷狄③，而终不忍加兵。刑平而公，赏重而信。纳用谏官御史，公听并观④，而不蔽于偏至之谗⑤。因任众人耳目，拔举疏远，而随之以相坐之法⑥。盖监司之吏以至州县⑦，无敢暴虐残酷，擅有调发以伤百姓。自夏人顺服，蛮夷遂无大变，边人父子夫妇，得免于兵死，而中国之人，安逸蕃息，以至今日者，未尝妄兴一役，未尝妄杀一人，断狱务在生之，而特恶吏之残扰，宁屈己弃财于夷狄，而不忍加兵之效也。大臣贵戚、左右近习，莫敢强横犯法，其自重慎，或甚于闾巷之人，此刑平而公之效也。募天下骁雄横猾以为兵，几至百万，非有良将以御之，而谋变者辄败；聚天下财物，虽有文籍，委之府史，非有能吏以钩考，而断盗者辄发；凶年饥岁，流者填道，死者相枕，而寇攘者辄得。此赏重而信之效也。大臣贵戚、左右近习，莫能大擅威福，广私货赂，一有奸慝[8]，随辄上闻；贪邪横猾，虽间或见用，未尝得久。此纳用谏官、御史，公听并观，而不蔽于偏至之谗之效也。自县令京官以至监司台阁，升擢之任[9]，虽不皆得人，然一时之所谓才士，亦罕蔽塞而不见收举者，此因任众人之耳目，拔举疏远，而随之以相坐之法之效也。升遐之日[10]，天下号恸，如丧考妣，此宽仁恭俭，出于自然，忠恕诚悫，终始如一之效也。

【注释】

①伏惟：古人奏札、书信中常用的套语，意为“我暗自考虑”。

②断狱：审理和判决罪案。

③弃财于夷狄：指北宋政府每年向契丹和西夏两个少数民族政权献币纳绢以求和之事。宋真宗景德元年（1004 年），北宋政府与契丹讲和，每年需向契丹献币纳绢。宋仁宗庆历二年（1042 年），宋又向契丹增加银绢以求和。庆历四年（1044 年），宋又以献币纳绢的方式向西夏妥协。王安石这里是替宋仁宗的屈服妥协曲为辩解的话。

④公听并观：多听多看。意即听取了解各方面的意见情况。

⑤偏至之谗：片面的谗言。

⑥相坐之法：指被推荐的人如果后来失职，推荐人便要受罚的一种法律。

⑦监司之吏：监察州郡的官员。宋朝设置诸路转运使、安抚使、提点刑狱、提举常平四司，兼有监察的责，称为监司。

⑧奸慝（tè）：奸邪的事情。

⑨升擢（zhuó）：提升。

⑩升遐：对皇帝死亡的讳称。

【译文】

仁宗皇上掌管天下，时间最久。我当时担任侍从官员，皇上的政绩功勋，

从头到尾，都是我所亲眼看到过的。我试为陛下陈说其中的几条，陛下可以详加思索，选择可取之处，也足以用作今天的借鉴。

我想仁宗作为一国之君主，能够对上敬畏天命，对下敬畏人民；为人宽厚仁爱，谦恭俭朴，出于天性；忠恕诚恳，始终如一。没有不顾大局随意兴办一项工程，没有随意杀过一个人。审断案件尽量使犯人能够活下来，特别憎恨残暴骚扰百姓的官吏。宁肯委屈自己送去钱财给辽、夏，却始终不忍心对他们开战。刑罚轻缓而公正，赏赐很重而守信用。虚心采纳谏官、御史的建议，在诸多方面听取和观察臣下，而不会轻易受到偏见的谗言蒙蔽；依靠众人的耳闻目睹，选拔举荐关系疏远的人才，而且伴随着连坐的法律。从监察官吏到州、县的官员，没有人敢暴虐残酷，擅自增加赋税徭役，以致损害百姓利益。自从西夏人顺服以后，蛮横的外族就没有大的变化，边境人民的父子夫妇，都能够安居乐业而不在战争中死亡，而内地的人民，也能够安定和平、繁荣兴旺，一直到今天，这都是因为没有随意兴办一项劳民工程，没有错杀一个人，审断案件尽量使犯人能够活下来，而且特别憎恨官吏对百姓的残暴、骚扰，宁肯委屈自己输送财物给辽、夏外族，也不忍心对他们开战的结果。王公大臣，皇亲国戚，身边的近臣，没有人敢强横犯法，他们都能自重谨慎，有的甚至超过平民百姓，这就是刑罚轻缓而公正的结果啊。招募天下骁勇强横奸诈之徒作为士兵，几乎能达到百万余人，然而没有良将来统率他们，而阴谋叛乱的人很快也能败露；聚集天下的财物，虽然有账册，把这些交给府吏管理，没有贤能的官吏来检查考核，而贪污偷盗的人马上就被揭发出来；水旱灾年，逃荒的人堵塞了道路，尸横遍野，而抢夺财物的强盗立刻就被捕获，这是重赏赐而守信用的结果。王公大臣、皇亲国戚、身边的侍从官吏，没有人敢大肆作威作福，到处钻营受贿，一有奸邪不法的事，随即就报告到上面；贪婪奸邪强横狡猾之徒，即使偶尔被任用，也不能够历任长久的。这是采纳谏官、御史的建议，广泛地听取观看，而不会受到偏见的谗言所蒙蔽的结果。从县令、京官，到监司、台阁，提拔任用，虽然不能全部称职，然而，闻名一时的所谓有才能的人，也很少有埋没不被任用的。这是依靠众人的耳闻目睹，选拔推荐关系疏远的人才而伴随着连坐之法的结果。仁宗皇帝驾崩的那一天，普天下之人都放声痛哭，如同死去父母，这就是宽厚仁爱、谦恭俭朴，出于本性，忠恕诚恳，始终如一的结果啊。

【原文】

然本朝累世因循末俗之弊[①]，而无亲友群臣之议。人君朝夕与处，不过宦官女子；出而视事，又不过有司之细故。未尝如古大有力之君，与学士大夫讨论先王之法，以措之天下也。一切因任自然之理势，而精神之运有所不加，名实之间有所不察。君子非不见贵，然小人亦得厕其间；正论非不见容，然邪说亦有时而用。以诗赋记诵求天下之士，而无学校养成之法；以科名资历叙朝廷之位，而无官司课试之方[②]。监司无检察之人，守将非选择之吏。转徙之亟，既难于考绩[③]，而游谈之众，因得以乱真。交私养望者，多得显官，独立营职者，或见排沮。故上下偷惰取容而已，虽有能者在职，亦无以异于庸人。农民坏于徭役，而未尝特见救恤，又不为之设官，以修其水土之

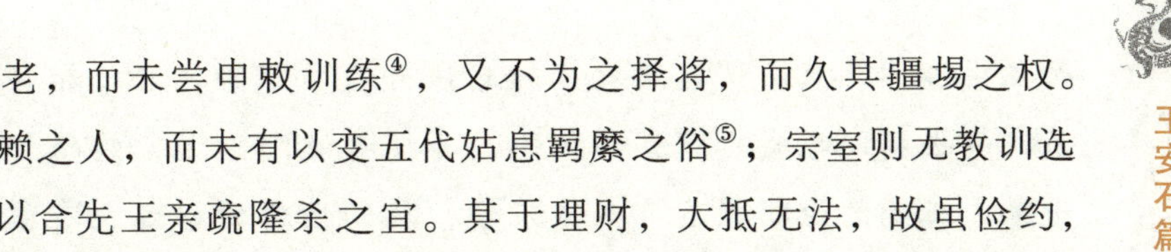

利。兵士杂于疲老，而未尝申敕训练[④]，又不为之择将，而久其疆埸之权。宿卫则聚卒伍无赖之人，而未有以变五代姑息羁縻之俗[⑤]；宗室则无教训选举之实，而未有以合先王亲疏隆杀之宜。其于理财，大抵无法，故虽俭约，而民不富，虽忧勤，而国不强。赖非夷狄昌炽之时，又无尧、汤水旱之变[⑥]，故天下无事，过于百年，虽曰人事，亦天助也。盖累圣相继[⑦]，仰畏天，俯畏人，宽仁恭俭，忠恕诚悫，此其所以获天助也。

伏惟陛下，躬上圣之质，承无穷之绪，知天助之不可常恃[⑧]，知人事之不可怠终[⑨]，则大有为之时，正在今日。臣不敢辄废将明之义[⑩]，而苟逃讳忌之诛。伏惟陛下幸赦而留神，则天下之福也。取进止。

【注释】

①累世：世世。

②课试：考察测试官吏政绩。

③亟（qì）：频繁。

④申敕：发布政府的命令。这里引申为告诫、约束的意思。

⑤五代：指北宋之前的后梁、后唐、后晋、后汉、后周五个朝代（907—960 年）。姑息羁縻（jī mí）：纵容笼络、胡乱收编的意思。

⑥尧、汤水旱之变：相传尧时有九年的水患，商汤时有五年的旱灾。

⑦累圣：累代圣君。这里指上文提到的宋太祖、太宗、真宗、仁宗、英宗诸帝。

⑧恃：依赖，倚仗。

⑨怠终：轻忽马虎一直拖到最后。意思是最后要酿成大祸。

⑩辄废：轻易地废止。将明之义：语出《诗经·大雅·烝（zhēng）民》，意谓大臣辅佐赞理的职责。

【译文】

然而，本朝世世代代偶有墨守衰风颓俗的弊病，却没有皇亲国戚和诸位臣子议论它。和皇上朝夕相处的人，不过是宦官宫女；上朝处理政事，又不过是有关部门的琐事，没有像古代大有作为的君主那样，和学士以及大夫们讨论先王治理国家的方法，把它实施到天下。一切听任自然理所当然的趋势，而主观努力改变所谓自然规律的想法却有所不够，名义和实际两者之间的关系，不去加以考察。正直公正的人并没有遭到冷遇，然而奸佞小人也能够混进来。正确的论断并不是不被采纳，然而怪僻的邪说也有被采用的时候。凭着写诗作赋博闻强记选拔天下的士人，而没有学校培养造就人才的方法；以科名贵贱资历深浅排列在朝中的官位，而没有官吏考核实际功绩的制度。监司部门没有设置检查的人，守将不是选拔上来的贤臣。频繁地调动迁官，难以考核实绩，那些夸夸其谈的人因而能够以假乱真。那些结党营私、投机猎取名望的人大多数得到了显要的职务，而依靠自己才能奉公守职的人却无法显示出与庸人的不同。农民受到了徭役的牵累，没有得到特别的救济抚恤，又不为他们设置官员，兴修农田水利；士兵中混杂着老弱病员，没有加以告诫整顿，又不替他们选拔将领，让他们长久地掌握守边任务。保卫都城，收罗的是些兵痞无赖，没有改变五代的纵容、笼络的坏习惯；皇室中没有教导训练、选拔推荐之实，因而不能符合先王亲近疏远、升官、降职的原则。至于管理财政，基本上没有法度，所以皇上虽然俭朴节约，人民却不富足；虽然操心勤勉，国家却不强大。幸亏现在不是夷狄昌盛的时候，又没有尧、汤时代水涝旱灾的特殊灾情，所以天下无事，超过百年。虽然是人努力的结果，更是依赖了上天的帮助。原因是几代圣君相传，对上敬畏天命，对下敬畏人民，宽厚仁爱，谦恭俭朴，忠恕诚恳，这是他们之所以获得上天帮助的缘故。

我想陛下身上具有圣明的资质，继承了无穷无尽的帝业，知道不能长久地倚赖上天的辅佑，知道人的基业是不能始终懈怠下去的，那么大有作为的时候，正在今天。我不敢随便放弃臣子应尽的职责，而有所顾忌不敢直言，以逃避杀身之祸去苟且偷生，恳请陛下宽恕我并留心我说的话，那就是天下人的福气了。恰当与否，诚请陛下裁决。

苏轼篇

作者小传

苏轼（1037—1101年），字子瞻，号东坡居士。眉州眉山（今四川眉山）人，北宋文学家、书法家、画家。嘉祐二年（1057）中进士。神宗时曾任祠部员外郎、杭州通判等职。哲宗时任翰林学士，曾官至礼部尚书。晚年被贬惠州、儋州。幸遇徽宗大赦，可惜北还后第二年病死常州，葬于河南郏县，追谥文忠公。

他的仕途坎坷，所以他的诗文大都抒发感慨，也有反映民生疾苦、揭露现实黑暗之作。

他的诗风豪迈清新，善用夸张比喻，在艺术表现方面独具风格，与黄庭坚并称“苏黄”，与辛弃疾并称“苏辛”，与欧阳修并称“欧苏”，是唐宋八大家之一。诗文集有《东坡七集》等。存世书迹有《赤壁赋》《答谢民师论文帖》《祭黄几道文》等。存世画迹有《古木怪石图卷》《潇湘竹石图卷》等。

前赤壁赋

【原文】

壬戌之秋，七月既望[①]，苏子与客泛舟游于赤壁之下。清风徐来，水波不兴。举酒属客[②]，诵明月之诗[③]，歌窈窕之章。少焉，月出于东山之上，徘徊于斗牛之间。白露横江[④]，水光接天。纵一苇之所如，凌万顷之茫然。浩浩乎如冯虚御风[⑤]，而不知其所止；飘飘乎如遗世独立，羽化而登仙。

于是饮酒乐甚，扣舷而歌之。歌曰：“桂棹兮兰桨[⑥]，击空明兮溯流光[⑦]。渺渺兮予怀，望美人兮天一方。”客有吹洞箫者，倚歌而和之[⑧]。其声呜呜然，如怨如慕，如泣如诉，余音嫋嫋，不绝如缕。舞幽壑之潜蛟，泣孤舟之嫠妇[9]。

【注释】

①既望：望日的后一日，农历小月十五日，大月为十六日，故每月十五日为"望日"，十六日为"既望"。

②属：此时念作（zhǔ），通"嘱"，引申义为劝酒。

③明月之诗：《诗经·陈风·月出》有"舒窈纠兮"之句，故称"明月之诗"。

④白露横江：白茫茫的水汽笼罩在江面上。

⑤冯虚御风：像长出羽翼一样驾风凌空飞行，乘风腾空而遨游。冯虚：凭空，凌空。冯：通"凭"。虚：太空。御：驾驭。

⑥桂棹兰桨：用兰、桂香木制成的船桨。舷：指船的两边。

⑦流光：在江水上浮动的月光。

⑧倚歌而和之：按照歌曲的声调节拍应和着。

⑨嫠（lí）妇：寡妇。

【译文】

壬戌年的秋天，七月十六，我和我的朋友们在赤壁下泛舟游玩。清风阵阵缓缓吹来，江面水波平静，波澜不起。于是我举起酒杯敬酒，邀请客人同饮，并且开始诵读与明月有关的《月出》一诗，吟唱《诗经》中《窈窕》这一章。不一会儿，月亮从东山后面升起，徘徊于斗宿与牛宿之间。白茫茫的雾气横贯江面，江面上反射的波光连接天际。任凭像苇叶一般的小船儿在漫无边际的江上自由地漂荡着，浮动在苍茫万顷的江面。江面是多么广阔浩瀚啊，船儿像是凌空御风而行，不知道将要飞向哪里；我们似乎也飘然自在地飞起来一样，仿佛遗弃了尘世间的纷扰，进入仙境，成为神仙一般。

这时候，酒喝得更加尽兴，我用手轻轻叩击船舷，和声而高声唱起歌来。歌中唱道："桂木船棹啊香兰船桨，迎击空明的粼波啊，在月光浮动的江面逆流而上。我的情思啊悠远茫茫，瞻望我思慕的美人啊，在那天边遥远的地方。"与我同游中有一个吹洞箫的朋友，随着我的节奏应声而起。那箫声呜呜作响，像是怨恨，又像是思慕；像是哭泣，又像是倾诉，余音婉转悠长，如同细长的丝线绵延不断。这箫声能使潜藏深谷中的蛟龙为之起舞，也能使独坐在孤舟上的寡妇暗自泪流。

【原文】

苏子愀然，正襟危坐，而问客曰："何为其然也[①]？"客曰："'月明星稀，乌鹊南飞。'此非曹孟德之诗乎？西望夏口，东望武昌，山川相缪[②]，郁乎苍苍，此非孟德之困于周郎者乎[③]？方其破荆州[④]，下江陵，顺流而东也，舳舻千里[⑤]，旌旗蔽空，酾酒临江，横槊赋诗，固一世之雄也，而今安在哉？况吾与子渔樵于江渚之上，侣鱼虾而友麋鹿，驾一叶之扁舟，举匏尊以相属[⑥]。寄蜉蝣于天地，渺沧海之一粟。哀吾生之须臾[⑦]，羡长江之无穷。挟飞仙以遨游，抱明月而长终。知不可乎骤得，托遗响于悲风[⑧]。"

【注释】

①何为其然也：你的曲调为什么这样悲凉呢？

②缪（liǎo）：通"缭"此处指山川交错纵横，相互盘绕。

③孟德之困于周郎：指汉献帝建安十三年（208年），吴将周瑜在赤壁之战中用火攻击溃曹操八十万大军。周郎：周瑜二十四岁为中郎将，吴中皆呼为周郎。

④荆州：辖南阳、江夏、长沙等八郡，今湖南、湖北一带。江陵：当时的荆州首府，今湖北县名。

⑤舳舻（zhú lú）：战船前后相接，这里指战船。赤壁之战中曹操见到自己的士兵在颠簸的船只上面水土不服、晕船、呕吐、生病，于是曹操想到连接战船，使战船平稳如陆地。

⑥匏樽（páo zūn）：用葫芦做成的酒器。

⑦须臾：片刻，形容生命之短暂。

⑧遗响：余音，指箫声的真正余音。悲风：悲凉的秋风。

【译文】

我的脸色转变成忧愁的样子，整好衣襟端正地坐下来，向友人询问道："为什么你的曲调这样悲凉呢？"友人回答道："'月明星稀，乌鹊南飞'，这不是曹公孟德的诗句吗？从这里向西可以望到夏口，向东望去就是武昌，这里山峰绵延、山水环绕，草木繁盛、郁郁苍苍，这不正是当年曹孟德被周瑜所围困的地方吗？当年他攻陷荆州，夺取江陵，沿长江顺流东下时候，麾下的战船接连千里，旌旗招展，几乎将天空全都蔽住，然后面对着江面饮酒，横执长矛吟诗作赋，本是当代之枭雄，而如今他又在哪里呢？何况你我在江边的小洲之上捕鱼砍柴，和鱼虾做伴，与麋鹿为友，驾着这一片叶子似的小船，举起简陋的杯盏相互敬酒。我们如同蜉蝣一样寄身于广阔的天地之间，渺小得像沧海中的一粒粟米。哀叹着我们的一生真是短暂，不由得羡慕起长江的无穷无尽。我想与天上的仙人携手一起遨游，与明月相拥而永存世间。但是我知道这些是不会轻易实现的，只得将这种遗憾与无奈化为箫声的余音，寄托在悲凉的秋风中。"

【原文】

苏子曰："客亦知夫水与月乎？逝者如斯[①]，而未尝往也；盈虚者如彼[②]，而卒莫消长也。盖将自其变者而观之，则天地曾不能以一瞬；自其不变者而观之，则物与我皆无尽也，而又何羡乎？且夫天地之间，物各有主，苟非吾之所有，虽一毫而莫取。惟江上之清风，与山间之明月，耳得之而为声，目遇之而成色，取之无禁，用之不竭。是造物者之无尽藏也，而吾与子之所共适。"

客喜而笑，洗盏更酌。肴核既尽，杯盘狼藉。相与枕藉乎舟中[③]，不知东方之既白。

【注释】

①逝者如斯：流逝的像这江水。语出《论语·子罕》："子在川上曰：'逝者如斯夫，不舍昼夜。'"逝：往。斯：此，指水。

②盈虚者如彼：指月亮的圆缺。

③枕藉：相互枕着睡觉。

【译文】

我对友人说："你可知道这水和月亮吗？江水像这样不停地流动，但是并没有真正逝去啊；而月亮也总有圆有缺，但是始终并没有增加或减少。由此可见，从事物容易变化的这一方面来看，天地间没有一个瞬间不在发生变化；而从事物不变的这一方面看来，那么，万物与我们的生命一样无穷无尽啊，而又有什么可羡慕的呢？再者说，这天地之间，凡物都各有其主宰，若不是自己应该拥有的，即使一分一毫也不能求取。只有江上的清风，以及山间的明月，送到耳边便听到声音，进入眼帘便成为景色，取得这些才不会有人禁止，享用这些也不会有竭尽的时候。这是大自然给我们的恩赐，是无穷无尽的宝藏，而你我尽可以一起尽情享用。"

同伴听到我的一番见解，高兴地笑了，随手清洗着杯盏并重新斟酒。菜肴和果品都已经被吃完了，只剩下桌上的酒杯和一片凌乱的碟盘。大家在船里互相枕着靠着睡去，不知不觉中，东方的天空已经露出白色的曙光。

后赤壁赋

【原文】

是岁十月之望[①]，步自雪堂[②]，将归于临皋[③]。二客从予过黄泥之坂[④]。霜露既降，木叶尽脱。人影在地，仰见明月，顾而乐之，行歌相答[⑤]。已而叹曰："有客无酒，有酒无肴，月白风清，如此良夜何[⑥]？"客曰："今者薄暮[7]，举网得鱼，巨口细鳞，状似松江之鲈[8]。顾安所得酒乎[9]？”归而谋诸妇[10]。妇曰：“我有斗酒，藏之久矣，以待子不时之需。”

【注释】

①是岁：这一年。此篇为《前赤壁赋》的姊妹篇，这一年即壬戌年（宋神宗元丰五年）。

②雪堂：苏轼在黄州所建的新居，离他在临皋的住处不远，在黄冈东面。堂在大雪时建成，画雪景于四壁，故名“雪堂”。

③临皋（gāo）：亭名，在黄冈南长江边上。苏轼初到黄州时住在定惠院，不久就迁至临皋亭。

④黄泥之坂：黄冈东面东坡附近的山坡叫“黄泥坂”。坂：斜坡，山坡。文言文为调整音节，有时在一个名词中增“之”字，如欧阳修的《昼锦堂记》：“乃作昼锦之堂于后圃。”

⑤行歌相答：边行边吟诗，互相唱和；且走且唱，互相酬答。

⑥如此良夜何：怎样度过这个美好的夜晚呢？如……何，怎样对待……“如何”跟“奈何”差不多，都有“对待”“对付”的意思。

⑦薄暮：太阳降落天快黑的时候。薄：迫，逼近。

⑧松江之鲈：鲈鱼是松江（现在属上海）的名产，体扁，嘴大，鳞细，味鲜美。

⑨顾：可是，只是。安所：哪里。

⑩谋诸妇：回家去与妻子商量。

【译文】

这一年十月十五的晚上，我从雪堂出发，准备回到临皋亭去。有两位客人与我一同回来路过黄泥坂。此时霜露已经降下，树叶也已经全都脱落。我们看到自己的身影倒映在地上，不经意抬头一望，看见了天上皎洁的月亮，很是喜欢，我们相视一笑，便一边走一边吟起诗来，相互应和。过了一会儿，我不禁叹口气："有客人却没有酒，即使有酒却没有菜。皎洁的月光，清爽的晚风拂面，这样美好的夜晚，我们该怎么度过呢？"一位客人说："刚才黄昏的时候，我撒网捕到了一条大鱼，很大的嘴巴，细细的鳞片，形状就像松江的鲈鱼。不过，我们到哪里去弄到酒呢？"我回家和妻子商量，妻子说："我有一斗酒，保存了很久，就是为了应付你这突如其来的需要。"

【原文】

于是携酒与鱼，复游于赤壁之下。江流有声，断岸千尺①。山高月小，水落石出。曾日月之几何，而江山不可复识矣！

予乃摄衣而上②，履巉岩③，披蒙茸，踞虎豹④，登虬龙⑤，攀栖鹘之危巢⑥，俯冯夷之幽宫⑦。盖二客不能从焉。划然长啸⑧，草木震动，山鸣谷应，风起水涌。予亦悄然而悲，肃然而恐，凛乎其不可留也。反而登舟，放乎中流，听其所止而休焉⑨。

时夜将半，四顾寂寥。适有孤鹤，横江东来，翅如车轮，玄裳缟衣，戛然长鸣，掠予舟而西也。

【注释】

①断：阻断，有"齐"的意思，这里形容山壁峭立的样子。

②摄：牵曳。

③履：登上。巉（chán）岩：险峻的山石。

④踞：盘踞，指盘坐在那里的样式。虎豹：指形似虎豹的山石。

⑤虬：龙的一种。虬是古代汉族传说中有角的小龙，一说刚长出角的幼龙。

⑥栖：鸟宿。鹘（gǔ）：一种凶猛的鸟。

⑦冯夷：水神，即河伯。幽：深。"攀栖鹘之危巢，俯冯夷之幽宫"这句

是说，上登山的极高处，下临江的极深处。

⑧划然长啸：高声长啸。划有“裂”的意思，这里形容长啸的声音。啸：蹙口作声。

⑨听其所止而休焉：任凭那船停止在什么地方，就在什么地方休息。

【译文】

就这样，我们带着美酒和鱼，再次到赤壁的下面乘船游览。长江的流水发出哗哗的声响，江岸上山壁峭立，可达千尺之多。山峦很高，月亮显得小了，水位低下去，藏在水里面的礁石也露了出来。这才相隔多少日子啊，上次游览所见的风景再也认不出来了！

我提起衣襟走上岸去，登上险峻的山岩，拨开纷乱的野草，坐在像虎豹山形状的怪石上，边走边拉住弯曲成形如虬龙的树枝，攀爬到猛禽做窝的悬崖，低头向下看水神冯夷的神宫。那两位客人都不能跟着我的路线爬到这个极高处。我张口发出长长的呼啸声，清远而悠长，草木似乎都被这种尖锐的声音震动了，山谷发出回声与我共鸣，大风也随着刮起来了，江水也开始汹涌澎湃。看到这个情景，我不禁也默默地感到悲哀惆怅，感到紧张，甚至感到有些恐惧，觉得这里再也不能停留了。回到了江边的船上，把船划到江心，任凭它漂流到哪里，就在哪里停下来。

这时已经快到半夜了，我向周围望去，觉得特别冷清寂寞。此时恰巧有一只白鹤，从东边飞来横穿大江上空，翅膀张开像车轮一样大小，尾部的黑羽如同飘舞的黑裙子，身上的白羽如同洁白的衣衫，它悠然地拉长声音鸣叫着，掠过我们的小船向西方飞去。

【原文】

须臾客去[①]，予亦就睡。梦一道士，羽衣蹁仙[②]，过临皋之下，揖予而言曰[③]：“赤壁之游乐乎？”问其姓名，俛而不答。“呜呼噫嘻[④]！我知之矣。畴昔之夜[⑤]，飞鸣而过我者，非子也耶[⑥]？”道士顾笑[⑦]，予亦惊悟[⑧]。开户视之，不见其处。

【注释】

①须臾：过了一会儿。指很短的时间。

②翩仙：亦作“蹁跹”。

③揖予：向我拱手施礼。

④呜呼噫嘻：这四个字都是叹词，也可以“呜呼”“噫”“嘻”这样分开用，或者“呜呼”与“噫嘻”分开用。

⑤畴昔之夜：昨天晚上。此语出于《礼记·檀弓》上篇“予畴昔之夜”。畴：语首助词，没有实在的意思。昔：昨天。

⑥非子也耶：不是你吗？“也”在这里不表示意义，只起辅助语气的作用。

⑦顾：回头看。

⑧悟：醒悟，明白。

【译文】

过了一会儿，客人们都各自离开，我也回家去睡觉了。睡梦中梦见了一位道士，穿着羽毛编织成的衣裳，步子轻快地走来，到了临皋亭下面，向我拱手行礼，说：“此番在赤壁游览感觉愉快吗？”我问他的姓名，他低着头不回答。“噢！我知道你是谁了。昨天夜晚，一边飞一边悠然鸣叫着飞过我们船上的，不就是你吗？”道士回头对我笑而不语，我也忽然惊醒。随后打开房门向远处观望，却看不到他在什么地方。

晁错论[1]

【原文】

天下之患，最不可为者，名为治平无事，而其实有不测之忧。坐观其变，而不为之所[2]，则恐至于不可救；起而强为之，则天下狃于治平之安而不吾信[3]。唯仁人君子豪杰之士，为能出身为天下犯大难，以求成大功[4]。此固非勉强期月之间[5]，而苟以求名者之所能也。

天下治平，无故而发大难之端。吾发之，吾能收之，然后有以辞于天下[6]。事至而循循焉欲去之[7]，使他人任其责，则天下之祸，必集于我。

昔者晁错尽忠为汉[8]，谋弱山东之诸侯，山东诸侯并起，以诛错为名[9]；而天子不之察，以错为说[10]。天下悲错之以忠而受祸，而不知错之有以取之也。

古之立大事者，不唯有超世之才，亦必有坚忍不拔之志。昔禹之治水，凿龙门，决大河而放之海。方其功之未成也，盖亦有溃冒冲突可畏之患；惟能前知其当然，事至不惧，而徐为之所，是以得至于成功。

【注释】

①晁错：前200—前154年，颍川（今河南禹州）人，是西汉文帝时的智囊人物。主张重农贵粟，力倡削弱诸侯，更定法令，招致王侯权贵忌恨。汉景帝四年（前154年），吴、楚等七国以“请诛晁错，以清君侧”为名发动叛乱，晁错因此被杀。

②为：治理，消除。

③狃（niǔ）：习惯。

④以：而，表顺接。

⑤期（jī）月：一个月。这里泛指短时期。

⑥然后有以辞于天下：然后才能有力地说服天下人。

⑦循循焉：缓慢的样子。循循：徐徐。

⑧昔者晁错尽忠为汉：从前晁错殚精竭虑效忠汉朝。昔者：从前。

⑨以诛错为名：以诛杀晁错作为名义。以……为：把……作为。

⑩而天子不之察，以错为说：但汉景帝没有洞察到起兵诸侯的用心，把晁错杀了来说服他们退兵。

【译文】

天下的祸患，最难以解决的，就是表面上看起来平安无事，实际上却有着无法预知的隐患。坐在那里看着事态恶性发展却不想办法去解决，恐怕等到事情发生的时候，已经无法挽救了；但一开始就用强制的手段去处理，那么天下的人会由于习惯太平安逸，就不会相信我们。唯有那些仁人君子、英雄人物，才会挺身而出，为天下甘冒巨大的风险，以求成就伟大的功业。但这本来就不是在短时间就能勉强解决的事，这些贤人英雄们的做法只是为了出名罢了。

天下太平无事，却非要无缘无故地挑起大的事端。既然我能挑起它，我就能把它控制在自己的权威之下去解决它，然后才有向天下人交代的有力言辞。如果挑起事端，而当事到临头时，却在拖延之中想办法逃脱，让别人来承担责任，那么对天下祸患的指责，就一定会集中在我一个人身了。

从前晁错竭尽忠心为汉朝出谋划策，想办法削弱山东各诸侯国的势力。山东诸侯就联合起兵，借诛杀晁错的名义反叛朝廷。然而君王不能明辨是非，就杀了晁错以向各诸侯做出解释。天下的人都悲叹晁错因为尽忠朝廷而惨遭杀身之祸，却不知道晁错也有自取其祸的地方啊。

古时候能够建立大功业的人，不单单要具有超出常人的才能，还必须具有坚忍不拔的意志。从前夏禹治理洪水，凿开龙门堤口，疏通大河，把洪水疏导进大海之中。当他的这番功业尚未完成的时候，大概也预想到堤坝溃决和洪水横冲直撞的巨大隐患。只是他能在做事之前深思熟虑，考虑到种种发生的可能，提前予以解决，才在实施的过程中不惧怕慌张，最终能从容不迫，获得了成功。

【原文】

夫以七国之强，而骤削之，其为变[①]，岂足怪哉？错不于此时捐其身，为天下当大难之冲，而制吴楚之命，乃为自全之计，欲使天子自将而己居守[②]。且夫发七国之难者，谁乎？己欲求其名，安所逃其患[③]。以自将之至危，与居守之至安；己为难首，择其至安，而遗天子以其至危，此忠臣义士所以愤惋而不平者也。

当此之时，虽无袁盎，错亦未免于祸。何者？己欲居守，而使人主自将。以情而言[④]，天子固已难之矣，而重违其议[⑤]。是以袁盎之说，得行于其间。使吴楚反，错以身任其危，日夜淬砺[⑥]，东向而待之，使不至于累其君，则天子将恃之以为无恐，虽有百袁盎，可得而间哉[⑦]？

嗟夫！世之君子，欲求非常之功，则无务为自全之计[⑧]。使错自将而击吴楚，未必无功，唯其欲自固其身，而天子不悦。奸臣得以乘其隙，错之所以自全者，乃其所以自祸欤！

【注释】

①其为变，岂足怪哉：他们起来叛乱，难道值得奇怪吗？足：值得。

②欲使天子自将而己居守：想让皇帝御驾亲征平定叛乱，而自己留守京城。

③己欲求其名，安所逃其患：自己想求得这个美名，怎么能逃避这场患难呢？安：怎么。

④以情而言：按照情理来说。以：按照。

⑤天子固已难之矣，而重违其议：皇帝本来已经觉得这是勉为其难的事情，但又不好反对他的建议。

⑥淬砺：锻炼磨砺。引申为冲锋陷阵，发愤图强。

⑦虽有百袁盎，可得而间哉：即使有一百个袁盎，能有机可乘离间他们君臣吗？

⑧务：从事。

【译文】

七国诸侯那样强盛，却想突然间削弱他们，他们联合起来叛乱有什么好奇怪的呢？晁错不在这个时候挺身而出，替天下人做抵挡大难的先锋，控制吴、楚等国的命运，却为了保全自己，让皇帝亲自带兵出征而自己在后方防守。那么试问，挑动七国叛乱的人是谁呢？自己想求得献计平定天下的美名，又怎能逃避引出来的祸患呢？最危险的是亲自带兵平息叛乱，留守后方却十分安全，自己是挑起大难的罪魁祸首，却选择十分安全的事情来做，把极为危险的事情留给皇上去做，这才是忠臣义士最为愤恨不平的原因啊。

在这个时候，就算袁盎（与晁错为政敌）没有进言处死晁错，晁错也是难逃杀身之祸。为什么这样说呢？自己想留守京城，却让皇帝亲自领兵出征。从常理上来讲，皇帝本来就对带兵亲征一事感到为难，再加上多数人不同意他的建议，所以袁盎的说法得到大家赞同。假如吴楚反叛，晁错挺身而出，承担危险的平叛重担，夜以继日，像淬火磨刀似的训练军队，向东边严阵以待，让自己的君主不至于受到惊扰，那么皇帝就会依赖他而无所畏惧，即使有一百个袁盎，能有可乘之机去离间他们君臣吗？

唉！世间的所谓君子们，想要建立不平凡的功绩，就不要刻意去考虑保全自己的计谋。假如晁错带兵去讨伐吴、楚，未必不能成功。正因为他一心想保全自己，使得皇上不高兴，奸臣才得以乘机进谗言。晁错用来保全自己的计策，也就是为他招来杀身之祸的原因啊！

方山子传

【原文】

方山子[1]，光、黄间隐人也[2]。少时慕朱家、郭解为人[3]，闾里之侠皆宗之[4]。稍壮，折节读书[5]，欲以此驰骋当世，然终不遇。晚乃遁于光[6]、黄间，曰岐亭。庵居蔬食，不与世相闻。弃车马，毁冠服，徒步往来山中，人莫识也。见其所著帽，方屋而高，曰：“此岂古方山冠之遗象乎[7]？”因谓之方山子。

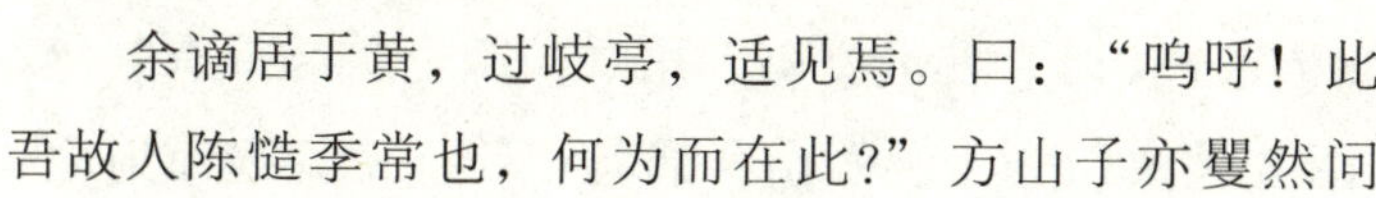

余谪居于黄，过岐亭，适见焉。曰：“呜呼！此吾故人陈慥季常也，何为而在此？”方山子亦矍然问余所以至此者。余告之故，俯而不答，仰而笑，呼余宿其家。环堵萧然，而妻子奴婢皆有自得之意。

【注释】

①方山子：即陈慥（zào），字季常。

②光、黄：光州、黄州。光州州治在今河南潢川县。

③朱家、郭解：西汉时著名游侠。见《史记·游侠列传》。

④闾里：乡里。宗之：崇拜他，以他为首。宗：尊奉。

⑤折节：改变原来的志趣和行为。

⑥遁：遁世隐居。

⑦方山冠：唐宋时隐士戴的帽子。

【译文】

方山子是光州、黄州一带的隐士。他年轻的时候，特别羡慕汉代游侠朱家、郭解能周游列国增长见识，所以乡里的游侠之士，他也都非常尊崇。等到他年岁稍长，就改变了原来的志趣，开始发愤读书，想要凭借博学多才而驰名当代，但是始终没有得到赏识。到了晚年才隐居在光州、黄州一带名叫岐亭的地方。他住在简陋的茅草屋，吃的是米饭蔬菜，不与外界相往来。他放弃乘车骑马，毁坏官帽衣服，徒步往来于山水之间，没有人认识他。人们常见他戴的帽子上面方方的，而且又高高耸起，就说："这不就是古代乐师戴的方山冠的样子吗？"因此就称他为"方山子"。

我因被贬谪而居住在黄州，有一次经过岐亭时，正巧碰见了他。惊喜之余，我喊住他说："哎，这是我的老朋友陈慥陈季常呀，你怎么会在这里呢？"方山子也很惊讶的样子，随后也问起我来到这里来的原因。我把原因告诉了他，他低头不说话，继而仰天大笑，请我住到他的家里去。只见他的家里四壁萧条，空空荡荡，然而他的妻子、儿女以及奴仆都显出怡然自得的神情。

【原文】

余既耸然异之。独念方山子少时，使酒好剑，用财如粪土。前十有九年，余在岐下[①]，见方山子从两骑，挟二矢，游西山，鹊起于前，使骑逐而射之，不获，方山子怒马独出[②]，一发得之。因与余马上论用兵及古今成败，自谓一世豪士。今几日耳，精悍之色犹见于眉间，而岂山中之人哉？

然方山子世有勋阀，当得官，使从事于其间，今已显闻。而其家在洛阳，园宅壮丽，与公侯等。河北有田，岁得帛千匹，亦足以富乐。皆弃不取，独来穷山中[③]，此岂无得而然哉？

余闻光、黄间多异人，往往阳狂垢污[④]，不可得而见。方山子傥见之与[⑤]？

【注释】

①余在岐下：宋仁宗嘉祐七年，苏轼任凤翔府签判，时陈慥之父陈希亮知凤翔府。苏轼这时始与陈慥相识定交。

②怒马：愤怒地鞭马独自冲出去。

③穷山中：荒僻的山中。

④异人：指特立独行的隐沦之士。垢污：言行不屑循常蹈故，被人们认为是德行上的垢污。

⑤傥（tǎng）：倘或，假使。

【译文】

看到此情此景，我感到十分惊异。回想起方山子年轻的时候，曾是一个嗜酒任性、喜欢使剑、挥金如土的游侠之士。十九年前，我在岐亭下，见到方山子带着两名骑马的随从，身藏两支箭，在西山游猎，这时，只见一鹊在他们前方被惊飞而起，他便叫随从追赶射鹊，随从没有射中那只飞鹊。随即，方山子拉紧缰绳，独自跃马向前，一箭射中飞鹊。他就在马上与我谈论起用兵之道和古今成败之事，自认为是一代豪杰。至今又过了多少日子了，但是，曾经的那股英气勃发的干练神色，依然在他的眉宇间绽现，这怎么会是一位隐居山中的平凡之人呢？

方山子出身于世代功勋之家，理应谋得官职可做，如果他能置身于官场之中，到如今应该早已声名显赫了。他原本家在洛阳，拥有雄伟富丽的宅舍，可与公侯之家相比。在河北还有大片田地，每年可得上千匹的丝帛收入，这些资产也足以让他富裕安乐了。然而他都抛开不去享受，偏偏要来到这个穷僻的山林之间，这难道不就是所谓的“无得”即是“有得”的最高境界吗？

我听说光州、黄州一带有很多奇人异士，常常衣衫破旧假装疯癫来污秽自己，让人家无法见到真实的他们，方山子或许能遇见这样的人吧？

石钟山记

【原文】

《水经》云：“彭蠡之口有石钟山焉[①]。”郦元以为下临深潭[②]，微风鼓浪[③]，水石相搏，声如洪钟。是说也，人常疑之。今以钟磬置水中[④]，虽大风浪不能鸣也，而况石乎！至唐李渤始访其遗踪，得双石于潭上，扣而聆之，南声函胡，北音清越[⑤]，枹止响腾[⑥]，余韵徐歇[⑦]。自以为得之矣。然是说也，余尤疑之。石之铿然有声者[⑧]，所在皆是也，而此独以钟名，何哉？

【注释】

①石钟山，在江西湖口鄱阳湖东岸，有南、北二山，在县城南边的叫上钟山，在县城北边的叫下钟山。明清时有人认为苏轼关于石钟山得名由来的说法是错误的，正确的说法是："盖全山皆空，如钟覆地，故得钟名。"今人经过考察，认为石钟山之所以得名，是因为它具有钟之"声"，又具有钟之"形"。彭蠡（lǐ）：鄱阳湖的又一名称。

②郦元：即郦道元，《水经注》的作者。

③鼓：振动。

④磬（qìng）：古代打击乐器，形状像曲尺，用玉或石制成。

⑤北音清越：北边那座山石的声音清脆而响亮。越：高扬。

⑥枹（fú）止响腾：鼓槌停止了（敲击），声音还在传播。腾：传播。

⑦余韵徐歇：余音慢慢消失。韵：这里指声音。徐：慢。

⑧铿（kēng）然：形容敲击金石所发出的响亮的声音。

【译文】

《水经》上说："鄱阳湖的湖口有一座石钟山矗立在那里。"郦道元认为，石钟山下面临着深潭，微风振动波浪时，湖水和石头互相撞击着，发出的声音好像大钟一般。这个说法，人们常常怀疑它。试想，如果把钟磬放在水中，即使再大的大风大浪也不能使它发出声响，何况是石头呢！到了唐代李渤，也开始去寻访石钟山的踪迹。他在深潭边找到两块山石，分别敲击它们，聆听它们的声音，只听得南边那座山石的声音重浊而模糊，北边那座山石的声音清脆而响亮，而当停止了鼓槌的敲击时，声音还在悠悠传播，直到余音慢慢地消失。他认为自己找到了这个石钟山命名的原因了。然而这种说法，我更加怀疑了。石头敲打后能发出响亮的声音，这种现象哪里都是这样的，可唯独这座山用钟来命名，这是为什么呢？

【原文】

元丰七年六月丁丑，余自齐安舟行适临汝，而长子迈将赴饶之德兴尉，送之至湖口，因得观所谓石钟者。寺僧使小童持斧，于乱石间择其一二扣之，硿硿焉[①]。余固笑而不信也。

至暮夜月明[②]，独与迈乘小舟，至绝壁下。大石侧立千仞，如猛兽奇鬼，森然欲搏人；而山上栖鹘[③]，闻人声亦惊起，磔磔云霄间[④]；又有若老人咳且笑于山谷中者，或曰此鹳鹤也[⑤]。余方心动欲还，而大声发于水上，噌吰如钟鼓不绝[⑥]。舟人大恐。徐而察之，则山下皆石穴罅[⑦]，不知其浅深，微波入焉，涵澹澎湃而为此也[⑧]。

【注释】

①硿（kōng）硿焉：硿硿地发出响声。焉：相当于“然”。

②暮（mù）夜：晚上。

③栖鹘（hú）：宿巢的老鹰。鹘：鹰的一种。

④磔（zhé）磔：鸟鸣声。

⑤鹳鹤：水鸟名，似鹤而顶不红，颈和嘴都比鹤长。

⑥噌吰（chēng hóng）：这里形容钟声洪亮。

⑦罅（xià）：裂缝。

⑧涵澹：水波动荡。澎湃：波浪相激。

【译文】

元丰七年六月初九，我坐船从齐安出发到临汝去，那时候是我的大儿子苏迈将要去就任饶州的德兴县的县尉，我送他到湖口，因此能够有机会观看到人们所说的石钟山。庙里的和尚让小孩童拿着斧头，在乱石中间找了一两块石头敲打它，石头发出“硿硿”的声响，我当时只是笑了笑，还是不相信之前有关山名由来的说法。

到了晚上月光明亮，我和苏迈乘着小船来到石钟山的绝壁下面。看见了巨大的山石耸立在绝壁旁边，有千尺之高，好像凶猛的野兽和奇异的鬼怪，阴森森地想要向我们扑来一样；山上宿巢的老鹰，听到有人声也受惊飞起来，在云霄间发出“磔磔”的声响；又传来了像老人在山谷中咳嗽并且大笑的声音，有人说这是鹳鹤的声音。我正胆战心惊地想要回去，忽然听到有巨大的声音从水上发出，声音洪亮得像在不断地敲钟击鼓一样连绵不断。船夫显出非常惊恐的样子。我却很好奇，慢慢地前行探寻这声音，原来山下都是大小不一的石穴和缝隙，我不知道它们的深浅，但可以看到细微的水波涌进那里，是因为水波激荡，才发出了这种声音。

【原文】

舟回至两山间，将入港口，有大石当中流，可坐百人，空中而多窍，与风水相吞吐，有窾坎镗鞳之声[①]，与向之噌吰者相应，如乐作焉。因笑谓迈曰：“汝识之乎？噌吰者，周景王之无射也；窾坎镗鞳者，魏庄子之歌钟也[②]。古之人不余欺也！”

事不目见耳闻，而臆断其有无，可乎？郦元之所见闻，殆与余同，而言之不详；士大夫终不肯以小舟夜泊绝壁之下，故莫能知；而渔工水师虽知而不能言。此世所以不传也。而陋者乃以斧斤考击而求之，自以为得其实。余是以记之，盖叹郦元之简，而笑李渤之陋也。

【注释】

①窾（kuǎn）坎：击物声。镗鞳（tāng tà）：钟鼓声。

②魏庄子之歌钟：《左传》记载，鲁襄公十一年（前561年）郑人以歌钟和其他乐器献给晋侯，晋侯分一半赐给晋大夫魏绛。魏庄子：魏绛的谥号。歌钟：古乐器。

【译文】

船回到两山之间，将要进入支流口，只见有块大石头挡在水流的中央，上面可坐一百多人，石头中间是空的，而且有许多窟窿，把风浪吞进去又吐出来，发出窾坎镗鞳的声音，同先前所听到的噌吰的声音相互应和，好像音乐在演奏一般。于是我笑着对苏迈说："你知道那些典故吗？那噌吰的响声，是周景王无射钟的声音，窾坎镗鞳的响声，是魏庄子歌钟的声音。古人没有欺骗我们啊！"

任何事情没有亲眼看到亲耳听到，只凭借主观臆断去定义它的有或者没有，可以吗？郦道元所看到、所听到的，大概和我一样，但是他描述得不详细；士大夫终究不愿选择在漆黑的夜里乘着小船停泊在悬崖绝壁的下面探个究竟，所以不能知道真相；渔人和船夫虽然知道石钟山命名的真正原因，却不能用文字将它记载。这就是关于石钟山真正得名由来，没有流传下来的缘故啊。然而浅陋的人竟然用斧头敲打石头来寻求石钟山得名的原因，还自认为已经得到了真相。我因此记下以上这些经过，叹惜郦道元记叙的简略，嘲笑李渤的知识浅陋。

放鹤亭记

【原文】

熙宁十年秋[①]，彭城大水[②]。云龙山人张君之草堂，水及其半扉[③]。明年春，水落，迁于故居之东，东山之麓。升高而望，得异境焉，作亭于其上。彭城之山，冈岭四合，隐然如大环，独缺其西一面，而山人之亭，适当其缺。

春夏之交，草木际天；秋冬雪月，千里一色；风雨晦明之间[4]，俯仰百变[5]。山人有二鹤，甚驯而善飞，旦则望西山之缺而放焉，纵其所如。或立于陂田[6]，或翔于云表；暮则傃东山而归[7]。故名之曰“放鹤亭”。

【注释】

①熙宁十年：即公元1077年。

②彭城：今江苏徐州市。

③及：漫上。

④晦明：昏暗和明朗。

⑤俯仰百变：俯视仰视之间，气象有许多变化。

⑥陂（bēi）田：水边的田地。

⑦傃（sù）：向，向着，沿着。

【译文】

熙宁十年的秋天，彭城暴发一场洪水。云龙山人张君的草堂也遭到的洪水侵袭，洪水已淹没到他房门的一半，他不得不离开故居。第二年的春天，洪水才彻底退去，云龙山人搬到故居的东面，东山的山脚下安定下来。他登到高处远望时，看到一个奇异的地方。于是，他便在那座山上建了一座亭子。彭城地方的山，冈岭从四面围拢而立，影影绰绰地像一个大环；只是在西面有一个缺口，而云龙山人的亭子，恰好对着那个缺口的方向。春夏两季交替的时候，草木茂盛，似乎与天空相连；秋天的皓月当空时以及冬天的瑞雪纷飞，都使广阔的大地一片洁白。风雨阴晴之中，景色瞬息万变。山人喂养了两只鹤，它们非常温驯而且善于飞翔。早晨，他就朝着西面缺口的方向放飞这两只鹤，任它们自由飞翔。它们有时站在低洼的池塘边，有时飞翔到云层的上面；到了晚上，它们就向着东山的方向飞回来。因此给这个亭子命名为“放鹤亭”。

【原文】

郡守苏轼，时从宾客僚吏，往见山人，饮酒于斯亭而乐之。挹山人而告之曰[1]：“子知隐居之乐乎？虽南面之君，未可与易也。《易》曰：‘鸣鹤在阴，其子和之。'《诗》曰：'鹤鸣于九皋，声闻于天。'盖其为物，清远闲放，超然于尘埃之外，故《易》《诗》人以比贤人君子。隐德之士，狎而玩之，宜若有益而无损者。然卫懿公好鹤则亡其国。周公作《酒诰》[②]，卫武公作《抑》戒[③]，以为荒惑败乱，无若酒者；而刘伶、阮籍之徒，以此全其真而名后世。嗟夫！南面之君，虽清远闲放如鹤者，犹不得好，好之则亡其国；而山林遁世之士，虽荒惑败乱如酒者，犹不能为害，而况于鹤乎？由此观之，其为乐未可以同日而语也。"山人忻然而笑曰："有是哉！"

【注释】

①挹（yì）：通"揖"，作揖。

②《酒诰》：《尚书》篇名。据《尚书·康诰》序，周武王以商旧都封康叔，当地百姓皆嗜酒，所以周公以成王之命作《酒诰》以戒康叔。

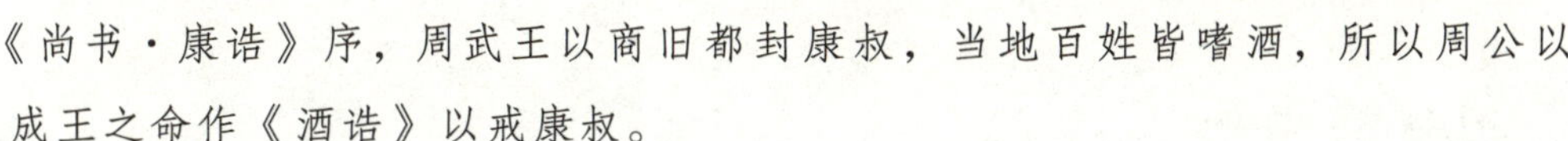

③《抑》戒：《抑》戒是《诗·大雅》中的篇名。相传为卫武公所作，以刺周厉王并自戒。其中第三章云："颠覆厥德，荒湛于酒。"荒湛于酒，即过度逸乐沉湎于酒。

【译文】

太守苏轼，那一天带着宾客随从，前往这里拜访山人，在这个亭子里喝酒并以此为乐。他酌酒给山人，并问山人："您知道隐居的快乐吗？即使是面南而坐的君王，也换不到这种乐趣呢。《易经》上说：'鹤即使在很远的北边鸣叫，它的小鹤也能听见并且鸣叫着应和它。'《诗经》上说：'鹤在深泽中鸣叫，声音也能传到天空。'大概是因为作为鸟类来说，鹤所体现出来的清净深远、悠闲旷达以及超脱世俗之外，所以《易》和《诗经》，人们都把它比作圣人君子。内在德行深厚的人，与它亲近玩耍，应该有益无害。然而，卫懿公喜欢鹤却使他的国家遭到灭亡。周公作《酒诰》，卫武公作《抑》，都认为荒废事业，迷惑性情，败坏和搅乱国家的，没有能比得上酒的；而刘伶、阮籍那些人，却凭借这酒保全了他们的真性，并闻名后世。唉，面南而坐的君主，即使像鹤这样清净深远、悠闲旷达的东西，还是不能太过于喜好，如果过分喜好，就会使他的国家灭亡。而对于超脱世俗隐居山林的贤士，即使是像酒那样荒废事业、迷惑性情、败坏和搅乱国家那样的东西，也不会有什么祸害，更何况是对鹤的喜爱呢？由此看来，君主之乐和隐士之乐是不可以相提并论的。"山人高兴地笑着说："有这样的道理啊！"

【原文】

乃作放鹤、招鹤之歌曰："鹤飞去兮西山之缺，高翔而下览兮，择所适。翻然敛翼[①]，婉将集兮，忽何所见，矫然而复击。独终日于涧谷之间兮，啄苍苔而履白石。鹤归来兮，东山之阴。其下有人兮，黄冠草屦[②]，葛衣而鼓琴。躬耕而食兮，其馀以汝饱。归来归来兮，西山不可以久留。"

元丰元年十一月初八日记[③]。

【注释】

①翻然：转身。

②黄冠：道士所戴之冠。

③元丰元年：即1078年。元丰，宋神宗年号。

【译文】

于是，我写了放鹤、招鹤之歌："鹤飞起来了，向着西山的缺口方向，凌空高飞向下看，选择适合它要去往的地方。突然收起翅膀，好像将要落下，难道是忽然间看到了什么，矫健地又凌空翻飞。独自整天在山涧峡谷中，啄食青苔，踩着白色石头。鹤飞回来吧，在东山的北面。那里有个等你的人，戴着黄色的帽子，穿草鞋，披着葛麻衣服，弹奏着琴弦，亲自耕种而自食其力，剩下的东西就能喂饱你。回来吧回来啊，西山不是你的久留之地。”

元丰元年十一月初八记。

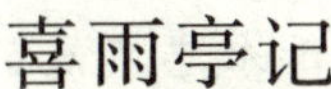

喜雨亭记

【原文】

亭以雨名，志喜也。古者有喜，则以名物，示不忘也。周公得禾，以名其书①；汉武得鼎，以名其年②；叔孙胜狄，以名其子③。其喜之大小不齐，其示不忘一也。

予至扶风之明年④，始治官舍。为亭于堂之北，而凿池其南，引流种树，以为休息之所。是岁之春，雨麦于岐山之阳⑤，其占为有年⑥。既而弥月不雨，民方以为忧。越三月，乙卯乃雨，甲子又雨，民以为未足。丁卯大雨，三日乃止。官吏相与庆于庭，商贾相与歌于市⑦，农夫相与忭于野⑧，忧者以乐，病者以愈，而吾亭适成。

【注释】

①周公得禾，以名其书：周成王得一种“异禾”，转送周公，周公遂作《嘉禾》一篇。

②汉武得鼎，以名其年：汉武帝元狩七年（前116年），得一宝鼎，于是改年号为元鼎元年。《通鉴考异》认为得宝鼎应在元鼎四年，元鼎年号是后来追改的。

③叔孙胜狄，以名其子：鲁文公派叔孙得臣抵抗北狄入侵，取胜并俘获北狄国君侨如。叔孙得臣遂更其子名为“侨如”。

④扶风：凤翔府。

⑤雨麦：麦苗返青时正好下雨。

⑥有年：年将有粮，引申为大丰收。

⑦贾：泛指从商的人。

⑧忭（biàn）：欢乐，喜悦。

【译文】

这座亭子以“雨”字来命名，是为了记录一件喜庆之事。古时候每逢遇到喜事，就用它来命名事物，表示永志不忘的意思。周公得到天子赏赐的那株奇异的稻禾，便使用《嘉禾》作为他文章的篇名；汉武帝获得了一尊宝鼎，便取用“元鼎”当作他的年号；叔孙得臣打败敌人侨如，便用侨如作为儿子的名字。他们所经历的喜事大小程度不一样，但表示不忘旧事的意义则是一致的。

我到凤翔就任的第二年，开始建造官邸。在堂屋的北面修建了一座亭子，在南面开凿了一个池塘。引来水源，种上树木，把亭子当作休息的场所。这年春天，在岐山的南面，天上像下雨一样落下来很多麦子，术人占卜了此事，认为今年会有个好收成，可为丰收年。此后却整整一个月没有下雨，百姓才因此而忧心忡忡。到了三月份的乙卯日，天空才飘下了一场雨，甲子那天又下了雨，百姓们都认为下得还不够；到了丁卯日又下了大雨，一连三天才停止。为此，官吏们聚集在院子里一起相互庆贺，商人们共同在集市上唱歌，农夫们在田野里一起欢乐，一度忧愁的人也因此而高兴起来，生病的人竟因此而痊愈，而我的亭子也恰好在这时落成了。

【原文】

于是举酒于亭上，以属客而告之①，曰：“五日不雨可乎？”曰：“五日不雨则无麦。”“十日不雨可乎？”曰：“十日不雨则无禾。”“无麦无禾，岁且荐饥②，狱讼繁兴，而盗贼滋炽③。则吾与二三子，虽欲优游以乐于此亭④，其可得耶？今天不遗斯民⑤，始旱而赐之以雨。使吾与二三子得相与优游而乐于此亭者，皆雨之赐也。其又可忘耶？”

既以名亭，又从而歌之，曰：“使天而雨珠，寒者不得以为襦⑥；使天而雨玉，饥者不得以为粟。一雨三日，繄谁之力？民曰太守。太守不有，归之天子。天子曰不然，归之造物。造物不自以为功，归之太空。太空冥冥，不可得而名。吾以名吾亭。”

【注释】

①属：同“嘱”，意为劝酒。

②荐饥：连续饥荒。

③炽：旺盛。

④优游：安闲舒适、无忧无虑的神态。

⑤斯：这些。

⑥襦：短衣。

【译文】

于是我在亭子里开设酒宴，向客人举杯劝酒，而后告诉他们这件事，问他们说：“五天不下雨可以吗？”他们回答说：“五天不下雨，就长不成麦子了。”又问“十天不下雨可以吗？”他们回答说：“十天不下雨就养不活稻子了。”“没有麦没有稻，那么年成就要成为灾荒年了，官司案件就多了，而盗贼也会猖獗起来。那么，我即使想与你们在这亭子上游玩享乐，难道可能做得到吗？幸亏上天不遗弃这里的百姓，刚有旱象便天降大雨，才能使我与你们能够一起在这亭子里游玩享乐，都是靠这雨的恩赐啊！这又怎么可以忘记呢？”

用雨给这个亭子命名以后，又接着用歌词形式写下来歌唱这件事，歌词写

的是："假使老天落下的是珍珠，受寒的人也不能把它当衣服；假如老天落下的是美玉，挨饿的人也不能把它当米粟。大雨连续下了三天，你可知这出力的都是什么人？百姓都说是太守，太守可不敢独占为己有，把它归功于天子，天子笑说非如此，本该归功造物主。造物主从来不居功，把它归功于太空，太空高远也幽冥，奈何无法颂功名。只能以雨命名我的亭。"

凌虚台记

【原文】

国于南山之下[①]，宜若起居饮食与山接也。四方之山，莫高于终南；而都邑之丽山者[②]，莫近于扶风。以至近求最高，其势必得。而太守之居，未尝知有山焉。虽非事之所以损益，而物理有不当然者。此凌虚之所为筑也。

方其未筑也，太守陈公杖履逍遥于其下[③]。见山之出于林木之上者，累累如人之旅行于墙外而见其髻也[④]。曰："是必有异。"使工凿其前为方池，以其土筑台，高出于屋之危而止。然后人之至于其上者，恍然不知台之高，而以为山之踊跃奋迅而出也。公曰："是宜名凌虚。"以告其从事苏轼[⑤]，而求文以为记。

【注释】

①国：指都市，城邑。这里用作动词"建城"。南山：指终南山。在今陕西西安市南。

②丽：附着，靠近。

③陈公：当时的知府陈希亮，字公弼，青神（今四川青神县）人。宋仁宗（赵祯）天圣年间进士。公：对人的尊称。杖履：指老人出游。

④累累（léi léi）：多而重叠貌，连贯成串的样子。旅行：成群结队地行走。髻（jì）：挽束在头顶上的发。

⑤从事：宋以前的官名，这里指属员。作者当时在凤翔府任签书判官，是陈希亮的下属。

【译文】

在终南山脚下修建州城，居住在这座城里的人，自然饮食起居都与山接近。四面的山，没有比终南山更高的了；而在靠近终南山的城市之中，没有比扶风城更近的了。在离山最近的扶风城，要看到最高的终南山，应该是势必能做到的事。而太守居住在这里，却还不知道附近有这么一座高山。虽然这对事情的好坏没有什么影响，但是按事物的常理上来说却不应该这样，这就是后来修筑凌虚台的原因。

在凌虚台还没有修建之前，陈太守曾拄着拐杖、穿着布鞋在山下闲游，看见茂密如墙的树林上方露出的山影，重重叠叠的好像行人排队在墙外行走，而在墙内只能看到他们的发髻一样。陈太守便说："这里一定有奇异之处。"于是就派工匠在山前开凿出一个方池，用挖出的土建造成一个高高的平台，台子修到高出屋檐才停下来。这样一来，即使有人来到台上，也恍恍惚惚的感觉不到这台的高，而以为是山突然跳跃起伏冒出来的。陈公说：这个高台应该称为"凌虚台"。陈公把这个意思告诉了他的下属苏轼我，让我用文章来记录关于建台的事。

【原文】

轼复于公曰："物之废兴成毁，不可得而知也。昔者荒草野田，霜露之所蒙翳，狐虺之所窜伏[①]。方是时，岂知有凌虚台耶？废兴成毁，相寻于无穷，则台之复为荒草野田，皆不可知也。尝试与公登台而望，其东则秦穆之祈年、橐泉也；其南则汉武之长杨、五柞；而其北则隋之仁寿、唐之九成也。计其一时之盛，宏杰诡丽，坚固而不可动者，岂特百倍于台而已哉[②]？然而数世之后，欲求其仿佛，而破瓦颓垣，无复存者，既已化为禾黍荆棘丘墟陇亩矣[③]，而况于此台欤！夫台犹不足恃以长久，而况于人事之得丧，忽往而忽来者欤！而或者欲以夸世而自足，则过矣。盖世有足恃者，而不在乎台之存亡也。"既以言于公，退而为之记。

【注释】

①虺（huǐ）：毒虫，毒蛇。窜伏：潜藏，伏匿。

②特：止，仅。

③既：已经。

【译文】

我回复陈公说："事物的破败或兴盛、完成或毁坏，是无法预料的。这里从前是一处长满荒草的野地，被霜露覆盖的地方，狐狸和毒蛇在这里出没无常。在那时，哪里知道今天这里会有凌虚台呢？破败或兴盛、完成或毁坏的交替总是无穷无尽，那么高台将来会不会又变成长满荒草的野地，这也是无法预知的。我曾经与您登台远望，台的东面是秦穆公时期修建的祈年宫、橐泉宫；南面是汉武帝时期修建的长杨宫和五柞宫；北面就是隋代修建的仁寿宫、唐代修建的九成宫。回想它们当时的盛况，那种宏伟奇丽的景色，和那坚固而不可动摇的气势，岂止超过这座高台一百倍呢？然而历经数代之后，想要寻找它们当年的样子，却连破瓦断墙都不复存在，已经变成了种庄稼的田地和荆棘丛生的荒丘废墟了，更何况是这座土台呢？一座高高的土台尚且不足以长久依靠，更何况人世的得失，官场之中来来往往的瞬息变迁啊！如果有人想要以高台夸耀于世人面前而感到自我满足，那就错了。因为世上确实有足以依靠的东西，但是与土台的存在与否是没有关系的。"

我将这些话告知给陈公之后，回到家便写下这篇记文。

留侯论

【原文】

古之所谓豪杰之士者，必有过人之节[①]，人情有所不能忍者。匹夫见辱，拔剑而起，挺身而斗，此不足为勇也。天下有大勇者，卒然临之而不惊[②]，无故加之而不怒。此其所挟持者甚大，而其志甚远也。

【注释】

①节：节操，操守。

②卒：同“猝”，突然，仓猝。

【译文】

古时候能被人称作豪杰之士的，必定是具有超于常人的节操，以及常人在情感上不能忍耐的气度。有勇无谋的人被侮辱，一定会拔出剑怒跳起来，挺身上前去搏斗，这并不足以被称为勇士。天下有一种真正“大勇”的人，遇到突发状况时不惊慌失措，无故受到别人侮辱时也不愤怒。这是因为他们胸怀的抱负极大，而他们的志向又非常高远。

【原文】

夫子房受书于圯上之老人也[①]，其事甚怪；然亦安知其非秦之世，有隐君子者出而试之？观其所以微见其意者，皆圣贤相与警戒之义；而世不察，以为鬼物，亦已过矣。且其意不在书。当韩之亡，秦之方盛也，以刀锯鼎镬待天下之士[②]。其平居无罪夷灭者[③]，不可胜数。虽有贲、育[④]，无所复施[⑤]。夫持法太急者，其锋不可犯，而其势未可乘[⑥]。子房不忍忿忿之心，以匹夫之力，而逞于一击之间；当此之时，子房之不死者，其间不能容发，盖亦已危矣。千金之子，不死于盗贼，何者？其身之可爱，而盗贼之不足以死也。子房以盖世之才，不为伊尹、太公之谋，而特出于荆轲、聂政之计，以侥幸于不死，此圯上之老人所为深惜者也。是故倨傲鲜腆而深折之。彼其能有所忍也，然后可以就大事，故曰："孺子可教也。"

【注释】

①受书：接受兵书。书：指《太公兵法》。圯（yí）上：桥上。老人：指黄石公。《史记·留侯世家》："良尝闲从容步游下邳圯上，有一老父，衣褐，至良所，直堕其履圯下。顾谓良曰：'孺子，下取履！'良愕然，欲殴之；为其老，强忍，下取履。父曰：'履我！'良业为取履，因长跪履之。父以足受，笑而去。"后老父约见张良于桥上，张良两次迟到，受到老父的责备。第三次张良"夜未半"即往，老父喜，送他一部书，说："读此则为王者师矣。后十年兴，十三年孺子见我济北，谷城山下黄石即我矣。"语毕，老父即离去。次日张良"视其书"，才知道是《太公兵法》。

②以刀锯鼎镬（huò）待天下之士：谓秦王残杀成性，以刀锯杀人，以鼎镬烹人。四者皆古代刑具。这里喻指酷刑。

③夷灭：灭族。

④贲、育：孟贲、夏育，古代著名勇士。

⑤无所复施：无法施展本领。

⑥其势未可乘：谓形势有利于秦，还没有可乘之机。

【译文】

张良从圯桥上老人的手里接受了《太公兵法》，这件事确实很古怪。然而，又怎么能断定这位老人不是秦朝隐居的有识之士出来考验张良的呢？看那老人以含蓄的方式表达自己用意的言辞，都是圣人贤士相互间劝诫的道理，而世人不加以明辨，以为他是鬼怪，也太荒谬了啊。再者说，桥上老人的真正用意并不在于授给张良兵书。在韩国已灭亡时，秦国正是势力强盛的时候，秦王嬴政用刀锯、油锅对付天下的志士，住在家里平白无故被抓去杀头灭族的人，数也数不清。这时即使孟贲、夏育再世，也没有再施展本领的机会。一个立法严厉、苛刻的政权，它锐利的锋芒不能触犯，而当它走到末路时就可以乘虚而入了。张良忍不住愤恨之气，凭借一个普通人的力量，想用大铁锤的一击来达到泄愤目的。那个时候，张良是死里逃生，在那种捕杀他的间隙里，连一根头发也容纳不下的环境中，简直是太危险了！拥有万贯家财的富家子弟，绝不肯死在盗贼的手里。为什么呢？因为他们的生命宝贵，死在盗贼之手不值得。张良有超过世人的杰出才干，他不去思考伊尹、周公那样安邦定国的谋略，却想出了荆轲、聂政那样行刺的下策，完全因为侥幸才得以不死，这正是桥上那位老人为他深感痛惜的地方。所以那老人故意态度傲慢无理并且言语粗恶地深深羞辱他，是让他能有忍耐之心，然后才可以去完成伟大的事业，所以到最后，老人说："这个年幼的人可以教育了。"

【原文】

楚庄王伐郑[①]，郑伯肉袒牵羊以逆；庄王曰："其君能下人，必能信用其民矣。"遂舍之。勾践之困于会稽[②]，而归臣妾于吴者，三年而不倦。且夫有报人之志，而不能下人者，是匹夫之刚也。夫老人者，以为子房才有余，而忧其度量之不足，故深折其少年刚锐之气，使之忍小忿而就大谋。何则？非有生平之素[③]，卒然相遇于草野之间，而命以仆妾之役[④]，油然而不怪者，此固秦皇帝之所不能惊，而项籍之所不能怒也。

【注释】

①"楚庄王伐郑"：楚庄王攻克郑国后，郑伯肉袒牵羊以迎，表示屈服。楚庄王认为他能取信于民，便释放了他，并退兵，与郑议和。事见《左传》宣公十二年。肉袒：脱去上衣，袒露肢体。

②"勾践之困于会稽"三句：《左传》哀公元年："吴王夫差败越于夫椒，报槜李（越军曾击败吴军于此）也。遂入越。越子（勾践）以甲楯五千，保于会稽（山），使大夫种因吴太宰嚭以行成……越及吴平。"《国语·越语下》载勾践"令大夫种守于国，与范蠡入宦于吴。三年，而吴人遣之"。归臣妾于吴：谓投降吴国为其臣妾。

③非有生平之素：犹言素昧平生（向来不熟悉）。

④仆妾之役：指“取履”事。

【译文】

楚庄王攻打郑国，郑襄公脱去上衣裸露身体、牵了羊来迎接。庄王说：“郑国的国君能如此谦卑待人，做人下人委屈自己，一定能得到自己臣民的信任。”就此放弃对郑国的进攻。越王勾践在会稽的时候陷入了困境，他和他的妻妾都到吴国去做奴仆，三年之中从不懈怠。再说，徒有报仇的志向，却不能忍辱做人下人的，只不过是普通人的刚硬而已。那老人认为张良才智有余，担心他的度量不够，因此深深挫折他年轻人刚强锐利之气，使他能忍得住小怨愤而去成就远大的谋略。为什么这样说呢？老人与张良素昧平生，突然在野外相遇，却命令他做仆人、婢妾的事情，而张良很自然地顺从了他，却毫不责怪，这就是秦始皇所不能使他惊惧和项羽所不能激怒他的原因了。

【原文】

观夫高祖之所以胜，而项籍之所以败者，在能忍与不能忍之间而已矣。项籍唯不能忍，是以百战百胜而轻用其锋[①]；高祖忍之，养其全锋而待其弊[②]，此子房教之也。当淮阴破齐而欲自王，高祖发怒，见于词色[③]。由此观之，犹有刚强不忍之气，非子房其谁全之[④]？太史公疑子房以为魁梧奇伟[⑤]，而其状貌乃如妇人女子，不称其志气[⑥]。呜呼！此其所以为子房欤。

【注释】

①轻用其锋：轻率地消耗自己的兵力。

②弊：疲困，衰败。

③“当淮阴破齐”三句：汉四年，韩信破齐，向刘邦请封“假王”，《史记·淮阴侯列传》载：“当是时，楚方急围汉王于荥阳，韩信使者至，发书，汉王大怒，骂曰：‘吾困于此，旦暮望若来佐我，乃欲自立为王！’”张良赶紧提醒他不能得罪韩信。刘邦醒悟，便封韩信为齐王以笼络他。韩信后降封为淮阴侯，故称为淮阴。

④非子房其谁全之：不是张良，谁又能来保全他呢？

⑤“太史公疑子房以为魁梧奇伟”两句：《史记·留侯世家》：“太史公曰：‘余以为其人计魁梧奇伟，至见其图，状貌如妇人好女。’”

⑥不称：不相称。

【译文】

观察汉高祖刘邦之所以取胜，而项羽之所以失败的原因，就在于能够忍耐或不能忍耐之间而已。项羽因为不能忍耐，虽然百战百胜，却不懂得珍惜和保存自己的实力而轻易出兵。高祖刘邦能够忍耐，一直保持自己完整锋锐的战斗力，等待项羽的衰亡，这是张良教会他的。当淮阴侯韩信攻占了齐地，想自立为王时，刘邦勃然大怒，并且显露于言辞和脸色。由此看来，刘邦还有刚强而不能忍耐的盛气，那么，除了张良，又有谁能成全他的大业呢？

太史公司马迁曾猜测张良一定是个高大魁梧的男子汉，谁料到他的长相竟然像个妇人女子，同他的志向和气概并不相称。啊！外柔内刚，能屈能伸，这就是张良之所以成为张良的特别之处啊！

记承天寺夜游

【原文】

元丰六年十月十二日夜，解衣欲睡，月色入户，欣然起行。念无与为乐者[①]，遂至承天寺寻张怀民[②]。怀民亦未寝，相与步于中庭[③]。

【注释】

①念：考虑，想到。无与乐者：没有可以共同游乐的人。

②张怀民：作者的朋友。名梦得，字怀民，清河（今河北清河）人。元丰六年也被贬到黄州，寓居承天寺。

③相与：共同，一同。步：散步。中庭：庭院里。

【译文】

元丰六年十月十二日的夜晚，我脱下衣服准备睡觉时，抬头看见月光透过窗户洒进来，我高兴地起身走出屋门。想到如此美好的月色，竟没有可以与我共同游乐的人，于是就前往承天寺去寻找张怀民。此时张怀民也没有睡，我们便一同在庭院中漫步。

【原文】

庭下如积水空明[①]，水中藻荇交横[②]，盖竹柏影也[③]。何夜无月？何处无竹柏？但少闲人如吾两人者耳[④]。

【注释】

①庭下如积水空明：意思是月色洒满庭院，如同积水充满院落，清澈透明。空明：形容水的澄澈。在这里形容月色如水般澄净明亮的样子。

②藻、荇：均为水生植物，这里是水草。藻：水草的总称。荇：一种多年生水草，叶子像心脏形，面绿背紫，夏季开黄花。

③盖：句首语气词，这里可以译为“原来是”。

④但少闲人：只是缺少清闲的人。但：只。闲人：指不汲汲于名利而能

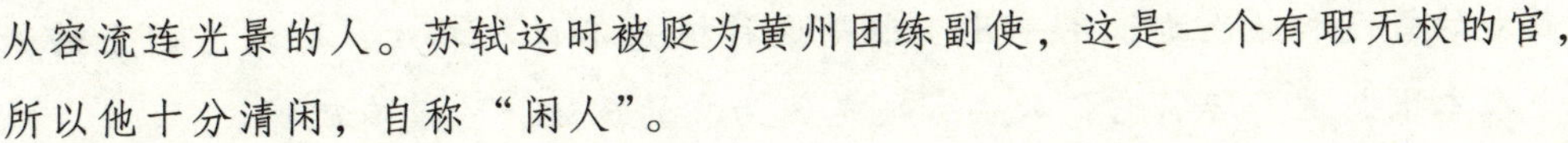
从容流连光景的人。苏轼这时被贬为黄州团练副使，这是一个有职无权的官，所以他十分清闲，自称“闲人”。

【译文】

庭院中月色盈盈，就像潺潺溪水充满庭院，清澈透明，水中翠色欲滴的水藻、荇菜交横摇曳，原来是那竹子和柏树的影子啊。其实，哪个夜晚没有月光？又有哪个地方没有箭竹和柏树呢？只不过很少有像我们两人这样，能悠闲自在，从容于流连光景而不汲汲于名利的人罢了。

记游定慧院

【原文】

黄州定惠院东小山上，有海棠一株，特繁茂。每岁盛开，必携客置酒，已五醉其下矣。今年复与参寥师二三子访焉[①]，则园已易主。主虽市井人，然以予故，稍加培治。

山上多老枳，木[②]性瘦韧，筋脉呈露，如老人项颈。花白而圆，如大珠累累，香色皆不凡。此木不为人所喜，稍稍伐去，以予故，亦得不伐。

【注释】

①参寥师：僧人道潜，钱塘人，苏轼通判杭州时与之交游。

②枳（zhǐ）木：也称枸橘，果实可入药。

【译文】

在黄州定惠院东边的小山上，有一株海棠，枝叶特别繁荣茂盛。每年花开的时候，我一定会带着我的客人到那里喝酒，已经有五次醉倒在这海棠下了。今年又和参寥师以及其他两三个人去那儿访赏海棠，然而那个园子已经换了主人。这位新主人虽然只是个市井平凡百姓，但因为我的缘故，他稍稍地对这个园子进行了培育治理。

这个山上有很多年老的枸橘树，木性瘦瘠而坚韧，树的筋脉显露在外面，好像老人的头颈，开的花很白很圆，就像洁白累累的大粒珍珠摇曳在风中，散发的香气和颜色都很不平凡。但是这种树并不讨人喜欢，所以这园子的新主人本来想过一阵将它们砍去，也是因为我的缘故，才没有砍掉。

【原文】

既饮，往憩于尚氏之第。尚氏亦市井人也，而居处修洁，如吴越间人，竹林花圃皆可喜。醉卧小板阁上，稍醒，闻坐客崔成老弹雷氏琴[①]，作悲风晓月，铮铮然，意非人间也。

晚乃步出城东，鬻大木盆[②]，意者谓可以注清泉，瀹瓜李[③]，遂夤缘小沟[④]，入何氏、韩氏竹园[⑤]。时何氏方作堂竹间，既辟地矣，遂置酒竹阴下。有刘唐年主簿者，馈油煎饵，其名为"甚酥"，味极美。客尚欲饮，而予忽兴尽，乃径归。道过何氏小圃，乞其丛橘，移种雪堂之西。坐客徐君得之，将适闽中[⑥]，以后会未可期，请予记之，为异日拊掌[⑦]。时参寥独不饮，以枣汤代之。

【注释】

①雷氏琴：苏轼题跋有《家藏雷琴》一首，言琴上有"雷家记"字样，谓"此最琴之妙，而雷琴独然"。

②鬻（yù）：本义"卖"，此处可作"买"讲。

③瀹（yuè）：煮，浸渍。

④夤（yín）缘：攀援，循沿。

⑤何氏、韩氏：指苏轼的朋友何圣可、韩毅甫。

⑥闽中：广义闽中即福建，唐朝中期前闽中即闽的名称。因闽处在吴越（浙江北部）和南越（广东大部、广西、越南中北部）中间，故称闽中。

⑦拊（fǔ）掌：拍手，鼓掌，也作抚掌，表示欢乐或愤激。

【译文】

喝过酒之后，去一位姓尚的人家去休息。尚氏也是个普通的平民，但居住的地方却打扫得很整洁干净，好像吴越之地的人。他家的竹林和花圃都很讨人喜欢。我醉躺在小板阁上，一会感觉酒意略清醒了，听见客人崔成老弹奏雷氏的琴曲，琴声像悲鸣的风，像早晨的月亮，铮铮有声，那种悠悠意境是人间难以享受到的。

到了晚上，徒步走去了城东，买了一个大木盆，心想可以把这个大木盆注入清水，用来灌溉瓜和李子，于是沿着小沟，进了何圣可与韩毅甫的竹园。那时何圣可在竹间作大堂，已经把地方都腾出来了，就把酒放在了竹荫下。有一个叫刘唐年的主簿，送给了我们一种油炸的小吃，名字叫“甚酥”，简直是人间美味。客人还要喝酒，而我却忽然没有了兴致，便直接回家了。在路上又拜访了何圣可的小园子，跟他要了一丛橘子，移植到了雪堂的西边。客人徐先生得到那丛橘子，要把它带到闽中，因为不知道以后什么时候才能见面，便恳请我写篇文记下来，为以后所能拍手谈笑。那个时候参寥是唯一一个不喝酒的人，所以他用枣汤来代替了酒。

范增论

【原文】

汉用陈平计，间疏楚君臣[①]，项羽疑范增与汉有私，稍夺其权。增大怒曰：“天下事大定矣，君王自为之，愿赐骸骨，归卒伍[②]。”未至彭城，疽发背死[③]。

苏子曰："增之去，善矣。不去，羽必杀增。独恨其不早尔。"然则当以何事去？增劝羽杀沛公，羽不听，终以此失天下，当于是去耶？曰："否。增之欲杀沛公，人臣之分也；羽之不杀，犹有君人之度也。增曷为以此去哉？《易》曰：'知几其神乎[④]！'《诗》曰：'相彼雨雪，先集维霰[⑤]。'增之去，当于羽杀卿子冠军时也。"

陈涉之得民也，以项燕、扶苏。项氏之兴也，以立楚怀王孙心；而诸侯叛之也，以弑义帝。且义帝之立，增为谋主矣。义帝之存亡，岂独为楚之盛衰，亦增之所与同祸福也；未有义帝亡，而增独能久存者也；羽之杀卿子冠军也[⑥]，是弑义帝之兆也；其弑义帝，则疑增之本也，岂必待陈平哉？物必先腐也，而后虫生之；人必先疑也，而后谗入之。陈平虽智，安能间无疑之主哉？

【注释】

①间疏：离间，疏远。

②愿赐骸骨：是请求辞官回乡的客套话。骸骨：身体的代称。归卒伍：返乡为百姓。

③疽（jū）：一种毒疮。

④"知几"句：引自《周易·系辞》。知几：预知事物发生变化的细微迹象。

⑤"相彼雨雪"三句：引自《诗经·小雅·頍弁》。雨雪：下雪。集：落下。霰（xiàn）：雪珠。

⑥卿子冠军：指宋义。公元前207年，秦围赵，楚怀王封宋义为上将军，项羽为次将军，范增为末将军，救赵，途中，宋义畏缩不前，羽矫诏杀之。

【译文】

刘邦采用了谋士陈平的计策，用离间计使楚国君臣疏远以致相互猜忌。项羽怀疑范增和汉国私下勾结，于是便渐渐疏远范增并剥夺他的权力。范增大怒，说："天下大事已经大致成为定局，君王自己处理吧，希望能让我告老还乡。"回乡时，还没到彭城，就因背上痈疽发作而死。苏子说："范增此一番离去是好事。若不离去，项羽一定会杀他。唯独令人遗憾的是他当初没有早早离开而已。”既然如此，那么范增应当在什么时候离开才对呢？当初范增献计劝说项羽杀沛公刘邦，而项羽不听，终因此而失去天下，应当在此时离去吗？答案是：不。范增献计想要杀死沛公，是做臣子的职责；项羽不杀刘邦，是在彰显自己具有君王的气量。范增怎能在此时离去呢？《易经》上说：“能够预知事物发生细微变化而去选择时机，那不是很神明吗？”《诗经》说：“观察那些气象得知，若要下雪，水气必定先聚集成霰。”范增选择离去，应当在项羽杀卿子冠军的时候。

陈涉之所以能够深得民心，是因为他打出了楚将项燕和公子扶苏的旗帜。项氏的兴盛，是因为拥立了楚怀王孙心；而诸侯联军背叛他，是因为他谋杀了义帝。况且拥立义帝的时候，范增实际上是主谋。义帝的存亡，岂止是决定楚国的盛衰，范增也与这件事祸福相关；绝对没有义帝被杀，而单单范增能够长久得生的道理；项羽杀死卿子冠军，就是谋杀义帝的先兆；他杀害义帝，就是怀疑范增的根本所在。难道还要等到陈平拿出反间之计吗？物体必定是因为事先已经开始腐烂了，然后才能生蛆虫；人必定是先有了怀疑之心，然后所谏谗言才得以听信。陈平即便是才智过人，又怎么能够离间没有猜疑之心的君主呢？

【原文】

吾尝论义帝，天下之贤主也。独遣沛公入关，而不遣项羽；识卿子冠军于稠人之中[①]，而擢以为上将。不贤而能如是乎？羽既矫杀卿子冠军，义帝必不能堪，非羽弑帝，则帝杀羽，不待智者而后知也。增始劝项梁立义帝，诸侯以此服从。中道而弑之，非增之意也。夫岂独非其意，将必力争而不听也。不用其言，而杀其所立，羽之疑增必自是始矣。

方羽杀卿子冠军，增与羽比肩而事义帝[②]，君臣之分未定也。为增计者，力能诛羽则诛之，不能则去之，岂不毅然大丈夫也哉？增年已七十，合则留，不合则去。不以此时明去就之分，而欲依羽以成功，陋矣[③]！虽然，增，高帝之所畏也。增不去，项羽不亡。呜呼！增亦人杰也哉！

【注释】

①稠（chóu）人：众人。

②比肩：地位相当，不相上下。

③陋：见识浅陋。

【译文】

我曾经评论义帝，称他是天下的贤君。只派遣沛公入关而不派遣项羽，在众人之中赏识卿子冠军并且提拔他做上将军这两件事上，若不是贤明之君能做到这些吗？项羽既然假托君王之命杀死了卿子冠军，义帝必然不能容忍。因此，不是项羽谋杀义帝，就是义帝杀死项羽，这不用有智者出来指点就可以知道该怎么去做了。范增当初劝说项梁拥立义帝，诸侯因为赞同此事而服从。中途谋杀义帝，一定不是范增的主意。其实非但不是他的主意，而且必然去极力争取试图改变却没被采纳罢了。不采用他的谏言，而杀死他所拥立之人，项羽怀疑范增，一定是从这时就开始了。

在项羽杀卿子冠军之时，项羽和范增地位相当，共同效力义帝，还没有确定君臣之身份。如果替范增考虑，倘若有能力诛杀项羽就杀了他，不能杀了他就离开义帝，岂不也是毅然决然的男子汉之风吗？那时候的范增已经七十岁，意见相合就留下来，意见不合就毅然离去。不在这个时候弄清楚去与留的分寸，却想着依靠项羽而成就自己的功名，浅陋啊！即使这样，范增还是被汉高祖所畏惧。如若范增不离去，项羽就不会灭亡。啊！如此看来，范增也堪称人中豪杰呀！

刑赏忠厚之至论

【原文】

尧、舜、禹、汤、文、武、成、康之际，何其爱民之深，忧民之切，而待天下以君子长者之道也。有一善，从而赏之，又从而咏歌嗟叹之，所以乐其始而勉其终。有一不善，从而罚之，又从而哀矜惩创之，所以弃其旧而开其新。故其吁俞之声[①]，欢休惨戚[②]，见于虞、夏、商、周之书。成、康既没[③]，穆王立，而周道始衰，然犹命其臣吕侯[④]，而告之以祥刑。其言忧而不伤，威而不怒，慈爱而能断，恻然有哀怜无辜之心，故孔子犹有取焉。

《传》曰："赏疑从与，所以广恩也；罚疑从去，所以慎刑也。"当尧之时，皋陶为士[⑤]。将杀人，皋陶曰杀之三。尧曰宥之三[⑥]。故天下畏皋陶执法之坚，而乐尧用刑之宽。四岳曰："鲧可用[⑦]。"尧曰："不可，鲧方命圮族[⑧]。"既而曰"试之"。何尧之不听皋陶之杀人，而从四岳之用鲧也？然则圣人之意，盖亦可见矣。

【注释】

①吁俞（xū yú）：惊叹应答。俞：表示应允。

②欢休：和善。惨戚：悲哀。

③没：灭亡。

④吕侯：人名，一作甫侯，周穆王之臣，为司寇。周穆王用其言论作刑法。

⑤皋陶（gāo yáo）：古代传说中的人物。传说他是中国上古黄帝的长子少昊的后裔。士：狱官。

⑥宥（yòu）：宽恕，饶恕。

⑦鲧（gǔn）：古书中的一种大鱼。这里用于人名，传说是夏禹的父亲，四凶之一。

⑧方命圮（pǐ）族：违抗命令，毁害族类。

【译文】

唐尧、虞舜、夏禹、商汤、周文王、周武王、周成王、周康王朝代的时候，他们是多么深爱着百姓，深切地替百姓担忧，而且用君子长者的态度来对待天下的百姓啊！有人做了一件好事，对他奖赏之余，又用歌曲赞美他，为他有一个好的开端而高兴，同时勉励他要始终如一地坚持下去；有人做了一件不好的事，处罚他之余，又要哀怜同情他，希望他抛弃错误的过去而开创新的人生。因此，那些惊赞与叹息的声音，喜悦与悲伤的感想，在虞、夏、商、周的历史书籍里都可以见到。成王、康王死后，穆王继承王位，周朝的王道便开始衰落了。然而周穆王还是吩咐大臣吕侯整理出《吕刑》，告诫他一定要谨慎使用刑法。周穆王的话忧愁但不悲伤，威严却不恼怒，慈爱而又果断，有悲痛而又哀怜无辜者的善心，故而孔子认为他还是大有可取之处，并把这篇《吕刑》选进《尚书》。

《传》上说："当是否应该给予奖赏存在疑问时，宁可给予奖赏，为的是推广恩泽；当是否应该给与处罚存在疑问时，宁可免于处罚，为的是谨慎地使用刑法。"唐尧天下时，皋陶是掌管刑法的刑官。有一次将要处死一个人时，皋陶三次都说当杀，而尧帝却一连三次说应当宽恕。所以天下人都畏惧皋陶执法的严格，而赞扬尧帝用刑的宽仁。四岳向唐尧谏言说："鲧可以任用。"尧说："不可以，鲧违抗命令，毁谤同族。"后来又说"试用一下吧"。为什么尧不听从皋陶处死犯人的主张，却听从四岳任用鲧的建议呢？那么圣人的用意，大概从这里就可以看出来了吧。

【原文】

《书》曰："罪疑惟轻，功疑惟重。与其杀不辜，宁失不经。"呜呼！尽之矣。可以赏，可以无赏，赏之过乎仁；可以罚，可以无罚，罚之过乎义。过乎仁，不失为君子；过乎义，则流而入于忍人。故仁可过也，义不可过也。古者赏不以爵禄，刑不以刀锯。赏以爵禄，是赏之道行于爵禄之所加，而不行于爵禄之所不加也。刑之以刀锯，是刑之威施于刀锯之所及，而不施于刀锯之所不及也。先王知天下之善不胜赏，而爵禄不足以劝也；知天下之恶不胜刑，而刀锯不足以裁也。是故疑则举而归之于仁，以君子长者之道待天下，使天下相率而归于君子长者之道。故曰：忠厚之至也。

《诗》曰："君子如祉①，乱庶遄已②。君子如怒，乱庶遄沮③。"夫君子之已乱④，岂有异术哉？时其喜怒，而无失乎仁而已矣。《春秋》之义，立法贵严，而责人贵宽。因其褒贬之义，以制赏罚，亦忠厚之至也。

【注释】

①祉（zhǐ）：福，引申为喜欢。

②遄（chuán）：快，迅速。

③沮（jǔ）：停止。

④已乱：制止祸乱。

【译文】

《尚书》上说："罪行轻重有疑问之处的时候，宁可从轻处罚。功劳大小有疑问之处时，宁可从重奖赏。与其错杀无辜的人，宁可犯下执法失误的过失。"啊！这句话说得太完整透彻了！在可以赏，也可以不赏时，进行奖赏就显得过于仁慈了；在可以罚，也可以不罚时，惩罚就显得过于遵循法则了。过于仁慈，还不失为一个君子；过于循法，就变得残忍了。所以，仁慈可以逾越，循法是不可以过度的。古人奖赏不一定用爵位和俸禄，刑罚不一定用刀锯相加。用爵位和俸禄进行奖赏，这种办法只对能得到爵位和俸禄的人起作用，而无法推广到本就没有爵位和俸禄的人。用刀锯做刑具，其威力只对皮肉触及这种刑具之痛的人起作用，对没有触及过这种刑具之痛的人不起作用。古代君主知道天下的善行是赏不完的，不能都用爵位俸禄的奖赏来倡导宣扬；也知道天下的罪恶是罚不完的，不能都用刀锯来制裁遏止。所以，当赏罚有疑问时，就以仁爱之心对待，用君子长者的宽厚仁慈对待天下人，使天下人都相继回到君子长者的忠厚仁爱之道上。因此可以说：这是赏罚忠厚到了极点了。

《诗经》说："君子如果给福于人，祸乱就会转而止息；君子如果怒斥谗言，祸乱也会扭转止息。"君子止息祸乱，哪有什么特别的方法呢？他不过是适时地控制自己的喜怒，不偏离失去仁慈宽厚的原则罢了。《春秋》的大义是，立法贵在严，责罚人的时候以宽为贵。根据它的褒贬原则，制定赏罚制度，可以说是忠厚到极点了。

贾谊论

【原文】

非才之难，所以自用者实难。惜乎！贾生[①]，王者之佐，而不能自用其才也。

夫君子之所取者远[②]，则必有所待；所就者大，则必有所忍。古之贤人，皆有可致之才[③]，而卒不能行其万一者，未必皆其时君之罪，或者其自取也。

愚观贾生之论[④]，如其所言，虽三代何以远过？得君如汉文[⑤]，犹且以不用死。然则是天下无尧、舜，终不可有所为耶？仲尼圣人，历试于天下，苟非大无道之国，皆欲勉强扶持，庶几一日得行其道。将之荆，先之以子夏，申之以冉有。君子之欲得其君，如此其勤也。孟子去齐，三宿而后出昼[⑥]，犹曰："王其庶几召我。"君子之不忍弃其君，如此其厚也。公孙丑问曰："夫子何为不豫[⑦]？"孟子曰："方今天下，舍我其谁哉？而吾何为不豫？"君子之爱其身，如此其至也。夫如此而不用，然后知天下之果不足与有为，而可以无憾矣。若贾生者，非汉文之不用生，生之不能用汉文也。

【注释】

①贾生：即贾谊（前200—前168年），世称贾太傅、贾长沙、贾生，洛阳（今河南洛阳东）人。西汉初期的政论家、文学家。年少即以育诗属文闻于世人。后见用于汉文帝，力主改革，被贬为长沙王太傅（因当时长沙王不受文帝宠爱，故有被贬之意）。后改任梁怀王太傅。梁怀王堕马而死，自责未能尽职，后忧愤而死。

②所取者：指功业、抱负。

③可致之才：指能够实现功业，抱负的才能。致：指致功业。

④贾生之论：指贾谊向汉文帝提出的《治安策》。

⑤汉文：汉文帝刘恒。

⑥昼：齐地名，在今山东临淄。

⑦豫：喜悦。《孟子·公孙丑下》："孟子去齐，充虞路问曰：'夫子若不豫色然，前日虞闻诸夫子曰："君子不怨天，不尤人。'曰：'……夫天未欲平治天下也，如欲平治天下，当今之世，舍我其谁也？吾何为不豫哉？'"

【译文】

一个人要具有才能并不难，而怎样使自己的才能施展出来实在是太难。可惜啊！贾谊本是帝王的辅佐大臣，却没能尽情施展出自己的才能。

君子想取得的抱负远大，就一定要有所等待；想成就的功业伟大，就一定要有所忍耐。古代的贤能之士，都有建功立业的才能，但有些人最终连万分之一的才能都没有得到施展，这未必都是当时君王的过错，有的也是贤人自己本身造成的。

我看贾谊的言论，如果按照他所说的那些，即使是夏、商、周三代加起来的功业又怎能远超于他呢？遇到像汉文帝这样的明君，尚且因未被重用郁郁而死去，假如天下没有尧、舜那样的圣君，就终生不能有所作为了吗？孔子是一位圣人，不厌其烦地努力尝试推行自己的主张而走遍天下，只要不是极端没有道义的国家，他都要努力说服予以扶持，希望终有一天能够推行他的主张。即将到楚国时，他先派他的学生子夏前去说明自己的主张，再派冉有前去加以重申。君子要想得到君王的重用，就是这样殷勤的。孟子离开齐国时，是等了三天三夜才离开齐国边境的那个小城，当时还说：“齐宣王也许会召见我的。”君子不忍心离开他曾衷心辅佐的君主，感情是那么深厚。公孙丑向孟子问道：“先生为什么不高兴呢？”孟子回答：“当今天下能帮助君王治国平天下的人才，除了我还有谁呢？我为什么要不高兴呢？”君子爱惜自己的才华，是这样的细致入微。如果像他们这样做到了那种境界，才华还是得不到施展，那么之后才知道天下真的是没有可以施展才华的地方，也就没有什么可遗憾的了。像贾谊这样的人，不是汉文帝不重用他，而是他不能施展出自己的才华给汉文帝啊！

【原文】

夫绛侯亲握天子玺而授之文帝[①]，灌婴连兵数十万，以决刘、吕之雄雌，又皆高帝之旧将，此其君臣相得之分，岂特父子骨肉手足哉？

贾生，洛阳之少年。欲使其一朝之间，尽弃其旧而谋其新，亦已难矣。为贾生者，上得其君，下得其大臣，如绛、灌之属，优游浸渍而深交之[②]，使天子不疑，大臣不忌，然后举天下而惟吾之所欲为，不过十年，可以得志。安有立谈之间，而遽为人“痛哭”哉[③]！观其过湘为赋以吊屈原，悲郁、愤闷，趯然有远举之志[④]。其后卒以自伤哭泣，至于夭绝[⑤]。是亦不善处穷者也。夫谋之一不见用，则安知终不复用也？不知默默以待其变，而自残至此。呜呼！贾生志大而量小，才有余而识不足也。

【注释】

①绛（jiàng）侯：周勃，汉初大臣。汉文帝刘恒是刘邦第二子，初封为

代王。吕后死后，诸吕想篡夺刘家天下，于是以周勃、陈平、灌婴为首的刘邦旧臣共诛诸吕，迎立刘恒为皇帝。刘恒回京城路过渭桥时，周勃曾向他跪上天子玺。

②优游：叠韵联绵字，从容不迫的样子。浸渍：双声连绵字，渐渐渗透的样子。

③遽（jù）：急速，骤然，迫不及待地。

④趯（yuè）然：超然的样子。远举：原指高飞，这里比喻退隐。

⑤夭绝：指贾谊早死。贾谊在做梁怀王太傅时，梁怀王骑马摔死，他自责未能尽职，时常哭泣，一年多后就死了。

【译文】

绛侯周勃亲手拿着皇帝的印玺，把它献给汉文帝，灌婴曾联合数十万兵力，决定了吕、刘两家胜败的命运，他们又都是汉高祖以前的将领，这种国君大臣们之间互相投合得益的情分，哪里只是父子骨肉之间的感情所能比拟的呢？

贾谊只不过是洛阳的一个少年，要想使汉文帝在一朝一夕之间，就完全抛弃旧有的制度而采用他的新主张，也是很困难的。作为贾谊这样的人，要想上面取得皇帝的信任，下面取得大臣的支持拥护，就要对绛侯周勃、灌婴这类大臣，采用从容地、逐渐地和他们加深交情的交往方式，使得天子不会怀疑自己，大臣们不嫉妒自己，这样才能使全天下的人都能按照自己的想法去做事，不超过十年，就可以实现自己的志向。哪有在与人交谈中的顷刻之间，就突然对人痛哭起来的道理呢？我看他路过湘水时写赋来凭吊屈原，写得委婉凄楚、抑郁怨愤，心绪不宁中流露出强烈的退隐情绪。此后，终因经常感伤哭泣，以至于年纪轻轻就死去了，可见他真是一个不善于身处逆境的人。谋略一次没有被采用，怎么知道就永远不再被采用呢？不知道默默地等待形势的变化，而残害自己到这样的地步。唉！贾谊真是志向远大而气量狭小，才能有余可是见识不足啊。

【原文】

古之人，有高世之才，必有遗俗之累。是故非聪明睿哲不惑之主，则不能全其用。古今称苻坚得王猛于草茅之中①，一朝尽斥去其旧臣，而与之谋。彼其匹夫略有天下之半②，其以此哉！

愚深悲贾生之志，故备论之。亦使人君得如贾谊之臣，则知其有狷介之操③，一不见用，则忧伤病沮④，不能复振。而为贾生者，亦慎其所发哉！

【注释】

①苻（fú）坚：晋时前秦的国君。王猛：字景略，初隐居华山，后受苻坚召，拜为中书侍郎。

②匹夫：指苻坚。略：夺取。当时前秦削平群雄，占据着北中国，与东晋对抗，所以说“略有天下之半”。

③狷（juàn）介：孤高，性情正直，不同流合污。

④病沮：困顿灰心，很颓丧的样子。

【译文】

古代的人，有出类拔萃的才能，必然会因为超凡脱俗而招惹各种麻烦，如若不遇到聪明睿智、不起疑心的君主，就不能将自己的才能完全发挥出来。古往今来的人都称颂苻坚从草野平民之中起用了王猛，一个早晨就逐退全部旧臣不用，而只与王猛谋划军国大事。苻坚那样一个平常之辈，后来能夺取大半个天下，就是因为这个道理吧。

我很惋惜贾谊的抱负未能施展，所以对此加以详尽的评论。同时也想让君主知道，如果遇到了像贾谊这样的臣子，就应当了解他们有孤高不群的性格，一旦他们不被重用，就会忧伤颓废，不能重新振作起来。而作为贾谊这类人，也应该谨慎地对待自己的生命而有节制地发泄自己的情绪啊！

超然台记

【原文】

凡物皆有可观。苟有可观，皆有可乐，非必怪奇伟丽者也。餔糟啜漓[①]，皆可以醉；果蔬草木，皆可以饱。推此类也，吾安往而不乐？

夫所谓求福而辞祸者，以福可喜而祸可悲也。人之所欲无穷，而物之可以足吾欲者有尽，美恶之辨战乎中，而去取之择交乎前。则可乐者常少，而可悲者常多。是谓求祸而辞福。夫求祸而辞福，岂人之情也哉？物有以盖之矣[②]。彼游于物之内，而不游于物之外。物非有大小也，自其内而观之，未有不高且大者也。彼挟其高大以临我，则我常眩乱反复，如隙中之观斗，又乌知胜负之所在。是以美恶横生，而忧乐出焉，可不大哀乎！

【注释】

①漓（lí）：米酒。

②有以：可以用来。

【译文】

凡是事物都有可值得观赏的地方。只要有可观赏的地方，那么都可以使人快乐，不必一定是怪异新奇、雄伟瑰丽的样子。吃酒糟、喝薄酒，都可以使人醉倒。水果蔬菜草木，都可以充饥。以此类推，我哪里会不快乐呢？

人们之所以要追求幸福而远离灾祸，因为幸福可以给人带来快乐，而灾祸却使人陷入悲伤。人的欲望是无穷无尽的，而能满足我们欲望的东西却是有限的。如果美好和丑恶的区别在心中争斗不休，得取和舍弃的意念在眼前交错，那么能使人快乐的东西就很少了，而令人悲哀的东西就会很多，这叫作求来了祸害而远离了幸福。追求灾祸而躲避幸福，难道是人们情之所愿吗？这是物质利益在蒙蔽人啊！他们这些人游移在事物的利益之中，而不能自由驰骋在事物利益之外；事物本无大小之别，如果从它内部来看待它，那么没有一物不是高大的。那些东西以高大的形象耸立在我们面前，那么我常常会眼花缭乱、是非难辨，就像在缝隙中观看争斗，又怎能知道谁胜谁负呢？于是心中美好和丑恶的观念交错产生，忧愁与欢乐的心情交错出现，这不就是最大的悲哀吗！

【原文】

余自钱塘移守胶西，释舟楫之安，而服车马之劳；去雕墙之美，而蔽采椽之居；背湖山之观，而行桑麻之野。始至之日，岁比不登，盗贼满野，狱讼充斥；而斋厨索然，日食杞菊。人固疑余之不乐也。处之期年，而貌加丰，发之白者，日以反黑。余既乐其风俗之淳，而其吏民亦安予之拙也。于是治其园圃，洁其庭宇，伐安丘、高密之木，以修补破败，为苟全之计。

而园之北，因城以为台者旧矣，稍葺而新之。时相与登览，放意肆志焉。南望马耳、常山，出没隐见，若近若远，庶几有隐君子乎[①]！而其东则庐山，秦人卢敖之所从遁也。西望穆陵，隐然如城郭，师尚父、齐桓公之遗烈[②]，犹有存者。北俯潍水，慨然太息，思淮阴之功，而吊其不终。台高而安，深而明，夏凉而冬温。雨雪之朝，风月之夕，予未尝不在，客未尝不从。撷园蔬[③]，取池鱼，酿秫酒，瀹脱粟而食之，曰："乐哉游乎！"

方是时，予弟子由，适在济南，闻而赋之，且名其台曰"超然"，以见余之无所往而不乐者，盖游于物之外也。

【注释】

①庶几：表希望或推测。

②遗烈：前辈留下来的功业。

③撷：采摘。

【译文】

我从钱塘江调移到密州任知州，舍弃了乘船能带来的安适快乐，而承受坐车骑马的颠簸劳累；放弃墙壁雕绘得华美漂亮的住宅，而蔽身在粗木造的简陋屋舍里；远离杭州湖光山色的美景，来到桑麻丛生的僻乡荒野。刚到这里的时候，连年收成不好，盗贼到处都有，案件频发可以说是多不胜数；而厨房里空荡无物，每天都以枸杞和菊花充饥，人们一定都怀疑我是否生活得快乐。可我在这里住了一年后，面色红润，身体健硕，头发白的地方，也一天天变黑了。我既喜欢这里风俗的淳朴，这里的官吏百姓也习惯了我的愚拙无能。于是，我在这里修整花园菜圃，把庭院屋宇打扫得干干净净，砍伐安丘和高密县的树木，用来修补我破败的房屋，以便勉强度日。

在园子的北面，靠着城墙筑起的高台经受风雨的侵袭已经很旧，只需稍加整修就让它焕然一新了。我不时和大家一起登台游览，在那儿尽情游玩。从台上向南望去，马耳山、常山时隐时现，有时似乎很近，有时又似乎很远，或许有隐士住在那里吧！台的东面就是卢山，秦人卢敖就是在那个地方隐遁的。向西望去是穆陵关，隐隐约约的像是一道城墙，姜太公、齐桓公的英雄业绩，尚有留存。向北俯视潍水，不禁慨叹万分，想起了淮阴侯韩信的赫赫战功，又哀叹他英雄气短、未得善终。这台虽然高，却非常安稳；这台上居室幽深，却又明亮，夏凉冬暖。每当雨落雪飞的早晨，或者月明风清的夜晚，我都不曾不在那里，朋友们也没有不在这里陪伴着我的。我们采摘园子里的蔬菜，垂钓池塘里的游鱼，酿制各类米酒，煮食糙米，大家一边吃一边赞叹："我们很快乐啊！我们玩得高兴啊！"

这个时候，我的弟弟子由，恰好在济南为官，听说了这件事，便给我作了一篇赋，并且给这个台子取名"超然"，以说明我之所以到哪儿都快乐的原因，大概就是在于我的心能超乎事物之外吧！

荀卿论

【原文】

尝读《孔子世家》，观其言语文章，循循莫不有规矩，不敢放言高论，言必称先王，然后知圣人忧天下之深也。茫乎不知其畔岸，而非远也；浩乎不知其津涯，而非深也。其所言者，匹夫匹妇之所共知；而所行者，圣人有所不能尽也。呜呼！是亦足矣。使后世有能尽吾说者，虽为圣人无难，而不能者，不失为寡过而已矣。

子路之勇，子贡之辩，冉有之智，此三者，皆天下之所谓难能而可贵者也。然三子者，每不为夫子之所悦。颜渊默然不见其所能，若无以异于众人者，而夫子亟称之。且夫学圣人者，岂必其言之云尔哉？亦观其意之所向而已。夫子以为后世必有不能行其说者矣，必有窃其说而为不义者矣。是故其言平易正直，而不敢为非常可喜之论，要在于不可易也。

昔者常怪李斯事荀卿①，既而焚灭其书，大变古先圣王之法，于其师之道，不啻若寇仇②。及今观荀卿之书，然后知李斯之所以事秦者皆出于荀卿，而不足怪也。

【注释】

①荀卿：荀子（约前313—前238年），名况，字卿，汉族，战国末期赵国人。著名思想家、文学家、政治家，时人尊称“荀卿”。

②不啻（chì）：不止。

【译文】

我曾读《史记·孔子世家》，看孔子的言语文章，没有不循规蹈矩的，不敢说出高深的观点，而且说话一定要谈到先王，我这才知道孔子作为圣人对天下的忧虑之深啊。他说的一些道理，好像茫茫无边，但其实并不遥远；浩瀚浑厚让人看不到边际，但其实并不深奥。他说的那些事情，是男女老幼都能知道的；但真正实行起来，圣人也有做不到的地方。唉！能做到这样就足够了。假使后世有人能完全将我所说的实行出来，那么即使成为圣人也不是什么难事。而不能做到完美的人，也不能不算得上是个很少犯错误的人了。

子路的勇敢，子贡的口才，冉有的智谋，这三个人，都是天下人认为难能可贵的人。但是这三个人，还不是孔子最喜爱的。颜渊沉默寡言，没有表现出他的才能，好像没有比常人出众的地方，但是孔子多次称赞他。其实，向圣人学习，难道只是要学会圣人是怎样说的吗？也要观察圣人的心意志向才能行的。孔子认为后世必定会有人不能施行他的学说，也必定会有人曲解他的学说而做不义的事的。所以他的言论，总是平易而又正直，却不谈论不同寻常的、特别带有主观倾向性的观点，关键是让他说的话不容易被曲解啊。

以前我总觉得奇怪，李斯是荀卿的学生，后来又焚烧了老师荀卿的著作，完全改变了古代先圣先王的法制，反对他老师的理论主张，无异于是当强盗、仇敌来看待。如今再来看荀卿的著作，然后就会明白李斯要到秦国做官，都是受到老师荀卿的影响，这就不觉得奇怪了。

【原文】

荀卿者，喜为异说而不让，敢为高论而不顾者也。其言愚人之所惊，小人之所喜也。子思、孟轲，世之所谓贤人君子也。荀卿独曰：“乱天下者，子思、孟轲也。”天下之人，如此其众也；仁人义士，如此其多也。荀卿独曰：

“人性恶。桀、纣，性也。尧、舜，伪也。”由是观之，意其为人必也刚愎不逊，而自许太过。彼李斯者，又特甚者耳。

今夫小人之为不善，犹必有所顾忌，是以夏、商之亡，桀、纣之残暴[①]，而先王之法度、礼乐、刑政，犹未至于绝灭而不可考者，是桀、纣犹有所存而不敢尽废也。彼李斯者，独能奋而不顾，焚烧夫子之六经，烹灭三代之诸侯，破坏周公之井田，此亦必有所恃者矣。彼见其师历诋天下之贤人，以自是其愚，以为古先圣王皆无足法者[②]。不知荀卿特以快一时之论，而荀卿亦不知其祸之至于此也。

其父杀人报仇，其子必且行劫。荀卿明王道，述礼乐，而李斯以其学乱天下，其高谈异论有以激之也。孔、孟之论，未尝异也，而天下卒无有及者。苟天下果无有及者，则尚安以求异为哉！

【注释】

①桀（jié）：夏朝的最后一位君主，是有名的暴君。

②法：学习，效仿。

【译文】

荀卿这个人，特别喜欢标新立异而且毫不谦让，敢发表高论而不顾一切。他的话，愚蠢的人听了为之震惊，品行不好的人听了则也觉得受益了。子思、孟子，世人都称他们是贤人君子。只有荀卿认为：“把天下搞乱的人，就是子思、孟子。”天下的人，像他们那样的人很多啊；天下的仁人义士，也如此众多。只有荀卿说：“人性本恶。夏桀、殷纣王所做的一切，表现的就是人的本性。而尧、舜所做的一切，就是一种伪装。”从这方面来看，料想他的为人必定刚愎自用，不知谦逊，自夸过头。李斯在这方面又特别严重。

现在看来，那些品行不好的人做一些不义的事，还是会有所顾忌的，所以夏、商两朝虽然灭亡，桀、纣两君虽然残暴，但上古贤明君主的法度、礼乐、刑政，还不至于达到灭绝而不可考察的地步，这说明桀、纣还是有所保存而不敢全部废弃。而那个李斯，唯独他不顾一切，焚烧了孔子的六经，诛杀了夏、商、周三代诸侯的后代，破坏了周公的井田制度，这种胆大妄为的做法必定是有所倚仗的。李斯见他的老师荀卿诋毁天下的贤人，就更认准了

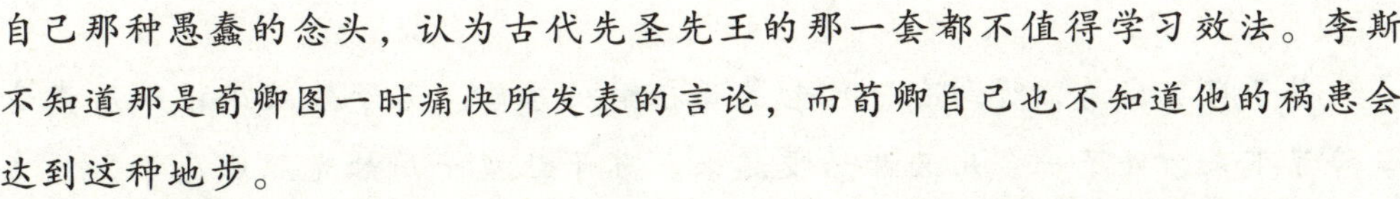

自己那种愚蠢的念头，认为古代先圣先王的那一套都不值得学习效法。李斯不知道那是荀卿图一时痛快所发表的言论，而荀卿自己也不知道他的祸患会达到这种地步。

父亲如果杀人报仇，那么他的儿子必定会变成强盗行凶打劫。荀卿阐明了圣王之道，阐述了礼乐文明，而李斯却利用他的学说搞乱了天下，可见荀卿的高谈怪论对李斯还是起了激发作用的。孔、孟的言论，没有标新立异，但天下始终没有人赶得上他们。如果天下真没有人赶得上他们，那么还怎么能曲解他们的观点而胡作非为呢！

黠鼠赋

【原文】

苏子夜坐，有鼠方啮[①]。拊床而止之[②]，既止复作。使童子烛之，有橐中空[③]，嘐嘐聱聱[④]，声在橐中。曰："嘻！此鼠之见闭而不得去者也。"发而视之，寂无所有，举烛而索，中有死鼠。童子惊曰："是方啮也，而遽死耶？向为何声，岂其鬼耶？"覆而出之，堕地乃走，虽有敏者，莫措其手。

苏子叹曰："异哉！是鼠之黠也[⑤]。闭于橐中，橐坚而不可穴也。故不啮而啮，以声致人；不死而死，以形求脱也。吾闻有生，莫智于人。扰龙伐蛟，登龟狩麟，役万物而君之[⑥]，卒见使于一鼠；堕此虫之计中，惊脱兔于处女，乌在其为智也。"

【注释】

①啮（niè）：咬。

②拊（fǔ）：拍。

③橐（tuó）：箱状盛衣食的物体。

④嘐嘐（jiāo jiāo）聱聱（áo áo）：象声词，形容鼠啃咬的声音。

⑤黠：狡猾。

⑥君之：做它们的主宰。

【译文】

苏子夜里坐着，听到有一只老鼠正在啃咬东西。苏子敲敲床板而后声音就停了下来，停了一会儿又开始咬起来。苏子让童子用烛光照照床下，原来有一只空箱子。老鼠咬东西的声音是从那里传出来的。童子说："嘻，这老鼠被封闭在里面跑不出来了。"打开箱子一看，里面静悄悄的什么东西也没有，童子举起蜡烛四处找了找，发现里面有只死老鼠。童子惊奇地说："刚才还在咬东西，怎么突然就死了？之前的是什么声音，难道有鬼吗？"童子翻过箱子把死老鼠倒了出来，只见这只老鼠刚一落到地面就逃走了。那情形，即使行动再敏捷的人也会措手不及。

苏子叹了口气说："奇怪了！这就是老鼠狡猾的地方吧。老鼠被关在箱子里的时候，因为箱子坚硬而暂时钻不出来，所以老鼠在咬不开的时候咬箱子，是为了用咬的声音把人招来；在没有死的时候装死，是在凭借装死的表象来求得逃脱的机会。我听说自从有生物以来，没有比人聪明的了。人能驯服神龙、擒住蛟，能用龟壳占卜，猎取麒麟，役使世上万物而主宰它们，就是这么聪明的人类却被一只老鼠骗了，陷入它这种雕虫小技之中，吃惊于它的看来像处子一样沉静却像脱手的兔子般动作神速。相比之下，人的智慧在哪儿呢？"

【原文】

坐而假寐[①]，私念其故。若有告余者曰："汝惟多学而识之[②]，望道而未见也。不一于汝，而二于物，故一鼠之啮而为之变也。人能碎千金之璧，不能无失声于破釜；能搏猛虎，不能无变色于蜂虿[③]。此不一之患也。言出于汝，而忘之耶？"余俯而笑，仰而觉。使童子执笔，记余之作。

【注释】

①假寐：闭目打盹。

②识：通“志”，记。

③虿（chài）：像蝎子一样的毒虫。

【译文】

我一边坐着闭目打盹，一边心里思索着其中的缘由。似乎有人对我说：“你只不过多读了点书而多记住些知识，离‘道’还远着呢。你不将自身与自然万物合一，却将两者区分开而游于万物之外，所以才会被一只老鼠的啃咬声弄得坐立不安。人能在打破了价值千金的璧玉时不动声色，而在打破锅时失声惊叫；人能与猛虎搏斗，却不能做到不在蜂蝎面前吓变了脸色。这就是不专一的结果。这些都是出自于你所说过的话，如今你都忘了吗？”我低下头暗自发笑，后又抬起头来有所醒悟。于是我让童子拿笔来，记下自己的这篇文章。

乌说

【原文】

乌于人最黠[①]，伺人音色有异，辄去不留，虽捷矢巧弹，不能得其便也。闽中民狃乌性，以谓物无不可以性取者。则之野，挈罂饭楮钱[②]，阳哭冢间，若祭者然。哭竟，裂钱弃饭而去。乌则争下啄。啄尽，哭者复立他冢，裂钱弃饭如初。乌不疑其绐也，益鸣争，乃至三四，皆飞从之。稍狎[③]，迫于罗，因举获其乌焉。

【注释】

①黠：狡猾的意思。

②楮（chǔ）：纸币。

③稍狎（xiá）：逐渐亲近。狎：亲近而态度不庄重。

【译文】

对人来说乌鸦很狡猾，它一旦观察到人的声音表情有所不同，就马上飞走而不停留，即使用快箭或高超精巧的弹弓，也不能得到有利的机会。

闽中的人熟悉乌鸦的习性，认为没有什么东西不可以根据它的习性而获得的。于是，人们就来到野外，提着装饭的瓦罐和纸钱，假装在坟墓前哭泣，像前去祭拜的人那样。哭完了，烧掉纸钱丢弃饭离开，乌鸦就争相飞下来啄食。等它们吃完以后，哭的人又站到其他坟前，像开始那样抛撒纸钱，把饭丢弃在地上。乌鸦没有怀疑他们是在欺骗它们，更加起劲儿叫着争抢食物。就这样经过三四次以后，乌鸦都飞着跟随他们，逐渐亲近，等到网逼近的时候，因此就一举抓获了乌鸦。

【原文】

今夫世之人，自谓智足以周身，而不知祸藏于所伏者，几何不见卖于哭者哉。其或不知周身之术，而以愚触死，则其为智，犹不若乌之始虚于弹。

韩非作《说难》[①]，死于秦，天下哀其以智死。楚人不知《说难》而谓之沐猴，天下哀其以愚死。二人者，其为愚智则异，其于取死则同矣。宁武子邦有道则智，邦无道则愚，观时而动，祸可及哉？

【注释】

①韩非：约前280—前233年，韩国都城新郑（今河南省新郑市）人，战国末期杰出的思想家、哲学家和散文家。

【译文】

现在世上的人，认为自己的智慧足以保全自身，却不知道祸患所潜伏的地方，差不多都会被这样的哭号者所出卖啊。他们或者不知道保全自身的方法，由于愚笨而遭遇死亡，他的智慧还不如乌鸦开始时能使弹弓虚射的智慧。

韩非写了《说难》，后来死在了秦国，天下人都哀叹他因为智慧而死。楚人不知道《说难》，有人说他是沐猴而冠，因而被杀死，天下人哀叹他因为愚蠢而丧生。这两个人，虽然一个聪明、一个愚蠢，并不一样，但最终自取死路是一样的。宁武子在国家有道的时候就表现自己的智慧，在国家无道的时候就装作愚笨，能够观察时机而后行动，这样做怎么会遭受灾祸呢？

上梅直讲书

【原文】

某官执事。某每读《诗》至《鸱鸮》，读《书》至《君奭》，常窃悲周公之不遇。及观《史》，见孔子厄于陈、蔡之间，而弦歌之声不绝，颜渊、仲由之徒，相与问答。夫子曰："'匪兕匪虎，率彼旷野'，吾道非邪，吾何为于此？"颜渊曰[①]："夫子之道至大，故天下莫能容。虽然，不容何病？不容然后见君子。"夫子油然而笑曰："回，使尔多财，吾为尔宰。"夫天下虽不能容，而其徒自足以相乐如此。乃今知周公之富贵，有不如夫子之贫贱。夫以召公之贤，以管、蔡之亲而不知其心，则周公谁与乐其富贵？而夫子之所与共贫贱者，皆天下之贤才，则亦足与乐乎此矣！

【注释】

①颜渊：颜回（前521—前481年），字子渊，春秋末期鲁国曲阜人。典故"颜回好学"记载，颜回年二十九，发尽白。

【译文】

请执事转达。我每次读到《诗经》中的《鸱鸮》，读到《尚书》中的《君奭》时，总是暗暗地悲叹周公没有遇到知己。等到读了《史记》，看到孔子被围困在陈国和蔡国之间，而弹琴唱歌的声音没断绝过；颜渊、仲伯等学生，互相问答。孔子说："我既不是犀牛，又不是老虎，却要在旷野上奔波，我的主张不对吗？为什么我会落到这般田地？"颜渊说："先生的主张太宏大了，所以普天之下才没有人能够接受；虽然这样，没人接受又有什么害处？并且没人接受，然后才显出你是君子。"孔子温和地笑着说："颜回，如果你有很多财产的话，我就当你的管家。"虽然天下没有人接受孔子的主张，但他的学生竟能够感到知足而且是这样的快乐。现在我才知道，周公的富贵实在还比不上孔子的贫贱。像召公这样的贤人，管叔、蔡叔这样的亲属，还不能够了解周公的心思，那么周公还能跟谁一同享受这富贵的快乐？然而跟孔子一同过着贫贱生活的人，却都是天下的贤才，那么光凭这一点也就足以感到快乐了。

【原文】

轼七八岁时，始知读书，闻今天下有欧阳公者，其为人如古孟轲、韩愈之徒；而又有梅公者，从之游，而与之上下其议论。其后益壮，始能读其文词，想见其为人，意其飘然脱去世俗之乐，而自乐其乐也。方学为对偶声律之文，求升斗之禄，自度无以进见于诸公之间。来京师逾年①，未尝窥其门。今年春，天下之士，群至于礼部，执事与欧阳公实亲试之，诚不自意，获在第二。既而闻之人，执事爱其文，以为有孟轲之风；而欧阳公亦以其能不为世俗之文也而取焉。是以在此，非左右为之先容，非亲旧为之请属，而向之十余年间，闻其名而不得见者，一朝为知己。退而思之，人不可以苟富贵，亦不可以徒贫贱。有大贤焉而为其徒，则亦足恃矣。苟其侥一时之幸，从车骑数十人，使闾巷小民聚观而赞叹之，亦何以易此乐也。

《传》曰："不怨天，不尤人。"盖"优哉游哉，可以卒岁"。执事名满天下，而位不过五品，其容色温然而不怒，其文章宽厚敦朴而无怨言，此必有所乐乎斯道也。轼愿与闻焉。

【注释】

①逾年：时间超过一年。

【译文】

我七八岁的时候，才知道读书。听说如今天下有一位欧阳公。他的为人就像古代孟轲、韩愈一样；同时又有一位梅公，跟欧阳公交游，并且和他一起议论古今。后来年纪大了，才能够读懂他们的文章词赋，想象他们的为人，我想先生们一定是作风潇洒，摆脱了世俗公认的乐趣而自得其乐。我当时正在学作诗赋骈文，想求得微薄的俸禄，自己估计没有办法进见诸位先生。来到京城一年多，不曾登门求教。今年春天，天下的读书人聚集在礼部，先生和欧阳公亲自考查我们，我没有想到，竟得了第二名。后来听人说，先生喜欢我的文章，认为我的文章有孟轲的风格，而欧阳公也因为我能够不受世俗的文风的影响而录取了我。我得中的原因正在于此，不是左右亲近的人先替我疏通关节，不是亲戚朋友为我请求嘱托，从前十多年里听到名声却不能进见的人，一下子竟成为知己。我回来以后想想，觉得人不能够苟且追求富贵，也不能白白地贫贱一生，有大贤之人在世而能成为他的学生，那也就可以有所依托了。如果倚仗一时的侥幸而显贵，带着成队的车马和几十个随从，使得里巷的小百姓围着观看并且赞叹，又怎么抵得上这种快乐。

《论语》上说："不怨天，不怪人。"因为"从容自得啊，能够度过我的天年"。先生的名声满天下，但官位不过五品；先生的面色温和，没有怒容；先生的文章宽厚质朴，没有怨言。这必定是对圣人之道有很深的爱好呢。我很希望听到先生的教导啊。

三槐堂铭

【原文】

天可必乎？贤者不必贵，仁者不必寿。天不可必乎？仁者必有后。二者将安取衷哉？吾闻之申包胥曰："人定者胜天，天定亦能胜人。"世之论天者，皆不待其定而求之，故以天为茫茫。善者以怠，恶者以肆。盗跖之寿[①]，孔、颜之厄[②]，此皆天之未定者也。松柏生于山林，其始也，困于蓬蒿，厄于牛羊；而其终也，贯四时、阅千岁而不改者，其天定也。善恶之报，至于子孙，则其定也久矣。吾以所见所闻考之，而其可必也审矣。

【注释】

①盗跖（zhí）：原名展雄，姬姓，展氏，名跖。传说是春秋时期率领盗匪数千人的大盗。

②厄（è）：阻塞；苦难，困厄。

【译文】

上天一定会展现他的意志吗？但是贤德的人不一定富贵，仁爱的人不一定长寿。难道上天不一定会展现他的意志吗？但是行善仁爱之人一定有好的后代。这两种说法到底哪一种是正确的呢？我听申包胥曾经说过："人的意志可以取胜于天，天的意志也能胜过人的努力。"世上议论天道的人，都是不等到上天的意志完全表现出来就去责求它，因此认为上天是茫茫无知的。善良的人因此变得倦怠，邪恶的人因此更加放肆。贼人盗跖可以长寿，圣人孔子和颜回这样的人却遭受了困厄，这都是上天还没有把它的真实意志表现出来的缘故。松柏生长在山林之中，它在幼苗时期，被蓬蒿围困遮掩，遭受牛羊践踏；但是最终，它还是能突破阻碍而四季常青，经历千年而不凋零，这就是由上天的意志所决定的。至于对人的善恶报应，有的要一直到了子孙后代才能表现出来，这正是上天早已确定好的。我根据所见所闻来考证这个道理，觉得上天是必然要表示它的意志的，这是可以确认无疑的。

【原文】

国之将兴[①]，必有世德之臣，厚施而不食其报，然后其子孙能与守文太平之主、共天下之福。故兵部侍郎晋国王公，显于汉、周之际[②]，历事太祖、太宗，文武忠孝，天下望以为相，而公卒以直道不容于时。盖闻尝手植三槐于庭，曰："吾子孙必有为三公者。"已而其子魏国文正公[③]，相真宗皇帝于景德、祥符之间，朝廷清明，天下无事之时，享其福禄荣名者十有八年。今夫寓物于人，明日而取之，有得有否；而晋公修德于身，责报于天，取必于数十年之后，如持左契[④]，交手相付。吾是以知天之果可必也。

【注释】

①兴：兴盛。

②汉、周之际：指五代的后汉、后周。

③魏国文正公：指王旦，封魏国公，谥文正。

④左契：古代契约分左右两联，左契用来索偿。

【译文】

国家将要兴盛，就必定有世代积德的大臣，做了大量善事而没有得到福报，此后他的子孙后代却能够与遵循先王法度的太平君主共同享受天下的福禄。已故的兵部侍郎晋国公王佑，名声显赫于后汉、后周时期，先后在太祖和太宗两朝任职，文武双全，仁德忠孝，全天下的人都期盼他能出任宰相，然而最终却由于他的性情率直而不为当世现实所容。他曾亲手在庭院里种植了三棵槐树，说："我的后世子孙将来一定有能位列三公的人。"后来他的儿子魏国文正公，果然在真宗皇帝景德、祥符年间做了宰相。当时朝廷政治清明，天下太平盛世，他享受福禄荣耀十八年。如果今天把东西寄存在别人的家里，第二天去取回，有可能取回来，也可能取不到了。但晋国公注重自身德行修养，希望得到上天的福报，在几十年之后，得到了上天必然的回报，就像是手里拿着契约，亲手交接一样。我因此而知道上天的意愿是一定会显现出来的。

【原文】

吾不及见魏公，而见其子懿敏公，以直谏事仁宗皇帝，出入侍从将帅三十馀年，位不满其德。天将复兴王氏也欤！何其子孙之多贤也？世有以晋公比李栖筠者，其雄才直气，不相上下。而栖筠之子吉甫，其孙德裕[1]，功名富贵，略与王氏等；而忠信仁厚，不及魏公父子。由此观之，王氏之福盖未艾也。

懿敏公之子巩与吾游，好德而文，以世其家，吾是以铭之。铭曰："呜呼休哉[2]！魏公之业，与槐俱萌；封植之勤，必世乃成。既相真宗，四方砥平。归视其家，槐阴满庭。吾侪小人，朝不及夕，相时射利，皇恤厥德[3]？庶几侥幸，不种而获。不有君子，其何能国？王城之东，晋公所庐；郁郁三槐，惟德之符。呜呼休哉！"

【注释】

①吉甫、德裕：这两个人都是唐代贤相。

②休：美。

③皇：闲暇。

【译文】

我没能赶上见到魏国公，而见到了他的儿子懿敏公。他在朝为官期间常常直言进谏仁宗皇帝，出外带兵征战沙场，入内侍从三十多年，这种职位还不足以和他的德行相称。是上天将要使王氏家族再一次兴盛啊！不然为什么他的子孙有这么多的贤能之士呢？世上有的人把晋国公与李栖筠相比，他们两个人的雄才大略、正直气节，不相上下。而李栖筠的儿子李吉甫、孙子李德裕，享有的功名富贵和王氏所享也差不多，但相比忠恕仁厚方面，则远远不如魏公父子。由此可见，王氏家族的福报还是旺盛不衰啊。

懿敏公的儿子王巩，与我交往多年，我深知他崇尚道德而又善做文章，以此继承了他的家风，因此我把他记了下来。铭文是："啊，多么美好啊！魏公的家业，跟槐树一起萌发振兴。不辞辛劳地培植，必定要经过一代才能长成。忠心辅佐真宗，天下一派安宁。回乡探家安居，槐荫繁茂福佑门庭。我们这些年轻人该当自省，早晨不考虑晚上，只知窥察时机追求名利，哪有空闲时间修养自己的德行？只希望有侥幸的运气，不去种植就想获取收成。如果没有那些君子，国家又怎能成为一个国家？幽幽京城之东，府邸曾住晋国公，郁郁葱葱三棵大槐树，符记着王家世代的仁义德行。啊，多么美好的象征啊！"

苏洵篇

作者小传

苏洵（1009—1066年），字明允，号老泉，眉州眉山人，北宋文学家，与苏轼、苏辙父子三人合称“三苏”，均被列入唐宋八大家。

苏洵少时顽劣，二十七岁才开始发愤读书。嘉祐元年（1056），到汴京拜谒翰林学士欧阳修，得到赏识，尤其他的《权书》等文章，欧阳修认为可与贾谊、刘向相媲美。经举荐朝廷，于嘉祐五年（1060）任秘书省校书郎。

苏洵是有政治抱负的人。主张作文就是要“言当世之要”，是为了“施之于今”。在《衡论》和《上皇帝书》等文中，他提出了诸多政治革新的见解，认为要治理好国家，必须“审势”“定所尚”。他一生都在为文学做贡献，与陈州项城令姚辟同修礼书《太常因革礼》，完成不久后去世，被追赠光禄寺丞。著有《嘉祐集》。

心术

【原文】

为将之道，当先治心[①]。泰山崩于前而色不变，麋鹿兴于左而目不瞬，然后可以制利害，可以待敌。

凡兵上义[②]。不义，虽利勿动。非一动之为害，而他日将有所不可措手足也。夫惟义可以怒士[③]，士以义怒，可与百战。

凡战之道，未战养其财，将战养其力，既战养其气，既胜养其心。谨烽燧，严斥堠[④]，使耕者无所顾忌，所以养其财；丰犒而优游之，所以养其力；小胜益急，小挫益厉，所以养其气；用人不尽其所欲为，所以养其心。故士常蓄其怒，怀其欲而不尽。怒不尽则有余勇，欲不尽则有余贪。故虽并天下，而士不厌兵，此黄帝之所以七十战而兵不殆也[⑤]。不养其心，一战而胜，不可用矣。

凡将欲智而严，凡士欲愚。智则不可测，严则不可犯，故士皆委己而听命，夫安得不愚？夫惟士愚，而后可与之皆死。

【注释】

①治：研究。这里指锻炼。

②上义：崇尚正义。

③怒士：激励士兵。

④谨烽燧（suì）：慎重地搞好警报工作。烽燧：烽火和烽烟，是古代边防报警的两种信号，白天报警的烟叫“烽”，夜里报警的火叫“燧”，引申为边警。严斥堠（hòu）：严格地做好放哨、瞭望工作。斥堠：侦察，候望。堠也写作“候”。

⑤黄帝：传说中中国中原各族的共同祖先。相传曾在战争中多次取胜，打败了炎帝、蚩尤，成为部落联盟的领袖。

【译文】

作为将领的原则，首先应当锻炼心性。要做到即使泰山在眼前崩塌也能面不改色，麋鹿突然跳到眼前也能做到不眨眼睛，这样才能控制利害因素的瞬息万变，才可以对付敌人。

大凡军事，应当崇尚正义。如果不合乎正义，即使是有利可图也不能轻举妄动。并不是一动就会造成失败，而是怕随即将有不可预料的事情发生而手足无措。只有正义才能够激愤士气，用正义激愤士气，就可以愤然投入一切战斗而百战不殆。

作战的原则道理是，当战争还没有发生的时候要先积蓄财力，当战争即将发生的时候要培养战斗力，当战争已经打起来的时候要鼓舞士气，当战争已经取得胜利的时候要修养心性保持斗志。严谨缜密地建造用来报警的烽火台，严密注视边界动向，安排兵士巡逻放哨，使农民无所顾忌而能安心耕种，这就是在积蓄军队的财力；用丰盛的酒食等物犒劳士兵，让他们衣食无忧，所做这些以用来养精蓄锐，保持战斗力；取得小的胜利不骄躁，打了一个小败仗以后不气馁而加强操练，以此来培养士气；重用人才的时候不要一下子完全满足他的欲望，以此锻炼心性而培养斗志。所以，用兵就要使士兵时常胸怀义愤，心中怀有欲望却不能一下子完全满足。义愤不能得到完全爆发就会争斗的勇气十足，欲望没有完全实现就将继续追求。所以即使统一了全天下，而士兵依旧不厌战。这就是黄帝的军队历经了七十次战争而士气也不懈怠的缘故。如果不能修养心性保持士气，军士们打了一次胜仗，这军队就不能继续作战了。

凡是做将军统帅，一定要足智多谋而严厉，士兵要略显愚昧。足智多谋就会使人感到不可预测，严厉则不可冒犯，所以兵士们都会言听计从，这样的话，怎么能不要求士兵略显愚昧呢？只有士兵愚昧了，然后才能跟他们一同出生入死。

【原文】

凡兵之动，知敌之主，知敌之将，而后可以动于险。邓艾缒兵于蜀中[①]，非刘禅之庸，虽百万之师，可以坐缚[②]，彼固有所侮而动也。故古之贤将，能以兵尝敌，而又以敌自尝，故去就可以决。

凡主将之道，知理而后可以举兵[③]，知势而后可以加兵，知节而后可以用兵。知理而不屈，知势则不沮，知节则不穷。见小利不动，见小患不避。小利小患，不足以辱吾技也，夫然后可以支大利大患。夫惟养技而自爱者，无敌于天下。故一忍可以支百勇，一静可以制百动。

【注释】

①邓艾：三国时魏国的将领，魏元帝景元四年（263年），他率兵从一条艰险的山路进攻蜀汉，山高谷深，士兵都用绳子系着放下山去，邓艾自己也

用毡布裹着身体，滑下山去。缒（zhuì）：系在绳子上放下去。

②坐缚：意思是极容易俘获。

③理：特殊规律。这里是指战争的特殊规律，以及指导战争应遵循的基本原理。

【译文】

大凡出兵作战，都要先了解敌方的君主，了解敌方的将领，然后才能冒险出兵。魏国大将邓艾率兵讨伐蜀汉，在无人之地中，从阴平小道行了七百余里，用绳子拴着士兵从山上坠下深谷，去偷袭蜀国。如此凶险，如果不是蜀汉后主刘禅昏庸无能，即使百万大军，都可以轻松俘获。邓艾本来就没把庸主刘禅放在眼里，所以才出兵于危险之地。因此古代的良将，既能用大军去试探敌人的强弱虚实，同时也能用敌军的力量来衡量自己，此后就能决定自己的军队是否可以发兵。

但凡身为主将的原则是，只有通晓事理以后才可以出兵。了解战场形势后才可以决定是否开战，知道节制后才可以指挥军队。通晓事理则理不亏，了解形势就不会轻易失败，懂得节制后才不会兵陷困境。见了小利益不轻举妄动，遇上小祸患不逃避。因为那些小利益和小祸患，不值得我施展才略，辱没我的本领啊，然后才能有精力应付大利益和大祸患。只有善于蓄养本领不轻易外露又爱惜自己军队的人，才能无敌于天下。所以“一忍”可以抵御百个轻率的勇猛之士，“一静”可以制服百种轻举妄动。

【原文】

兵有长短，敌我一也。敢问：“吾之所长，吾出而用之，彼将不与吾校；吾之所短，吾蔽而置之，彼将强与吾角，奈何？”曰：“吾之所短，吾抗而暴之，使之疑而却；吾之所长，吾阴而养之，使之狎而堕其中[①]。此用长短之术也。”

善用兵者，使之无所顾，有所恃。无所顾，则知死之不足惜；有所恃，则知不至于必败。尺箠当猛虎[②]，愤呼而操击；徒手遇蜥蜴，变色而却步，人之情也。知此者可以将矣。袒裼而按剑，则乌获不敢逼[③]；冠胄衣甲[④]，据兵而寝[5]，则童子弯弓杀之矣。故善用兵者以形固，夫能以形固，则力有余矣。

【注释】

①狎（xiá）而堕其中：因轻慢而落进我们设置的圈套中。狎：轻忽。

②尺棰（chuí）：一尺来长的短木棍。

③袒（tǎn）：脱去上衣的一只袖子，露出手臂。裼（xī）：脱去上衣露出内衣或身体。案：同“按”。乌获：战国时秦国的武士，相传力能举千钧。

④冠胄衣甲：戴着头盔，穿着铠甲。胄：盔。冠：衣。此处这两字都用作动词。

⑤据兵：靠着兵器。

【译文】

军队的策略布局自有长处和短处，无论敌我双方都是一样的。那么试问：“我方军队的长处，我拿出来战场上运用，敌人却不与我较量；我方军队的短处，我隐蔽起来放置一旁，敌人却偏偏要竭力与我对抗，怎么办呢？”回复说：“我方军队的短处，我故意将其暴露出来，使敌人心生疑虑而惧怕、退却；我方军队的长处，我暗中隐蔽保护起来，使敌人轻率而陷入我们的圈套。这就是灵活运用自己的长处和短处的策略。”

善于用兵打仗的人，要使战士们没有什么顾念，但要有所依靠。军士们没有什么顾念，就懂得即使战死沙场也没有什么值得可惜；有所依靠，就明白征战不至于一定会失败。手握一尺来长的短棍面对着猛虎，要敢于奋力呐喊而操起木棍猛力击打；两手空空时遇上了蜥蜴，也会吓得面容变色而连连后退，这是人之常情。明白这个道理，就可以带兵了。假如赤身露臂但手握着剑，就连大力士乌获也不敢逼近；如果头戴着盔，身穿铠甲，却靠着武器而睡觉，那么连小孩子也敢弯弓射箭把他杀死了。所以善于用兵打仗的人，能利用各种形势来巩固自己军队的实力；能够利用各种形势来巩固自己军队的实力，那么军队的战斗力就威力无穷了。

木假山记

【原文】

木之生，或蘖而殇[1]，或拱而夭[2]；幸而至于任为栋梁，则伐；不幸而风之所拔，水之所漂，或破折，或腐；幸而得不破折，不腐，则为人所材，而有斧斤之患[3]。其最幸者，漂沉汩没于湍沙之间[4]，不知其几百年，而其激射啮食之余，或仿佛于山者，则为好事者取去，强之以为山，然后可以脱泥沙而远斧斤。而荒江之溃[5]，如此者几何，不为好事者所见，而为樵夫野人所薪者[6]，何可胜数？则其最幸者之中，又有不幸者焉。

【注释】

①蘖（niè）：树木的嫩芽。

②拱（gǒng）：指树有两手合围那般粗细。

③斤：斧头。

④汩（gǔ）没：沉没。

⑤溃（fén）：水边高地。

⑥野人：农夫，农民。

【译文】

树木的生长，有的还在幼苗的时候就死了，有的长到两手合围粗细的时候就死了；幸而长成可以用做栋梁的时候，也就被砍伐了。不幸而被大风拔起的树木，随流水漂走，有的折断了，有的腐烂了；有幸而能没有被折断，没有经受腐烂的，便被人们认为是有用之材，于是遭受到被斧头砍伐的灾祸。其中最幸运的，在急流和泥沙之中漂流沉没，不知经历了几百年，在水冲虫蛀之后，有形状好似山峰一样的，就被好事的人拿走，加工做成木假山，从此它就可以脱离泥沙而且避免斧砍刀削的灾难了。可是，在荒野的江边，像这样形状如山峰的树木有多少啊，从没有被好事的人所发现，却被樵夫农民当作木柴的，哪里还能数得清楚呢？然而在这最幸运的树木中，又存在着不幸。

【原文】

予家有三峰。予每思之，则疑其有数存乎其间[①]。且其蘖而不殇，拱而不夭，任为栋梁而不伐；风拔水漂而不破折，不腐；不破折，不腐，而不为人之所材，以及于斧斤；出于湍沙之间，而不为樵夫野人之所薪，而后得至乎此，则其理似不偶然也。

然予之爱之，则非徒爱其似山，而又有所感焉；非徒爱之，而又有所敬焉。予见中峰，魁岸踞肆[②]，意气端重，若有以服其旁之二峰[③]。二峰者，庄栗刻削[④]，凛乎不可犯。虽其势服于中峰，而岌然决无阿附意[⑤]。吁！其可敬也夫！其可以有所感也夫！

【注释】

①数（shù）：即命运，气数。

②魁岸：强壮高大的样子。踞肆：傲慢放肆，这里形容“中峰”神态高傲舒展。踞：同“倨”。

③服：佩服，这里用为使动，使……佩服。

④庄栗：庄重谨敬。

⑤岌（jí）然：高耸的样子。

【译文】

我家有一座三个峰头的木假山。每次我想到它的时候，总觉得在这中间似乎有命运在起作用。况且，它在发芽抽条时没有死，在长成两手合抱粗细时没有死，可用做栋梁而没有被砍伐；被风拔起以后，在水中漂浮而没有折断，没有腐烂；没有折断腐烂，却未被人当作材料，以至于遭受斧头的砍伐，从急流泥沙之中出来，也没有被樵夫、农民当作木柴，然后才能来到这里，那么这其中的命数似乎不是偶然的啊。

然而，我对木假山的喜爱，不光是喜爱它的形状像一座山，而是这其中寄寓了我对尘世的无限感慨；不仅仅是喜爱它，而且对它又有所敬意。我看到它的中峰，魁梧奇伟，神情高傲舒展，意态气概端正庄重，好像对它旁边两座山峰能倾服于它胸有成竹似的。旁边的两座山峰，庄重谨敬，威严挺拔，凛然不可侵犯。虽然它们所处的地位是服从于中峰的，但是它们那高耸挺立的神态，决然没有丝毫逢迎依附的意思。啊！它们是多么令人敬佩啊！它们是多么令人感慨啊！

送石昌言使北引[1]

【原文】

昌言举进士时，吾始数岁，未学也。忆与群儿戏先府君侧[2]，昌言从旁取枣栗啖我，家居相近，又以亲戚故，甚狎。

昌言举进士，日有名。吾后渐长，亦稍知读书，学句读[3]、属对、声律，未成而废。昌言闻吾废学，虽不言，察其意，甚恨[4]。后十余年，昌言及第第四人[5]，守官四方，不相闻。吾以壮大，乃能感悔[6]，摧折复学。又数年[7]，游京师，见昌言长安，相与劳苦如平生欢。出文十数首，昌言甚喜，称善。吾晚学无师，虽日为文，中甚自惭，及闻昌言说，乃颇自喜。今十余年，又来京师，而昌言官两制，乃为天子出使万里外强悍不屈之虏庭，建大旆[8]，从骑数百，送车千乘，出都门，意气慨然。

【注释】

①石昌言：字扬休，眉州（治所在今四川省眉山市）人。

②先府君：去世的父亲，指苏洵。

③句读：断句。古人读书要自行断句，“句读”是古代读书人必须掌握的基本知识。

④恨：遗憾，不满意。

⑤及第：考中。石昌言进士及第在宋仁宗宝元元年（1038 年），名列第四名。

⑥感悔：感悟悔恨。也作“感悟”。

⑦又数年：指庆历五年（1045 年），此次东游，作者与史经臣同行。

⑧大旆（pèi）：大旗。旆：旗边上下垂的装饰品。

【译文】

昌言参加考进士科的时候，我才只有几岁，还没开始入学堂读书。回忆当年我跟一群孩子在父亲身边嬉戏玩耍，昌言也在旁边，还曾经拿来枣儿和栗子给我吃；我们两家住得很近，又因为是亲戚的缘故，所以彼此十分亲近。

昌言应考进士科目，一天比一天出名。我后来渐渐长大，也稍稍懂得要读书，学习句读、对对子、四声格律，结果因为后来没有学成而荒废了。昌言听说我荒废了学业，虽然没有说我什么，但是我细察他的心思，感觉他是很遗憾的。后来过了十多年，昌言进士得中，考取了第四名，便到各地去做官，我们彼此间也就断了音讯。我长大成熟，开始有所悔悟，于是就克服困难继续学业。又过了几年，我游历京城求学，在长安遇见了昌言，我们互相安慰，感到人生的欢娱。我拿出所写的十多篇文章，昌言看了很高兴，并且夸我写得好。我开始求学的年龄很晚，又没有老师指导，虽然天天写文章，但内心一直很自卑，等听到昌言开导和鼓励我的话以后，才感到很高兴。到现在又十多年过去了，我又一次来到了京城，而昌言已经身居两制，他作为朝廷使者，要出使到万里以外的那些强悍不屈服的契丹朝廷，要竖立大旌旗，跟随的骑士多达几百骑，送行的车辆有上千辆，走出京城大门情绪慷慨激昂。

【原文】

自思为儿时，见昌言先府君旁，安知其至此？富贵不足怪，吾于昌言独

有感也。丈夫生不为将，得为使，折冲口舌之间足矣。

往年彭任从富公使还[①]，为我言："既出境，宿驿亭。闻介马数万骑驰过，剑槊相摩，终夜有声，从者怛然失色[②]。及明，视道上马迹，尚心掉不自禁。"凡虏所以夸耀中国者，多此类，中国之人不测也[③]。故或至于震惧而失辞[④]，以为夷狄笑。呜呼！何其不思之甚也！昔者奉春君使冒顿，壮士、大马皆匿不见，是以有平城之役。今之匈奴，吾知其无能为也。孟子曰："说大人者，藐之。"况与夷狄！请以为赠。

【注释】

①彭任：字有道，身长七尺，有胆量，曾自请随富弼出使契丹。

②怛然：惊恐的样子。

③不测：出乎意外。

④失辞：失言，说了不应该说的话。

【译文】

我不禁暗自思忖起孩童时代，小时候见到昌言是在先父身旁，怎么能知道他会有今天这样荣耀风光呢？一个人富贵起来不足为奇，而我对昌言的富贵特别有所感触啊！大丈夫一生不当将军，能当名使臣，用口舌辞令在外交上战胜敌人，也就足够了。

前几年彭任跟随富弼公出使契丹，曾经对我说："出了国境之后，在路边的驿站住宿。听到数万骑披甲战马从身边驰骋而过，宝剑和长矛互相撞击，撞击的声音整夜不绝于耳，跟随他的使臣惊慌失色。即便是天亮之后，看到道路上的马蹄印，还禁不住胆战心惊，好像心都要跳出来似的。”大凡契丹用来向中原炫耀武力的手段，大多都是这类状况。中原派去的使者，没有识透他们的手段，所以有的人竟会因此而受到震骇而说不出话来，被夷狄讥笑。唉！这是多么的不会动脑思考啊！古代奉春君刘敬出使到冒顿去，把壮士和大马都藏起来不让外人看见，因此才有平城的战役。现在的匈奴，我是深知他们是没有什么能力和作为的。孟子说：“游说诸国的大人物，就得藐视他。”更何况是对待夷狄这样的外族呢！请把上述这些话当作饯行赠言吧。

管仲论

【原文】

管仲相威公[①]，霸诸侯，攘夷狄[②]，终其身齐国富强，诸侯不敢叛。管仲死，竖刁、易牙、开方用，威公薨于乱[③]，五公子争立，其祸蔓延，讫简公，齐无宁岁。夫功之成，非成于成之日，盖必有所由起；祸之作，不作于作之日，亦必有所由兆。故齐之治也，吾不曰管仲，而曰鲍叔。及其乱也，吾不曰竖刁、易牙、开方，而曰管仲。何则？竖刁、易牙、开方三子，彼固乱人国者，顾其用之者，威公也。夫有舜而后知放四凶[④]，有仲尼而后知去少正卯。彼威公何人也？顾其使威公得用三子者，管仲也。仲之疾也，公问之相。当是时也，吾以仲且举天下之贤者以对，而其言乃不过曰竖刁、易牙、开方三子，非人情，不可近而已。

【注释】

①管仲：约前723—前645年，姬姓，管氏，名夷吾，字仲，谥敬，春秋时期法家代表人物。

②攘：攘斥，排斥。

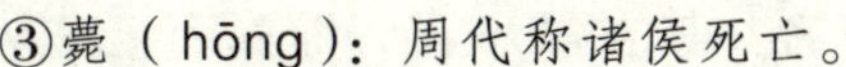

③薨（hōng）：周代称诸侯死亡。

④四凶：即饕餮（tāo tiè）、浑沌、穷奇和梼杌（táo wù），古代尧舜时部落首领。

【译文】

管仲做丞相辅佐齐威公，称霸于诸侯，打压夷、狄等异族，终其一生都奉献在使齐国富强，诸侯不敢背叛齐国的道路上。管仲死后，竖刁、易牙、开方被重用。齐威公死于宫廷内乱，因为他的五位公子为了争抢君位而手足相残，这种祸乱一直蔓延到齐简公掌管天下，齐国都没有一年安宁的时候。

功业的完成，不是完成在成功之日，必然因一定的缘由而引起；祸乱的发生，不是发作于作乱之时，也必然会有其根源而为预兆。因此，齐国的安定强盛，我不说是由于管仲，而说是由于鲍叔。至于齐国的祸乱，我不说是由于竖刁、易牙、开方，而说是由于管仲。为什么呢？竖刁、易牙、开方三人本就是品质败坏的乱国者，但重用他们的是齐威公。有了舜才知道流放四凶，有了仲尼然后才知道杀掉少正卯。那威公是什么样的人呢？回头看来，使威公重用这三个人的是管仲啊。管仲病危时，威公询问未来丞相的人选。当这个时候，我认为管仲应该举荐天下最贤能的人来担当才对，但他的话不过是竖刁、易牙、开方三个人，不讲人情，不能亲近罢了。

【原文】

呜呼！仲以为威公果能不用三子矣乎[①]？仲与威公处几年矣，亦知威公之为人矣乎？威公声不绝于耳，色不绝于目，而非三子者，则无以遂其欲。彼其初之所以不用者，徒以有仲焉耳。一日无仲，则三子者可以弹冠而相庆矣。仲以为将死之言，可以縶威公之手足耶[②]？夫齐国不患有三子，而患无仲；有仲，则三子者，三匹夫耳。不然，天下岂少三子之徒哉？虽威公幸而听仲，诛此三人，而其余者，仲能悉数而去之耶？呜呼！仲可谓不知本者矣。因威公之问，举天下之贤者以自代，则仲虽死，而齐国未为无仲也。夫何患三子者？不言可也。五伯莫盛于威、文。文公之才，不过威公，其臣又皆不及仲；灵公之虐，不如孝公之宽厚。文公死，诸侯不敢叛晋；晋袭文公之余威，得为诸侯之盟主者，百有余年。何者？其君虽不肖，而尚有老成人焉。威公之薨也，一败涂地，无惑也，彼独恃一管仲，而仲则死矣。

【注释】

①威公：即齐桓公。因为避开当朝皇上的名讳而这样称呼的。

②絷（zhí）：束缚。

【译文】

唉，管仲以为威公果然能够不用这三个人吗？管仲和威公相处多年，也应该知道威公的为人啊？威公是个耳朵时刻离不开音乐、眼睛离不开美色的人。而若没有这三个人侍奉，就无法满足他的欲望。他开始不重用他们，只是由于管仲在，一旦管仲没了，这三人就弹冠相庆了。管仲以为自己的遗言就能束缚威公吗？齐国不怕有这三人，而是怕没有管仲。有管仲在，那这三人只是三个无用的匹夫罢了。若不是这样，天下难道缺少跟这三人一样的人吗？即使威公有幸而听了管仲的话，诛杀这三个人，但其余像他们一样的人，管仲能把他们全部都除掉吗？唉！管仲可以说是一个不懂得从根本上解决问题的人啊。如果他借着齐威公询问立相事宜的机会，推荐天下贤人来代替自己的位置，那么管仲虽死，齐国也不算是失去了管仲。这三个人的危害，不言而喻啊！五霸中没有比齐威公、晋文公更强大的了。晋文公的才能比不上齐威公，他的大臣也都比不上管仲。晋灵公暴虐残酷，不如齐孝公宽厚。可是晋文公死后，各路诸侯都不敢背叛晋国；以至于晋国承袭文公的余威，还能在一百年里继任盟主之位。这是为什么呢？虽然他们的君主不贤明，但是还有老成练达的大臣存在。威公死后，齐国一败涂地，这没有什么可疑问的，齐国仅依靠一个管仲，而管仲却死了。

【原文】

夫天下未尝无贤者，盖有有臣而无君者矣。威公在焉，而曰天下不复有管仲者，吾不信也。仲之书，有记其将死，论鲍叔、宾胥无之为人，且各疏其短。是其心以为数子者，皆不足以托国。而又逆知其将死，则其书诞谩不足信也[①]。吾观史鳅[②]，以不能进蘧伯玉而退弥子瑕[③]，故有身后之谏。萧何

且死，举曹参以自代[④]。大臣之用心，固宜如此也！夫国以一人兴，以一人亡，贤者不悲其身之死，而忧其国之衰，故必复有贤者，而后可以死。彼管仲者，何以死哉？

【注释】

①逆知：预先知道，预料。逆：预先。诞谩：荒诞不经。

②史鳍（qiū）：春秋时卫国的史官，字子鱼，所以也称“史鱼”。

③蘧（qú）伯玉：名瑗，卫国人，世人称为贤者。

④曹参：字敬伯，沛人，西汉开国功臣，名将，是继萧何后的汉代第二位相国。公元前209年（秦二世元年）跟随刘邦在沛县起兵反秦，身经百战，屡建战功，攻下二国和一百二十二个县。

【译文】

天下未尝没有具备贤能的人，大概是有贤臣而没有明君啊。威公在世时，就说天下再没有管仲这样的人才，我不相信。管仲所写的《管子》一书里，有记载他临死之前论述鲍叔牙、宾胥无的为人，并列出他们各自短处的文章。这是他心中认为，这几个人都不能托以国家重任。而且预料自己将死，那么这部书实在是荒诞不经，不值得相信啊。我看史鳟，因为活着不能荐用蘧伯玉和斥退弥子瑕，为此才有死后留书劝谏之事。萧何临死的时候，推荐曹参代替自己。作为大臣的用心，本来就应该如此啊！国家因重用一个人而兴盛，也会因错用一个人而灭亡。贤明的人不会去悲痛自己的死亡，而是要忧虑国家的衰败，所以必须再推举出贤明的人来继任，然后才可以放心死去。那个管仲，怎么就这样死掉了呢？

苏辙篇

作者小传

苏辙（1039—1112年），字子由，眉州眉山（今四川眉山）人。唐宋八大家之一，与父苏洵、兄苏轼齐名，合称“三苏”。仁宗嘉祐二年（1057）与其兄苏轼同科举进士。因反对王安石变法，被贬为河南推官。哲宗时，复官为秘书省校书郎。后因其兄苏轼“谤讪朝廷”罪被捕时上书朝廷，欲替兄赎罪而被牵连贬为监筠州盐酒税。元丰八年（1085），被召回，曾历任右司谏、户部侍郎等职，直至崇宁三年（1104），在颍川定居，开始了安稳的田园隐居生活，自号“颍滨遗老”，终日读书著述、默坐参禅。后追复端明殿学士，谥号“文定”。

著有《栾城集》《栾城应诏集》等。代表作有《黄州快哉亭记》《上枢密韩太尉书》《巢谷传》等。

黄州快哉亭记

【原文】

江出西陵[①]，始得平地，其流奔放肆大[②]。南合湘、沅，北合汉、沔[③]，其势益张。至于赤壁之下，波流浸灌，与海相若。清河张君梦得，谪居齐安，即其庐之西南为亭，以览观江流之胜，而余兄子瞻名之曰“快哉”。

盖亭之所见，南北百里，东西一舍，涛澜汹涌，风云开阖[④]。昼则舟楫出没于其前，夜则鱼龙悲啸于其下，变化倏忽[⑤]，动心骇目[⑥]，不可久视。今乃得玩之几席之上，举目而足。西望武昌诸山，冈陵起伏，草木行列，烟消日出。渔夫樵父之舍皆可指数。此其所以为“快哉”者也。至于长洲之滨，

故城之墟，曹孟德、孙仲谋之所睥睨[⑦]，周瑜、陆逊之所骋骛，其流风遗迹，亦足以称快世俗。

【注释】

①西陵：西陵峡，又名夷陵峡，长江三峡之一，在今湖北宜昌西北。

②奔放：水势疾迅。肆大：极，甚。

③汉、沔（miǎn）：汉水。汉水源出陕西宁羌，初名漾水，东流经沔县南，称沔水，又东经褒城，纳褒水，始称汉水。汉水在长江北岸。

④阖（hé）：闭合。

⑤倏（shū）忽：很快地，忽然间。

⑥动心骇目：这里动和骇是使动用法。解释为：使……惊动，使……惊骇。

⑦睥睨（pì nì）：眼睛斜着看。形容用高傲的眼神看待事物。

【译文】

长江流出夷陵峡，才得以在广阔的平地上流淌，水势奔腾浩大而一泻千里。等到南边与沅水、湘水汇聚，向北边与汉水汇聚以后，水势就显得更加强大了。流到赤壁的下方，江水浩荡，如同大海一样。清河县的张怀民，被贬官后居住在齐安，于是他在自己房子的西南方修建了一座亭子，用来观赏长江的美景，然后我的长兄子瞻给这座亭子起名叫“快哉亭”。

在亭子里，差不多能看到长江南北上百里，东西三十里左右的景观。长江波涛汹涌，风云变化不定。白天时有船只在亭前来往穿梭，夜间时有鱼龙在亭下的江水中悲壮地呼啸。江水变化很快，时而宁静，时而汹涌，使人惊心动魄，没有这个亭子的时候，游客不能在这里长久畅快地欣赏。现在，可以坐在亭子里的几案旁欣赏这些景色，抬起眼来就能看个够。向西眺望武昌的群山，只见那山脉蜿蜒起伏，草木成行成列，太阳出来时烟消云散。渔翁和樵夫居住的房子，都可以指点着数清楚。这就是把亭子称为“快哉”的缘故。至于长江岸边，古城的遗址，是曹操、孙权傲视群雄的地方，是周瑜、陆逊驰骋战场的地方，那些流传下来的风范和古老事迹，也足以让世人称快。

【原文】

昔楚襄王从宋玉、景差于兰台之宫，有风飒然至者，王披襟当之，曰：“快哉，此风！寡人所与庶人共者耶?”宋玉曰：“此独大王之雄风耳，庶人安得共之!”玉之言，盖有讽焉。夫风无雌雄之异，而人有遇不遇之变。楚王之所以为乐，与庶人之所以为忧，此则人之变也，而风何与焉[①]？士生于世，使其中不自得，将何往而非病？使其中坦然，不以物伤性，将何适而非快？

今张君不以谪为患，窃会计之余功，而自放山水之间，此其中宜有以过人者。将蓬户瓮牖无所不快[②]，而况乎濯长江之清流[③]，揖西山之白云，穷耳目之胜以自适也哉！不然，连山绝壑，长林古木，振之以清风，照之以明月，此皆骚人思士之所以悲伤憔悴而不能胜者，乌睹其为快也哉！

元丰六年十一月朔日[④]，赵郡苏辙记。

【注释】

①与（yù）：参与，引申为有何关系。

②瓮牖（wèng yǒu）：用破瓮做窗。比喻清寒的人家。

③濯：洗涤。

④朔：夏历每月初一。

【译文】

从前，楚襄王带着宋玉、景差到兰台宫游玩。忽然一阵风吹来，飒飒作响，楚王敞开衣襟，迎着风说："这阵风真是畅快啊！这是我和百姓所共有的吧？"宋玉说："这只是大王的雄风罢了，平民百姓怎么能和您一起共同享受它呢！"依我看，宋玉的话在这儿大概有讽刺的意味吧。那风并没有雄雌的区别，而人却有时运旺盛和生不逢时的不同。楚王能感到快乐的原因，而百姓感到忧愁的缘故，正是由于人们所处的境遇不同罢了，与风有什么关联呢？读书人生存在这个尘世中，如果他内心不坦然，那么，走到哪里没有忧愁？如果胸怀坦荡，不因为外界事物而伤害自己的本性，那么，身处在什么地方会不感到快乐呢？

今世的张梦得不把被贬官作为忧愁，私下里利用为官方征收钱谷以外的空闲时间，在大自然中释放自己的身心，这应当是他心中有着超过常人的地方。就算是用蓬草编门，以破瓦罐做窗，都没有什么觉得不快乐的，更何况是在清澈的长江流水之中洗涤，作拜西山的悠悠白云，让耳目尽享美丽景致而自得其乐呢！如果不是这样，那么长江之上连绵的峰峦，深陡的沟壑，辽阔的森林，参天的古木，清风拂动，明月高照，这些都是多愁善感的文人墨客，有家难归的士子以及官场失意的士大夫们触景生情而感到悲伤憔悴、痛苦不堪的景色，哪里能看得出这是所谓的畅快呢！

元丰六年十一月初一，赵郡苏辙记。

三国论

【原文】

天下皆怯而独勇，则勇者胜；皆暗而独智，则智者胜。勇而遇勇，则勇者不足恃也；智而遇智，则智者不足用也。夫唯智勇之不足以定天下，是以天下之难蜂起而难平。盖尝闻之，古者英雄之君，其遇智勇也，以不智不勇，而后真智大勇乃可得而见也。

悲夫！世之英雄，其处于世，亦有幸不幸邪？汉高祖、唐太宗，是以智勇独过天下而得之者也；曹公、孙、刘[①]，是以智勇相遇而失之者也。以智攻智，以勇击勇，此譬如两虎相捽[②]，齿牙气力，无以相胜，其势足以相扰，而不足以相毙。当此之时，惜乎无有以汉高帝之事制之者也。

【注释】

①曹公：这里指曹操，字孟德。公元220年，曹操的儿子曹丕废掉汉献帝自立，改国号为魏。孙：孙权，字仲谋，公元229年正式称帝建立吴国。刘：刘备，字玄德，公元221年，于成都即位称帝，建立蜀国。

②捽（zuó）：抵触，冲突相遇。

【译文】

如果说天下的人都胆怯而只有一个人是勇猛的，那么这位勇猛的人必将取胜；如果天下的人都糊涂而只有一个人拥有智慧，那么这位有智慧的人定将取胜。当勇猛的人遇到同样勇猛的人，那么就不能只依靠勇猛了；如果聪明的人遇到同样聪明的人，那么光是拥有智慧也是不够的。正因为单独依靠智慧或者勇气来平定天下是不够的，所以天下的灾难，才会蜂拥而起而又难以平定。我曾经听说，古时候可称英雄的帝王，在遇到那些有智慧和勇气之人时，总是利用他们看似并不智慧也不勇猛的方法去挑战他们，然后真正的大智大勇才能体现出来。

可悲呀！世间的英雄，他们处在世上，难道也有幸运与不幸运之分吗？汉高祖、唐太宗是以个人智勇超过天下所有的人而得以称帝的。曹操、孙权、刘备是因他们智勇相当而又偏偏生在同一时代，因而失去了得到整个天下的机会。用智谋来打击智谋，用勇猛打击勇猛，这就好像两只老虎相遇而争斗，爪牙、气力相当，断然都难以取胜。他们的势力足以相互骚扰对方，却不能一举消灭对方。当遇到这种情况的时候，可惜没有人想到要用汉高祖的方法来制服对方。

【原文】

昔者项籍，乘百战百胜之威，而执诸侯之柄，咄嗟叱咤，奋其暴怒，西向以逆高祖，其势飘忽震荡，如风雨之至。天下之人，以为遂无汉矣。然高帝以其不智不勇之身，横塞其冲，徘徊而不得进，其顽钝椎鲁[①]，足以为笑

于天下，而卒能摧折项氏而待其死，此其故何也？夫人之勇力，用而不已，则必有所耗竭[2]；而其智虑久而无成，则亦必有所倦怠而不举。彼欲用其所长以制我于一时，而我闭门而拒之，使之失其所求，逡巡求去而不能去[3]，而项籍固已败矣。

【注释】

①顽钝：顽固迟钝。椎：愚钝，朴实。鲁：愚笨鲁莽。

②耗竭：消耗殆尽。

③逡（qūn）巡：因为有所顾虑而停滞不前，徘徊犹豫。

【译文】

从前的项羽，用百战百胜的威势，统率着各路诸侯大军，称得上是叱咤风云的人物，狂呼大吼地展示他愤怒的气势，向西攻打汉高祖刘邦，那声势飘忽浩荡如同狂风暴雨来临一般惊天动地。天下人都以为大汉从此就灭亡了。然而刘邦却凭借他那看似不聪明又不勇敢的身躯，在项羽进军的冲要之地横杀竖挡，使项羽的军队来回游动而不能前进。汉高祖的愚笨朴实，足以让天下人嘲笑，然而最后却能击败强大的项羽而后等待项羽溃败而亡，这是什么缘故呢？因为人的勇猛力量，如果拼命不停地使用，就必然会有消耗殆尽的时候，而人的策谋如果总是不能成功的话，就会有所疲倦懈怠而无法振作起来。他想用他的长处，一时之间制服我，那么我就关上门不予理睬他，使他失去取胜的希望，达不到他所想要达到的目的，使他陷入攻不下想走却又不能退走的境地，而项羽的部队长途跋涉原本就已经疲惫不堪了。

【原文】

今夫曹公、孙权、刘备，此三人者，皆知以其才相取，而未知以不才取人也。世之言者曰：孙不如曹，而刘不如孙。刘备唯智短而勇不足，故有所不若于二人者，而不知因其所不足以求胜，则亦已惑矣。盖刘备之才，近似于高祖，而不知所以用之之术。昔高祖之所以自用其才者，其道有三焉耳：先据势胜之地，以示天下之形；广收信、越出奇之将[①]，以自辅其所不逮；有果锐刚猛之气而不用，以深折项籍猖狂之势。此三事者，三国之君，其才皆无有能行之者。独有一刘备近之而未至，其中犹有翘然自喜之心，欲为椎鲁而不能纯，欲为果锐而不能达，二者交战于中，而未有所定。是故所为而不成，所欲而不遂。弃天下而入巴蜀，则非地也；用诸葛孔明治国之才，而当纷纭征伐之冲，则非将也；不忍忿忿之心，犯其所短，而自将以攻人，则是其气不足尚也。

嗟夫！方其奔走于二袁之间[②]，困于吕布而狼狈于荆州[③]，百败而其志不折[④]，不可谓无高祖之风矣，而终不知所以自用之方。夫古之英雄，唯汉高帝为不可及也夫！

【注释】

①信、越：韩信、彭越，两人都是汉高祖刘邦的功臣。

②二袁：此处指袁绍和他的弟弟袁术。

③狼狈：作战失败。

④百败：这里指经历过多次失败，不是确数。

【译文】

现在曹操、孙权、刘备这三个人，每个人都知道凭自己的才智去相搏，却不知道用自己的看似不足去取胜。世上的人都这样议论：孙权不如曹操，而刘备不如孙权。刘备的智谋浅显而又勇猛不足，相对于曹、孙二人有所不足，却不懂得用自己的不足来求取胜利，这样也是太糊涂了。刘备的才能，与汉高祖

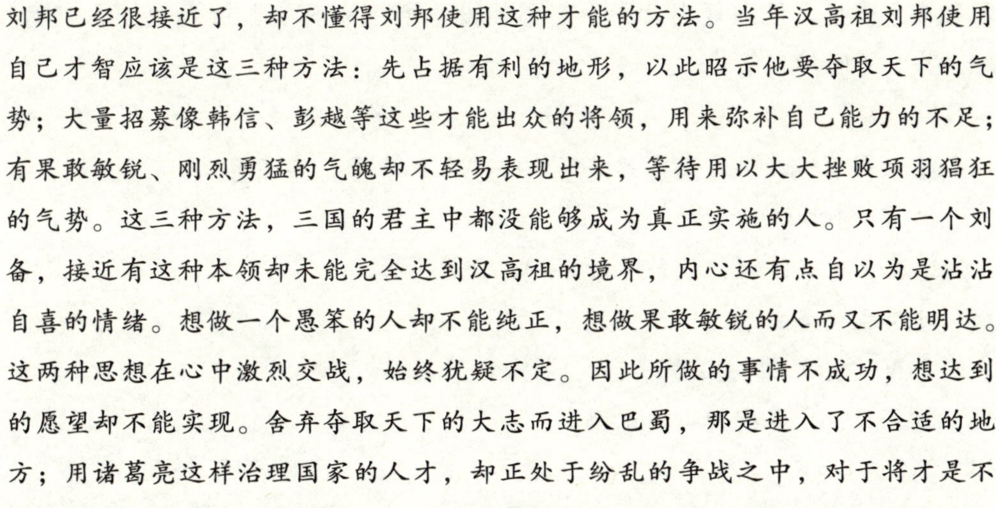

刘邦已经很接近了，却不懂得刘邦使用这种才能的方法。当年汉高祖刘邦使用自己才智应该是这三种方法：先占据有利的地形，以此昭示他要夺取天下的气势；大量招募像韩信、彭越等这些才能出众的将领，用来弥补自己能力的不足；有果敢敏锐、刚烈勇猛的气魄却不轻易表现出来，等待用以大大挫败项羽猖狂的气势。这三种方法，三国的君主中都没能够成为真正实施的人。只有一个刘备，接近有这种本领却未能完全达到汉高祖的境界，内心还有点自以为是沾沾自喜的情绪。想做一个愚笨的人却不能纯正，想做果敢敏锐的人而又不能明达。这两种思想在心中激烈交战，始终犹疑不定。因此所做的事情不成功，想达到的愿望却不能实现。舍弃夺取天下的大志而进入巴蜀，那是进入了不合适的地方；用诸葛亮这样治理国家的人才，却正处于纷乱的争战之中，对于将才是不合适的；不能忍耐一时的愤恨之心，没有避开自己的短处，却自己领兵来攻打别人，那么这种任性使气的行为是不值得称道的。

唉！当他在袁绍、袁术两路诸侯之间疲于奔命，当他被吕布所困的时候，当他在荆州被曹操追打得狼狈不堪的时候，当他在战场上经历了无数次失败，却从没放弃自己的志向，不能不说他没有汉高祖的风范，但始终不能懂得如何把自己的能力发挥出来。看古代的英雄人物，只有汉高祖刘邦是无人能够比得上的！

东轩记

【原文】

余既以罪谪监筠州盐酒税[1]，未至，大雨，筠水泛滥，蔑南市，登北岸，败刺史府门。盐酒税治舍，俯江之漘[2]，水患尤甚。既至，敝不可处，乃告于郡，假部使者府以居。郡怜其无归也，许之。岁十二月，乃克支其欹斜[3]，补其圮缺，辟听事堂之东为轩，种杉二本，竹百个，以为宴休之所。然盐酒税旧以三吏共事，余至，其二人者适皆罢去[4]，事委于一。昼则坐市区鬻盐[5]、沽酒、税豚鱼，与市人争寻尺以自效[6]。莫归筋力疲废，辄昏然就睡，不知夜之既旦。旦则复出营职，终不能安于所谓东轩者。每旦莫出入其旁，顾之未尝不哑然自笑也。

【注释】

①以罪谪：这里是说作者受苏轼的“乌台诗案”牵连遭贬。

②漘：（chún）水边。

③克支：支撑起。攲斜（qī xié）：歪斜不正。

④罢去：离去。

⑤鬻（yù）盐：卖盐。

⑥寻尺：这里指细小的东西。

【译文】

我因为获罪被贬，成为担任管理筠州盐酒税收政务的官员，赴任那天还没到达官府，就下起了大雨。筠州连降暴雨，大水已经泛滥成灾，淹没了南岸的街市，城北的堤岸，冲毁了刺史官府的大门。盐酒税所就在锦江边，被洪水毁坏的程度尤为严重。我来到任所时，看到房屋破败，已然没有可以容身的地方，于是向郡守上报了情况，请求借用户部巡察使衙门暂时用以居住。郡守同情我没有安身之处，就答应了我的请求。直到这年的十二月，才勉强支立起倾斜的房子，修补齐整倒塌的墙壁，又在厅事堂的东边盖了一间小屋为轩，轩前种了两株杉树和上百棵竹子，作为我读书休息的居所。然而负责管理酒税的事务，以前共有三人一起做，当我来到这里就任时，其余的两个人正好都卸职离去，所有的事务就都落在我一个人身上。因此，白天我得坐守在集市上，卖盐沽酒，收猪、鱼交易的利税，与集市上的买卖人为了尺寸的细小之事而斤斤计较以尽我的税收职责。晚上回去已经筋疲力尽，昏昏沉沉地倒下便睡，有时候天已经亮了都不知道。第二天又得出去管理集市上的事务，始终也不能在所谓的东轩安闲地休息。每天早晚都从它旁边出入，看到它，常常暗自无可奈何地苦笑。

【原文】

余昔少年读书，窃尝怪颜子以箪食瓢饮居于陋巷[①]，人不堪其忧，颜子

不改其乐。私以为虽不欲仕，然抱关击柝[2]，尚可自养，而不害于学，何至困辱贫窭自苦如此[3]？及来筠州，勤劳盐米之间，无一日之休，虽欲弃尘垢，解羁絷[4]，自放于道德之场，而事每劫而留之。然后知颜子之所以甘心贫贱，不肯求斗升之禄以自给者，良心其害于学故也。

嗟夫！士方其未闻大道，沉酣势利，以玉帛子女自厚，自以为乐矣。及其循理以求道，落其华而收其实，从容自得，不知夫天地之为大与死生之为变，而况其下者乎？故其乐也，足以易穷饿而不怨，虽南面之王，不能加之。盖非有德不能任也。余方区区欲磨洗浊污[5]，睎圣贤之万一[6]，自视缺然，而欲庶几颜氏之乐，宜其不可得哉！若夫孔子周行天下，高为鲁司寇，下为乘田委吏，惟其所遇，无所不可，彼盖达者之事，而非学者之所望也。

【注释】

①箪（dān）食瓢饮：用来形容生活贫困。

②抱关击柝（tuò）：守门打更的人。

③贫窭（jù）：贫穷。

④羁絷（jī zhí）：束缚，拘禁。

⑤区区：四处奔走。

⑥睎（xī）：仰望，向上看。

【译文】

以前我小时候读书的时候，曾经好奇颜回用一个竹器盛饭，一个瓢盛水，住在简陋的小巷里，别人都忍受不了这种清贫，而颜回却能在清苦环境中怡然自乐。我私下认为即使不想从政做官，那么至少也应该做点看门打更的小差事，这样也可以自己养活自己，而且对学习也没有妨碍，何至于困窘受辱清苦到如此地步呢？可是当我来到筠州，每天为盐米这些琐事辛勤操劳，没有一天能够得到休息，虽然想抛弃尘俗的琐事，摆脱繁杂事务的束缚，回到那种能够修养自身道德品质的环境之中，但是每天都被繁杂的事务阻碍而不得不滞留其中。从这以后才知道颜回之所以甘心贫贱，不肯谋求一斗一升的俸禄来养活自己的原因，实在是因为这样的处境对学习是有害的缘故啊。

唉！读书人在他还没有最高理想境界的时候，沉醉在权势利益之中，就会把财帛子女看得很重，并以此为乐趣。等到他按着正理而寻求人生的最高理想的时候，就能摆脱虚华而追求真正的人生。那时就会内敛从容，做事得心应手，连天地的大小、人的生死都会淡然处之，何况其他事情呢？所以那种乐趣，足够对穷困饥饿的处境漠视不顾，毫无怨言，即使让他南面称王他也不会接受的，大概品德不高尚的人是不会达到这种境界的。我正以诚挚的心情奔走于磨掉棱角、洗涤污秽的途中，仰慕圣人贤者的各种品德，希望能达到先贤们的万分之一，可是我看到了自己的不足之处，而希望达到颜回那样忧道不忧贫的快乐，应该达不到那样的境界吧！至于孔子周行列国游说，最高的官职是做了鲁司寇，最低的时候还做过乘田、委吏，只要他接触的官职，他都能做好，他所做的都是圣人能做到的事情，不是我们这些平常学者能够办到的。

【原文】

余既以谴来此，虽知桎梏之害而势不得去[①]。独幸岁月之久，世或哀而怜之，使得归伏田里，治先人之敝庐，为环堵之室而居之[②]，然后追求颜氏之乐，怀思东轩，优游以忘其老。然而非所敢望也。

元丰三年十二月初八日，眉阳苏辙记。

【注释】

①桎梏（zhì gù）：束缚，压制。

②环堵：四面为墙，屋里空空。

【译文】

我已经因为被贬谪而来到这里，虽然知道受职事的束缚不能离开，只希望时候久了，世人或许能同情我，让我回归家乡田园，修缮先人留下的破败庭院，盖起简陋的房屋栖身，然后追求颜回安贫乐道的志趣，实现所向往的东轩之乐，优哉游哉，其乐无穷，以至于不知老之将至。然而这并不是我现在敢奢望的。

元丰三年十二月初八日，眉山苏辙记。

六国论

【原文】

愚读六国《世家》[①]，窃怪天下之诸侯[②]，以五倍之地，十倍之众，发愤西向，以攻山西千里之秦，而不免于灭亡。常为之深思远虑，以为必有可以自安之计，盖未尝不咎其当时之士虑患之疏[③]，而见利之浅，且不知天下之势也。

夫秦之所与诸侯争天下者，不在齐、楚、燕、赵也，而在韩、魏。秦之有韩、魏，譬如人之有腹心之疾也。韩、魏塞秦之冲[④]，而弊山东之诸侯，故夫天下之所重者，莫如韩、魏也。昔者范雎用于秦而收韩，商鞅用于秦而收魏，昭王未得韩、魏之心，而出兵以攻齐之刚、寿，而范雎以为忧。然则秦之所忌者，可以见矣。

【注释】

①六国：齐、楚、燕、赵、韩、魏。世家：《史记》记述诸侯王的传记称为世家（农民起义领袖陈涉、儒家创始人孔丘也被列入世家，此属例外）。“六国世家”，即六国诸侯王的传记。

②窃：私下。

③咎：怪罪。

④塞：阻塞，挡住。冲：军事要道。

【译文】

我读《史记》中六国世家的故事时，私下里感到奇怪的是：全天下的诸侯，凭着比秦国大五倍的土地，十倍于秦国的军队，联合一起全力向西攻打崤山西边方圆千里的秦国，最后竟然不能免于灭亡。我常常因这件事陷入深深思索与忧虑当中，认为一定有可以使它们能够保全自己的计策；因此我未尝不责怪那时候的一些谋臣，在考虑忧患时是这般的粗略，谋求利益时又是那么的短浅，而且不能洞察天下的情势啊！

秦国要和诸侯争夺天下的区域，不是放在齐、楚、燕、赵等地区，而是放在韩、魏的边境上；诸侯要和秦国争夺天下的目标，也不是放在齐、楚、燕、赵等地区，而是放在韩、魏的边境上。对秦国来说，韩、魏的存在，就好比人有心腹之患；韩、魏两国阻碍了秦国出入的军事要道，却掩护着崤山东边的所有国家，所以全天下特别看重的地区，再也没有能比得上韩、魏这两个国家了。从前范雎在秦国受到重用时，就征服了韩国，商鞅在秦国受到重用时，就征服了魏国。秦昭王在还没获得韩、魏的归顺以前，却出兵去攻打齐国的刚、寿一带，范雎把这认为是值得担忧的事情。既然这样，那么秦国所顾忌和担心的事情，就可以看得出来了。

【原文】

秦之用兵于燕、赵，秦之危事也。越韩过魏，而攻人之国都，燕、赵拒之于前，而韩、魏乘之于后[①]，此危道也。而秦之攻燕、赵，未尝有韩、魏之

忧，则韩、魏之附秦故也。夫韩、魏，诸侯之障，而使秦人得出入于其间，此岂知天下之势邪！委区区之韩、魏，以当强虎狼之秦，彼安得不折而入于秦哉？韩、魏折而入于秦，然后秦人得通其兵于东诸侯[②]，而使天下遍受其祸。

夫韩、魏不能独当秦，而天下之诸侯，藉之以蔽其西，故莫如厚韩亲魏以摈秦[③]。秦人不敢逾韩、魏以窥齐、楚、燕、赵之国，而齐、楚、燕、赵之国，因得以自完于其间矣。以四无事之国，佐当寇之韩、魏，使韩、魏无东顾之忧，而为天下出身以当秦兵；以二国委秦，而四国休息于内，以阴助其急[④]，若此可以应夫无穷，彼秦者将何为哉！不知出此，而乃贪疆埸尺寸之利[⑤]，背盟败约，以自相屠灭，秦兵未出，而天下诸侯已自困矣。至使秦人得间其隙以取其国，可不悲哉！

【注释】

①乘：乘势进攻。

②东诸侯：山东的各诸侯国，这里指齐、楚、燕、赵。

③摈（bìn）：排除。

④阴助：暗中帮助。

⑤疆埸（yì）：边界。

【译文】

秦国要对燕、赵两国动兵，这对秦国来说是危险的事情；越过韩、魏两国去攻打人家的国都，燕、赵两国就一定会在前面进行抵抗，而韩、魏两国就会从后面偷袭它，这是危险的用兵之道。可是当秦国去攻打燕、赵时，却不曾对韩、魏两国有所顾虑，就是因为韩、魏早已经归附了秦国的缘故啊。韩、魏是诸侯各国的屏障，却让秦国的军队能够在他们的国境内自由出入，这难道是了解天下的情势吗？放弃小小的韩、魏两国，让它们去抵挡像虎狼一般强横的秦国，它们怎能不屈服而归附秦国呢？韩、魏一屈服而归向秦国，从此以后秦国人就可以无所阻挡地出动军队直达东边各诸侯国，从而使天下各国都受到秦国欲统天下之祸了。

韩、魏两国是不能单独抵挡秦国的，可是全天下的诸侯，却必须靠着他们这个地势屏障去隔开西边的秦国，所以不如团结韩、魏来抵御秦国。秦国人就不敢跨越韩、魏，来图谋齐、楚、燕、赵四国，然后齐、楚、燕、赵四国，也就可以在它们的领域内保全自己的国家了。凭借这四个没有战事的国家，协助面临强敌威胁的韩、魏两国，使韩、魏没有防备东边各国侵扰的忧虑，替全天下挺身而出来抵挡秦兵；用韩、魏两国在前方对付强大的秦国，其余四国在后方休生养息，来暗中帮助韩魏两国的危难，像这样就可以应付一切危机，那秦国还能有什么作为呢？诸侯们不知道出此良策，却只贪图边境的微小利益，违背盟誓、毁弃约定，以至于自相残杀。秦国的大军尚未出动，天下的诸侯各国就已经把自己困住。致使秦国军队能够趁虚而入，一举吞并了他们的国家，能不令人悲痛吗！

武昌九曲亭记

【原文】

子瞻迁于齐安[①]，庐于江上。齐安无名山，而江之南武昌诸山，陂陁蔓延[②]，涧谷深密，中有浮图精舍[③]，西曰西山，东曰寒溪，依山临壑，隐蔽松枥，萧然绝俗，车马之迹不至。每风止日出，江水伏息，子瞻杖策载酒，乘渔舟乱流而南。山中有二三子[4]，好客而喜游。闻子瞻至，幅巾迎笑[5]，相携徜徉而上。穷山之深，力极而息，扫叶席草，酌酒相劳。意适忘反，往往留宿于山上。以此居齐安三年，不知其久也。

然将适西山，行于松柏之间，羊肠九曲而获少平。游者至此必息，倚怪石，荫茂木，俯视大江，仰瞻陵阜[6]，旁瞩溪谷，风云变化，林麓向背，皆效于左右[7]。有废亭焉，其遗址甚狭，不足以席众客。其旁古木数十，其大皆百围千尺，不可加以斤斧[8]。子瞻每至其下，辄睥睨终日[9]。一旦大风雷雨，拔去其一，斥其所据[10]，亭得以广。子瞻与客入山视之，笑曰："兹欲以成吾亭邪？"遂相与营之。亭成而西山之胜始具。子瞻于是最乐。

【注释】

①子瞻：苏轼的字。齐安：古郡名，即黄州，今湖北黄冈。公元1080年（宋神宗元丰三年），苏轼因有人告发他作诗文讪谤朝廷，被贬往黄州，充黄州团练副使。

②陂陁（pō tuó）：不平坦。

③精舍：佛寺。

④二三子：指若干青年儒生。语出《论语》，是孔子对他的学生们的一种称呼。

⑤幅巾：不着冠，但以幅巾束首。

⑥陵阜：高山。

⑦效：呈现。

⑧斤：这里指斧子一类的工具。

⑨睥睨（pì nì）：侧目斜视，有所打算。

⑩斥：开拓。

【译文】

子瞻被贬到齐安后，就在长江边上修建了一座房子安顿下来。齐安没有什么出名的山，但长江南岸武昌的群山，高低起伏，连绵不断，山谷幽深寂静，里面有佛塔寺庙僧舍，西边的叫西山寺，东边的叫寒溪寺。它们背靠山梁，面对山沟，隐蔽在茂密的松树中，寂寞清静，与世隔绝，见不到车马的喧嚣和来人的足迹。每当风停了，太阳出来的时候，江面波平浪静，子瞻就拄着拐杖，带着美酒，乘坐渔船，穿过滚滚江水，直奔南山而来。山中有几个年轻儒生，都很热情好客，喜爱游山玩水。听说子瞻到来，都裹着头巾，欢笑着迎上来，然后他们携手同行，绕着小路而上，一直走到深山的尽头，大家都筋疲力尽了，才停下歇息，扫去落叶，坐在草地上，彼此举起酒杯，互相问候，玩到心情舒适时，竟忘记了回去，就往往留在山上夜宿。因为过着这样惬意的生活，子瞻就这样在齐安住了三年，都不觉得时间过得很快。

然而将往西山去时，就要从长着松树柏树的林子间经过，走过弯弯曲曲的羊肠山路，才会见到稍微平坦的地方，游览者到这里一定会在此休息一会儿。人们倚靠在嶙峋怪石上玩赏，躲在茂密林荫下乘凉，向下可俯视滚滚长江，向上可仰望巍峨的高山，旁边可扫视小溪幽谷，风云变化无常，树林山脚正面、反面的种种景象，都在人们身边呈现出来。平地上有一座破旧的亭子，它的遗址非常狭小，不能容纳许多游客。亭子旁有几十棵古木，似都有百围之大、千尺之高，不能够用刀斧来砍伐。子瞻每次一到树下，总要久久地观赏。一天，来了一阵暴风雷雨，其中一棵古木被连根拔倒，子瞻趁机将那老树倒下的地方收拾平整，亭子的地基才得以扩大。子瞻与朋友们一同进山观看，相视而笑，说道："这大概是老天爷想成全我们重修亭台的事情吧？"于是大家一起重修了一座新亭子。亭子建成后，西山的胜景才算完备了。这便是子瞻如此高兴的原因啊。

【原文】

昔余少年，从子瞻游。有山可登，有水可浮，子瞻未始不褰裳先之[①]。有不得至，为之怅然移日[②]。至其翩然独往，逍遥泉石之上，撷林卉[③]，拾涧实，酌水而饮之，见者以为仙也。盖天下之乐无穷，而以适意为悦[④]。方其得意，万物无以易之。及其既厌，未有不洒然自笑者也。譬之饮食，杂陈于前，要之一饱，而同委于臭腐。夫孰知得失之所在？惟其无愧于中，无责于外，而姑寓焉[⑤]。此子瞻之所以有乐于是也。

【注释】

①褰（qiān）裳：提起衣服。先之：走在前面。

②移日：连续好几天。

③撷（xié）：摘取。

④适意：合乎自己的心意，表示自得其乐。

⑤寓：寄托。

【译文】

在我年少的时候，常跟随着子瞻游览各地。遇山就登山，遇水就泛舟，子瞻每次总是欢快地提起衣服走在我的前面。有不能到达的地方，不能尽兴，子瞻就会因此而连续好几天不高兴。有时他兴致勃勃地一个人出游，悠闲自在地在泉边的岩石上游赏风景，采摘着树林中的山花野草，拾取坠落在山沟中的果子，从溪中舀起清澈的泉水来喝，看到他这样悠然自得的人，往往把他当成探访凡间的神仙。天下的欢乐无穷无尽，而以使自己心情无比畅快的事最叫人喜爱。而当他称心如意的时候，觉得万事万物都不能换取这种快乐。到了他兴尽的时候，又没有一次不自嘲太过洒脱的。好比喝酒吃饭，五花八门的菜肴摆在面前，总之是为了一饱肚腹，而吃下去后，那些食物同样变成了腐臭的东西，有谁还会去管哪道菜对人有益，哪道菜又是对人有害呢？只要心中不觉得惭愧，外面不受到人家的指责，就不妨把心思寄托在这山林之间吧。这就是子瞻在这里感到快乐的原因。

上枢密韩太尉书

【原文】

太尉执事[①]：辙生好为文，思之至深。以为文者，气之所形，然文不可以学而能，气可以养而致。孟子曰："我善养吾浩然之气。"今观其文章，宽厚宏博，充乎天地之间，称其气之小大。太史公行天下[②]，周览四海名山大川[③]，与燕、赵间豪俊交游，故其文疏荡，颇有奇气[④]。此二子者，岂尝执笔学为如此之文哉？其气充乎其中而溢乎其貌，动乎其言而见乎其文，而不自知也。

辙生十有九年矣。其居家所与游者，不过其邻里乡党之人；所见不过数百里之间，无高山大野可登览以自广。百氏之书，虽无所不读，然皆古人之陈迹，不足以激发其志气。恐遂汩没，故决然舍去，求天下奇闻壮观，以知天地之广大。过秦、汉之故都，恣观终南、嵩、华之高[⑤]，北顾黄河之奔流，慨然想见古之豪杰。至京师，仰观天子宫阙之壮，与仓廪[⑥]、府库、城池、苑囿之富且大也[⑦]，而后知天下之巨丽。见翰林欧阳公，听其议论之宏辩，观其容貌之秀伟，与其门人贤士大夫游，而后知天下之文章聚乎此也。太尉以才略冠天下，天下之所恃以无忧，四夷之所惮以不敢发，入则周公、召公，出则方叔[⑧]、召虎[⑨]。而辙也未之见焉。

【注释】

①太尉执事：太尉侍从。太尉：秦、汉时官名，掌兵权。

②太史公：指汉代的司马迁，曾任太史令。

③周览：饱览。

④奇气：奇特的气概。

⑤恣（zì）观：尽情地观赏。

⑥仓廪（lǐn）：粮仓。

⑦苑囿（yuàn yòu）：猎苑。

⑧方叔：指西周周宣王时卿士。

⑨召（shào）虎：指召穆公。中国周朝诸侯国召国君主之一。

【译文】

太尉执事：我生性喜好做文章，对此感悟很深。我认为文章是作者气的外在体现，然而文章不是单靠学习就能写好的，气可以通过培养而得到。孟子说："我善于培养我的浩然正气。"现在看他的文章，宽大厚重、宏伟博大，充满天地之间，同他气的大小相称。司马迁走遍天下，游遍四海之内名山大川，与燕、赵之间的英豪俊杰交友，所以他的文章疏放不羁，颇有奇伟的气概。这两个人，难道曾经执笔学写这种文章吗？这是因为他们的气质充满在内心而溢露到外表，发于言语而表现在文章之中，而自己却并没有觉察到。

苏辙我出生已经十九年了。我在家乡所交往的，不过是邻居同乡这一类人；所看到的，不过是几百里之内的景物，没有高山旷野可以登临观览，以开阔自己的心胸。诸子百家的书，虽然无所不读，但是都是古人过去的东西，不能激发我的志气。我担心就此而被埋没，所以毅然离开了家乡，去寻求天下的奇闻壮景，以便了解天地的广大。我经过秦朝、汉朝的故都，尽情观览终南山、嵩山、华山的高峻，向北眺望黄河奔腾的急流，不禁深有感慨地想起了古代的英雄豪杰。到了京城，抬头看到皇帝宫殿的壮丽，以及粮仓、府库、城池、苑囿的富庶与巨大，这才知道天下的广阔富丽。见到翰林学士欧阳公，聆听了他宏大雄辩的言辞，看到了他清秀俊朗的容貌，同他的贤士门生以及士大夫交游，这才知道天下间的好文章都汇聚在这里。太尉以雄才大略称冠天下，全国的人依靠您而平安无忧，四方异族惧怕您而不敢入侵，在朝廷之内像周公、召公一样辅君有方，领兵出征像方叔、召虎一样御敌立功。可是我至今还未曾见到您呢。

【原文】

且夫人之学也，不志其大，虽多而何为？辙之来也，于山见终南、嵩、华之高，于水见黄河之大且深，于人见欧阳公[①]，而犹以为未见太尉也。故愿得观贤人之光耀[②]，闻一言以自壮，然后可以尽天下之大观而无憾者矣。

辙年少，未能通习吏事。向之来，非有取于斗升之禄，偶然得之，非其所乐。然幸得赐归待选，使得优游数年之间，将归益治其文，且学为政。太尉苟以为可教而辱教之，又幸矣！

【注释】

①欧阳公：指欧阳修（1007—1072 年），字永叔，号醉翁，又号六一居士。

②光耀（yào）：风采。

【译文】

且说一个人求学问，如果不立志于学习那最伟大的，即使学了很多又有什么用呢？自从我走出故乡来到京城，对于山，看到了终南山、嵩山、华山的高峻；对于水，看到了黄河的深广与深邃；对于人，看到了欧阳公；可是仍以没有拜谒过您而为一件憾事。所以希望能够一睹贤人的风采，就是听到您的一句话也足以激发我的雄心壮志，然后再去看尽天下的壮观而不会再有什么遗憾了。

我还很年轻，还没能够通晓做官的事情。来京应试的初衷，并不是为了谋取微薄的俸禄，偶然得到为官差事，也不是自己所喜欢的。然而有幸得到恩赐还乡，等待吏部的选用，使我能够有几年空闲的时间，将用来更好地研习文章，并且学习从政之道。太尉假如认为我还可以教诲，而屈尊教导我的话，那我就更感到幸运了。

上昭文富丞相书

【原文】

辙西蜀之人，行年二十有二，幸得天子一命之爵，饥寒穷困之忧不至于心，其身又无力役劳苦之患，其所任职不过簿书米盐之间，而且未获从事以

得自尽。方其闲居，不胜思虑之多，不忍自弃，以为天子宽惠与天下无所忌讳，而辙不于其强壮闲暇之时早有所发明以自致其志，而复何事？恭惟天子设制策之科，将以待天下豪俊魁垒之人①。是以辙不自量，而自与于此。盖天下之事，上自三王以来以至于今世，其所论述亦已略备矣，而犹有所不释于心。夫古之帝王，岂必多才而自为之？为之有要，而居之有道。是故以汉高皇帝之恢廓慢易，而足以吞项氏之强；汉文皇帝之宽厚长者，而足以服天下之奸诈。何者？任人而人为之用也，是以不劳而功成。至于武帝，材力有余，聪明睿智过于高、文，然而施之天下，时有所折而不遂。何者？不委之人而自为用也。由此观之，则夫天子之责亦在任人而已。

【注释】

①魁垒：形容高超突出。

【译文】

我是川西人，今年已经二十二岁，很幸运地得到一个皇帝任命的官职，心中不会再担忧饥饿穷困，我的身体也没有劳役的折磨，我所需要做的只不过是处理一些简簿的公文和柴米油盐的事情，并且没有得到实职来发挥自己的全部才能。在自己的居室里很悠闲，难以承受的思虑太多，又不忍放弃自己。我认为天子非常宽厚仁德，对天下人的言论没有什么忌讳，而我如果不趁着自己身体强壮并且有空闲的时间来早点实现自己的志向，还能有什么别的事可做呢？恭敬地想到了天子设立制科，是要以此选拔天下才俊高超之人。所以我尝试着不自量力地参加这次考试。大概天下的事情，从远古到现在，人们的论述说辞大体已经完备了，但是仍然有一些让人无法释怀的。那些古代帝王，难道一定要博学多才，什么事情都要自己亲自去做吗？做事情要抓住要领，才能够更好地做好。因此，汉高祖宽宏傲慢却能够战胜强大的项羽；汉文帝有宽厚长者风度，却能够让天下奸诈的人信服顺从。为什么会这样呢？任用人才要知人善任，所以才能够不用事必躬亲却能让事情做得很好。到了汉武帝，国家财力都很丰富，聪明才智超过了汉高祖和汉文帝，然而用来治理天下，却经常遇到挫折而不能成功如愿。为什么会这样呢？不善于用人而凡事都要自己亲自去做的缘故啊。由此看来，天子主要的职责是用对人。

【原文】

窃惟当今天下之人，其所谓有才而可大用者，非明公而谁？推之公卿之间而最为有功[①]；列之士民之上而最为有德；播之夷狄之域而最为有勇[②]。是三者亦非明公而谁？而明公实为宰相，则夫吾君之所以为君之事，盖已毕矣。古之圣人，高拱无为，而望夫百世之后，以为明主贤君者，盖亦如是而可也。然而天下之未治，则果谁耶？下而求之郡县之吏，则曰："非我能。"上而求之朝廷百官，则曰："非我责。"明公之立于此也，其又将何辞？嗟夫，盖亦尝有以秦越人之事说明公者欤？昔者秦越人以医闻天下，天下之人皆以越人为命。越人不在，则有病而死者，莫不自以为吾病之非真病，而死之非真死也。他日，有病者焉，遇越人而属之曰："吾捐身以予子，子自为子之才治之，而无为我治之也。"越人曰："嗟夫，难哉！夫子之病，虽不至于死，而难以愈。急治之，则伤子之四支；而缓治之，则劳苦而不肯去。吾非不能去也，而畏是二者。夫伤子之四支，而后可以除子之病，则天下以我为不工；而病之不去，则天下以我为非医。此二者，所以交战于吾心而不释也。"既而见其人，其人曰："夫子则知医之医，而未知非医之医欤？今夫非医之医者，有所冒行而不顾，是以能应变于无穷。今子守法密微而用意于万全者，则是子犹知医之医而已。”天下之事，急之则丧，缓之则得，而过缓则无及。

【注释】

①“推之”一句:《宋史·富弼传》:仁宗“锐以太平责成宰辅，数下诏督弼与范仲淹等”。“弼为相，守典故，行故事，而傅以公议，无容心于其间。当是时，百官任职，天下无事。”

②播之夷狄之域:《宋史·富弼传》:契丹屯兵境上以求地。“朝廷择报聘者，皆以其情叵测，莫敢行，夷简因是荐弼。”欧阳修引颜真卿被李希烈所杀的故事，请求留之。而“弼即入对，叩头曰:‘主忧臣辱，臣不敢爱其死。’帝为之动色”。

【译文】

我看当今天下的人，那些所谓的有才能而可以任用的人，除了您还能有谁呢？推举公卿之间功劳最大的，在士民之上而又德望最高，声名远播在异族他国中而又最无畏的，这三种人不是阁下又是谁呢？而您已官居宰相，那么我们的君王之所以成为君王，就很完美了。古代的帝王能够无为而治，希望百代之后作为明主贤君之人，能够做到这样就行了。然而天下没有治理好，又是谁的责任呢？向下问询郡县的官吏，他们会说:“不是我所能做到的。”到上面的朝廷百官中去找，他们则说:“不是我们的责任。”您身居要职，怎么能够推辞呢？哎呀！恐怕是有人曾经用秦越人的事情向您进言吧？从前，秦越人凭借医术闻名天下，天下人把秦越人看成是生命所系。秦越人不在，那么病死的人就认为自己的病不是真病，死也不是真死。有一天，一个病人遇到秦越人，就对他说:“我把身体交给你，你只需要为了展示你的才能而诊治它，不要为了我而来治疗它。”秦越人说:“哎呀，这很难办，你的病虽然不至于死，但是，要想完全治愈也很困难。如果用药过猛，就会伤及你的四肢，如果用药太过迟缓，那你的病就不好根除。我不是不能治疗，而是怕出现上述两种情况。如果以伤害你的肢体方式治疗你的疾病，那么天下人就会以为我的医术不精湛；但是如果用药缓慢而使你的病根无法去除，那么天下人就会认为我不配当医生。这两种说法一直在我心里争斗而无法释怀。”后来又见到那个人，那个人说："您只知道医生的医道，却不知道不是医生的医道吧？如今那些不是医生的医生，敢于冒险而无所顾忌，所以能够应付无穷的变化。如今你在疾病面前严格遵守法则，只注重追求万无一失，你所知道的医术只是医生的医术罢了。"天下的事情就是这样，急于成功往往会失败，如果从容去做，往往能够成功。但是，如果过分拖沓就会失去机会而无法办到。

【原文】

孔子曰："道之难行也，我知之矣。知者过之，不肖者不及也。"夫天下患于不知，而又有知而过之者，则是道之果难行也。昔者，世之贤人，患夫世之爱其爵禄，而不忍以其身尝试于艰难也。故其上之人，奋不顾身以搏天下之公利而忘其私；在下者亦不敢自爱，叫号纷[①]呶，以攻讦其上之短[②]。是二者可谓贤于天下之士矣，而犹未免为不知。何者？不知自安其身之为安天下之人，自重其发之为重君子之势，而轻用之于寻常之事，则是犹匹夫之亮耳。伏自明公执政，于今五年，天下不闻慷慨激烈之名，而日闻敦厚之声。意者明公其知之矣，而犹有越人之病也。

辙读《三国志》，尝见曹公与袁绍相持久而不决，以问贾诩，诩曰："公明胜绍，勇胜绍，用人胜绍，决机胜绍。绍兵百倍于公，公画地而与之相守，半年而绍不得战，则公之胜形已可见矣。而久不决，意者顾万全之过耳。"夫事有不同，而其意相似。今天下之所以仰首而望明公者，岂亦此之故欤？明公其略思其说，当有以解天下之望者。不宣[③]。辙再拜。

【注释】

①纷：纷杂，争吵。

②攻讦（jié）：揭发他人的过失或隐私而加以攻击。《北齐书·刘贵传》："刘贵性峭直，攻讦无所回避。"

③不宣：古代的书信末尾常用语，此处译为不用一一细说。

【译文】

孔子说："中庸之道难以实行，我早就知道。聪明人往往超过界限，而愚笨的人却又达不到要求。"天下的事情既怕没人明白，也怕过度明白的人，所

以中庸之道的确难以实行。古代的贤能之人，忧虑吝惜世间的官俸爵位，所以不肯用自己的身体去尝试艰难。因此高高在上的人奋不顾身为天下人谋取公利，忘掉了自己的私利；下面的人也不顾惜自己的私利，敢于言论，以揭发上面的人的不足之处。这两种人可以说是比天下人都贤明，却还不免做了不聪明的人。为什么会这样呢？不明白让自己安全是为了天下人安全的道理，对自己的举动要慎重，是为了尊重君子的权势，但是把这种慎重普遍化，那是普通人的见识罢了。从阁下执管朝廷政务，到现在已经有五年的光景了，天下听不到慷慨激昂的陈词，却听到赞誉您淳朴厚道的名声。想来阁下还是知道的，看来您还是有秦越人身上的缺点啊。

我读《三国志》时，记得曾看见过曹操和袁绍相对峙，久久不能决断胜负，曹操就问贾诩，贾诩说："您的聪明才智远远高于袁绍，胆识也超过了他，在知人善用方面也比他强，当机立断的魄力也超过了他。虽然袁绍的兵力百倍于您，您与他画地而守，现已历经半年时间，袁绍却不能取胜，那么您取胜的形势已经比较清晰明了了。您久而不决，那是因为主公您太过于考虑万无一失的过错罢了。”这两件事情虽然不一样，但是道理却相同。如今天下人寄希望于您，难道不是这个缘故吗？阁下您只要稍稍考虑一下我上面的言辞，就应该明白天下人希望您所要做的事情。在此就不一一细说了。苏辙再次敬拜。

上刘长安书

【原文】

辙闻之，物之所受于天者异，则其自处必高，自处既高，则必趯然有所不合于世俗[①]。盖猛虎处于深山，向风长鸣，则百兽震恐而不敢出。松柏生于高冈，散柯布弃而草木为之不殖[②]。非吾则尔拒，而尔则不吾抗也。故夫才不同则无朋[③]，而势远绝则失众。才高者身之累也，势异者众之弃也。

【注释】

①趯（yuè）然：形容超然、高超出俗的样子。趯：古通“跃”。

②散柯布弃：指枝叶茂盛。

③无朋：指没有同类。

【译文】

我听说，秉受上天的特殊恩赐的事物，他则会自恃比周边的事物高洁；因为自我感觉比别人都略高一筹，就必然会显露与世俗不相融合而超凡出俗的样子。猛虎生活在深山中，就算是对着风长啸，那么百兽也会吓得不敢出来；松柏长在高高的山冈之上，枝叶茂盛，那些低矮的草木却因为它的遮挡而不能繁衍。和你不是一类人的你就拒绝相处，但是你却不拒绝我。因此，才情不一样就不能成为同类，而疏远隔绝就会脱离众人。才气高就会累身，气势特殊就会被众人所离弃。

【原文】

昔者伯夷、叔齐已尝试之矣，与其乡人立，以其冠之不正也，舍而去之。夫以其冠之不正也，舍之而去，则天下无乃无可与共处者耶[①]？举天下而无可与共处，则是其势岂可以久也？苟其势不可以久，则吾无乃亦将病之？与其病而后反也，不若其素与之之为善也[②]。伯夷、叔齐惟其往而不反，是以为天下之弃人也。以伯夷之不吾屑而弃伯夷者，是固天下之罪矣。而以吾之洁清而不屑天下，是伯夷亦有过耳。

【注释】

①无乃：表委婉推测语气，相当于“大概”。

②善：友好，和睦相处。

【译文】

从前的伯夷、叔齐已经这样试验过了，同一个乡下人站在一起，因为乡下人帽子戴得歪斜，他们便舍弃而离开。只是因为那人的帽子不正，就转身离开，那么天下还怎么有能和他一起相处的人呢？全天下的人都不愿意和他共处，那么他的势怎么会长久呢？如果他的这种势不能长久，那么我怎能不对这种势表示担忧呢？与其等到势成错之后再去改变，不如现在就用一颗平常心与别人和睦相处。伯夷、叔齐只是一味坚持势孤，到最后而不知道改变他们自己，所以才因此而被天下人所遗弃。因为伯夷与众人不一样就把伯夷孤立抛弃，是天下人的不对，但是只顾及自己的高洁而不屑与众人为伍，却是伯夷的不对了。

【原文】

古语有之曰：“大辩若讷，大巧若拙。”何者？惧天下之以吾辩而以辩乘我，以吾巧而以巧困我。故以拙养巧，以讷养辩，此又非独善保身也，亦将以使天下之不吾忌，而其道可长久也。今夫天下之士，辙已略观之矣：于此有所不足，则于彼有所长；于此有所蔽，则于彼有所见，其势然矣。

仄闻执事之风，明俊雄辩，天下无有敌者。而高亮刚果，士之进于前者，莫不振栗而自失[①]；退而仰望才业之辉光，莫不逡巡而自愧[②]。盖天下之士已大服矣，而辙愿执事有以少下之，使天下乐进于前而无恐，而辙亦得进见左右，以听议论之末。幸甚幸甚。

【注释】

①振栗：指颤抖。

②逡巡（qūn xún）：形容迟疑不敢向前的样子。

【译文】

古语说："真正能言善辩的人看起来很木讷，真正精明灵巧的人看起来很笨拙。"为什么呢？害怕天下人因为我的善辩而用我的辩才辩倒我自己，因为我的机巧而用自己的机巧来困住自己。所以要用笨拙来包容巧智，用木讷来包涵巧辩。这并不仅仅是独善其身，也是为了不让天下人妒忌，是长久之道。如今的天下之士，我已经粗略地观察了一遍，这方面有所不足，那方面就有所擅长；这方面被有所遮掩了，另一方面就会彰显，这种势头是必然的了。

听说您处理事务明慧俊逸，词锋不可犯，天下没有能够和您抗衡的。而您的高风亮节、刚毅果决，那些想接近您的士人，都会因为与您相比看到自身的缺点而颤抖；那些士人们退其后而仰望您高深才学造诣的光芒，都会因为自我惭愧而迟疑着不敢靠近您。差不多天下的士人都很敬重、钦佩您了，我希望您能够礼待别人，使天下士人愿意接近您而不会感到惶恐不安，那么我也就有机会拜到您的门下，以能听您的谈议论说。那将是多么荣幸啊！

孟德传

【原文】

孟德者，神勇之退卒也[1]。少而好山林，既为兵，不获如志。嘉祐中，戍秦中，秦中多名山，德出其妻，以其子与人，而逃至华山下，以其衣易一刀十饼，携以入山，自念："吾禁军也，今至此，擒亦死，无食亦死，遇虎狼毒蛇亦死，此三死者，吾不复恤矣。"惟山之深者往焉，食其饼既尽，取草根木实食之。一日十病十愈，吐利胀懑，无所不至[2]。既数月，安之如食五谷，以此入山二年而不饥。然遇猛兽者数矣，亦辄不死[3]。德之言曰："凡猛兽类能识人气，未至百步，辄伏而号，其声震山谷。德以不顾死，未尝为动。须臾，奋跃如将搏焉，不至十数步，则止而坐，逡巡弭耳而去[4]，试之前后如一。"

【注释】

①神勇：这里指禁军的一个兵营名。

②利：同"痢"，这里指患了痢疾。

③辄：总是。

④弭耳：这里是形容动物被驯服。

【译文】

孟德曾经是禁军神勇营的逃兵。他年少的时候很喜欢山林，既然入了军营，也就不能实现"好山林"的愿望。在宋仁宗嘉祐年间，他守卫秦中，陕西关中这个地方有很多名山。孟德休掉妻子，把他的儿子送给了别人，逃奔到华山脚下，用身上的衣服交换到了十块饼和一把刀，就这样进山了。他心里想："我是一名禁军，现在从军营中逃跑到了这里，万一被捉住了要被处死，要不就会被活活饿死，万一遇到虎狼毒蛇还是要死。对于这三种都是死，我没有什么可顾虑的。"只管向山上走吧，他把饼吃完了以后，就靠野草和野果充饥。一天当中几乎能生病十次，但又能奇异地自己就好了，呕吐、下痢、腹胀、胸闷，种种病痛没有不遇上的。就这样过了几个月，他吃这些东西就像吃五谷杂粮一样安全了，因此进山两年没有被饿死，遇上很多次猛兽也幸免于难。孟德说："只要是猛兽，都能认出人的气息。离人还有百步，就伏在地上嚎叫，声音响彻山谷。我因为不再顾虑生死，所以从来不被它们所惊吓逃跑。过了一会儿，只见猛兽奋力跃起想要跟我搏斗，可就在离我只差十几步时，就又不向前而蹲坐在那里，然后徘徊一会儿便俯首帖耳地走了，试了几次，都是一样。”

【原文】

后至商州，不知其商州也，为候者所执。德自分死矣。知商州宋孝孙谓之曰：“吾视汝非恶人也，类有道者。”德具道本末，乃使为自告者，置之秦州[①]。张公安道适知秦州，德称病，得除兵籍为民，至今往来诸山中，亦无他异能。

夫孟德可谓有道者也。世之君子皆有所顾，故有所慕，有所畏。慕与畏交于胸中，未必用也，而其色见于面颜，人望而知之。故弱者见侮，强者见笑，未有特立于世者也。今孟德其中无所顾，其浩然之气，发越于外，不自见而物见之矣。推此道也[②]，虽列于天地可也，曾何猛兽之足道哉？

【注释】

①自告者：自首的人。

②推：推广。

【译文】

后来孟德到达商州，他却不知道这里就是商州，被巡查的兵士抓住，他自认为这次肯定必死无疑了。商州知府宋孝孙对他说：“我不认为你是坏人，而像是有道德的人。”孟德便把自己的经历全部对他说了，宋孝孙就把他当作是自首的人，并将他安置在秦州。张安道恰巧在秦州当知府，孟德谎称有病，才得以解除兵役。他至今仍在各山中往来，没看出有什么特别的才能。

孟德真可谓是一个有道德的人啊。世上的君子都有自己的喜好，所以对有的事会仰慕，对有的事会畏惧；仰慕畏惧在内心纠结，虽然没有在行动中有所表现，但是脸上还是会流露出异常情绪，旁人一看就知道了。所以衰弱的人被侮辱，倔强的人被讥笑，没有一个人能做到超凡脱俗、独立于世。如今孟德心中没有顾虑，他的浩大刚正的气质焕发到身外，他自己没有觉察，众人却看见了。把这个道理推广开来，即使遇上天地并列也是可以通过的，那些猛兽又算得了什么呢？

吴氏浩然堂记

【原文】

新喻吴君，志学而工诗，家有山林之乐，隐居不仕，名其堂曰“浩然”，曰：“孟子，吾师也，其称曰：‘我善养吾浩然之气[1]。’吾窃喜焉[2]，而不知其说[3]，请为我言其故。”

【注释】

①善：善于。浩然之气：刚正凛然的气节。

②窃：私下。

③不知其说：不知其中的道理。

【译文】

住在新喻的吴君，有志于求取学问，而且他的诗写得很好。他的家乡有山有林，因此他生活得悠然自得，享受田园之乐，过起了隐居的生活而不求做官，把家里的厅堂取名为“浩然”。吴君说：“孟子，是我的老师，他曾说：‘我善于蓄养我的浩然之气。’我私下里很喜欢这句话，但是不明白这句话的意思，请您为我讲一讲孟子这样说的缘故。”

【原文】

余应之曰：“子居于江，亦尝观于江乎？秋雨时至，沟浍盈满[1]，众水既发[2]，合而为一。汪涉淫溢[3]，充塞坑谷。然后滂洋东流[4]，蔑洲渚[5]，乘丘陵[6]，肆行而前，遇木而木折，触石而石陨，浩然物莫能支。子尝试考之，彼何以若此浩然也哉？今夫水无求于深，无意于行，得高而渟[7]，得下而流，忘己而因物，不为易勇，不为险怯。故其发也，浩然放乎四海。

“古之君子，平居以养其心，足乎内，无待乎外，其中潢漾，与天地相终始。止则物莫之测，行则物莫之御。富贵不能淫，贫贱不能忧。行乎夷狄患难而不屈，临乎死生得失而不惧，盖亦未有不浩然者也。故曰：‘其为气也，至大至刚，以直养而无害，则塞乎天地。’今余将登子之堂，举酒相属，击槁木而歌，徜徉乎万物之外，子信以为能浩然矣乎？”

元丰四年七月九日，眉山苏辙记。

【注释】

①浍（kuài）：田间水沟。

②发：出发，流淌。

③汪涉（huì）：深而广。淫溢：放纵，恣肆。

④滂洋：众多而广大。

⑤渚（zhǔ）：水中的小块陆地。

⑥乘：登，升。

⑦渟（tíng）：水积聚不流。

【译文】

我回答他说：“先生长年居住在江边，曾经观察过大江吗？秋雨每年都是按着季节的到来而降临，那时节，大大小小的河沟里的水就会被灌满，而后所有的水流都向前流去，汇合成一体。江水又深又广，充满了山谷。然后浩浩荡荡地向东流去，淹没了江中的沙洲，冲上了丘陵，肆无忌惮地向前奔流而去，遇到树木时，树木就会被折断，触及石头，石头就会掉落，气势浩大而没有什么东西可以抵挡它。先生您可曾试着考究过其中的缘由，它为什么能这样浩浩荡荡呢？其实，水不要求自己很深，也不想往前流动，遇到高的地方就积聚起来不往前流，遇到地势低的地方就往下流去，忘掉自己，而顺应着所遭遇的物体变化，不因为河道平坦而显示自己的勇猛，也不因为河道险阻而表现得胆怯。所以它浩浩荡荡地流到大海。

“古代的君子，平时注重蓄养自己的内心，使自己的内心充盈，不用依靠外物，心中充满了浩然之气，始终与天地之气融为一体。静止的时候没有人能猜测出他的内心，行动起来时没有人能够阻挡得了他。富贵不能使他迷失自己，贫贱不会使他忧虑颓废。陷入夷狄异族，就算遭遇磨难也不能使他屈服，面临生死得失不能使他恐惧，他的内心大概没有什么时候不充满浩然之气的。所以说：‘那种气，是最大最刚的，用正直的品德来涵养它，就会充满

天地。'今天我将到您的浩然堂，举杯向您敬酒，击打着桌子歌咏，精神徜徉于万物之外，您这回能明白什么是浩然之气了吗?"

元丰四年七月九日，眉山苏辙记。

南康直节堂记

【原文】

南康太守听事之东，有堂曰"直节"，朝请大夫徐君望圣之所作也。庭有八杉，长短巨细若一，直如引绳，高三寻，而后枝叶附之。岌然如揭太常之旗[①]，如建承露之茎；凛然如公卿大夫高冠长剑立于王廷，有不可犯之色。堂始为军六曹吏所居，杉之阴，府史之所蹲伏，而簿书之所填委[②]，莫知贵也。君见而怜之，作堂而以"直节"命焉。

夫物之生，未有不直者也。不幸而风雨挠之，岩石轧之，然后委曲随物，不能自保。虽竹箭之良，松柏之坚，皆不免于此。惟杉能遂其性，不扶而直，其生能傲冰雪，而死能利栋宇者与竹柏同，而以直过之。求之于人，盖所谓不待文王而兴者耶?

【注释】

①岌（jí）然：高耸的样子。

②填委：堆放。

【译文】

南康太守办公场所的东面，有一座厅堂叫"直节堂"，是朝请大夫徐望圣所建造的。庭院里有八棵高大的杉树，长短粗细一样，直得像墨线弹出来的一样，有三丈多高，在两丈多高处开始长有枝叶。这些树高耸的样子就像高兴起来随风舞动的太常旗，像承露盘的茎秆；那种凛然正气又像公卿大夫头戴高高的帽子、身上佩带长长的宝剑立在朝堂之上，有着神圣不可侵犯的神色。这里起初是南康军的各部门官吏住的地方，杉树的树荫底下，是书记们蹲伏在一起办公的地方，而一些簿册文书堆放在杉树旁边的角落，没有人知道这个地方有什么可贵之处。徐君看见本是不错的居所却如此凌乱不堪，心中很是爱惜，就带领小吏们把它改建成这座厅堂，而且命名为“直节”。

那些树木刚长出来的时候，没有不是直的。不幸经过风吹雨打而变得弯曲，或受到岩石的挤压，然后才随着外物的影响而变得弯曲各异，不能保全自己笔直的本性。即使像那些优质的竹箭，坚而挺拔的松柏，也都免不了这样。只有杉树能始终追求它的本性，不用人扶佑也能长得很直。活着能傲对冰雪，死后与竹箭和松柏一样，利用它可以做栋梁屋宇，但在躯干挺直这一点上又超过了竹箭和松柏。如果拿

杉的这种品格要求于人的话，那么，这种气质的人大概就是所谓“不等文王出现就会崛起”的豪杰之士吧！

【原文】

徐君温良泛爱，所居以循吏称[①]，不为皦察之政[②]，而行不失于直。观其所说，而其为人可得也。《诗》曰：“惟其有之，是以似之。”堂成，君以客饮于堂上。客醉而歌曰：“吾欲为曲，为曲必屈，曲可为乎[③]？吾欲为直，为直必折，直可为乎？有如此杉，特立不倚，散柯布叶，安而不危乎？清风吹衣，飞雪满庭，颜色不变，君来燕嬉乎！封植灌溉，剪伐不至，杉不自知，而人是依乎！庐山之民，升堂见杉，怀思其人，其无已乎？”歌阕而罢。

元丰八年正月十四，眉山苏辙记。

【注释】

①循吏：奉公守法。

②皦（jiǎo）察之政：皦：白，明亮。形容严明苛刻的政令。

③曲：弯曲，这里指品行不正的人。

【译文】

徐君的性格温和善良而且广施仁爱，在他任职的地方，向来以奉公守法而受人交口称赞。他不施行严明苛刻的政令，而且行事作风始终保持正直不阿。根据他所喜欢的和所说的话，就可知道他的为人了。《诗经》说：“君子有才能，所以能继承前人的事业。”直节堂建成之后，徐君与客人在堂上宴饮，一位客人醉醺醺地唱着歌说：“我想做个品行不正的人，可是品行不正的人必然要卑躬屈膝，如此啊如此，品行不正的人可以做吗？我想做个品行正直的人，做正直的人必然会受到挫折，这般啊这般，品行正直的人可以做吗？就像这丛杉树，高高耸立而不会倾斜，枝丫努力向上伸展，叶片繁茂，这样能安然而不危险吗？无论清风如何吹动衣襟，漫天飞雪怎样洒满庭院，杉树依然保持自身的颜色不改变，您来到树下像燕子一样快乐嬉戏吧！壅土培植灌溉杉树，而不如削砍修剪，杉树自己并不知如何去做，而要依靠爱树的人！

安居在庐山一带的百姓，登上直节堂见到了杉树，就会怀念起像杉树一样品行正直的人，这种怀念大概是永远不会休止的啊，而那样正直的人里会不会也有我们自己呢？”一曲歌终，宴会也就散了。

元丰八年正月十四日，眉山苏辙记。

曾巩篇

作者小传

曾巩（1019—1083 年）字子固，建昌南丰（今江西省南丰县）人，北宋政治家、散文家，唐宋八大家之一。

嘉祐四年（1059），任太平州司法参军。素来持政以明习律令、廉洁奉公、勤政爱民而闻名。

他的思想属儒学体系，赞同孔孟的哲学观点，强调“仁”和“致诚”。在学术思想和文学事业上贡献卓越，较重视兴教劝学，培养人才。著作有《元丰类稿》《隆平集》《外集》等。南宋理宗时，追谥为“文定”，世称“南丰先生”。后葬于南丰源头崇觉寺右。

墨池记

【原文】

临川之城东[①]，有地隐然而高[②]，以临于溪，曰新城。新城之上，有池洼然而方以长[③]，曰王羲之之墨池者。荀伯子《临川记》云也。羲之尝慕张芝[④]，临池学书，池水尽黑，此为其故迹，岂信然邪？方羲之之不可强以仕[⑤]，而尝极东方，出沧海，以娱其意于山水之间。岂有徜徉肆恣[⑥]，而又尝自休于此邪？羲之之书晚乃善，则其所能，盖亦以精力自致者，非天成也。然后世未有能及者，岂其学不如彼邪？则学固岂可以少哉！况欲深造道德者邪？

【注释】

①临川：宋朝的抚州临川郡（今江西省临川区）。

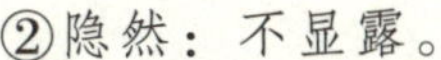

②隐然：不显露。

③洼然：低深的样子。

④张芝：东汉末年书法家，善草书，世称“草圣”。

⑤方羲之：方，当。羲之，王羲之，世称王右军，后人号为“书圣”。当时他与王述齐名，羲之任会稽内史，朝廷又命王述为扬州刺史，会稽属扬州，羲之耻位于王述下，便辞职隐居，誓不再仕。事见《晋书·王羲之传》。

⑥徜徉肆恣：尽情遨游，畅快地游览。

【译文】

临川郡城的东面，有一块不太显眼的高地，并且靠近溪流，叫作新城。新城上面，有个低洼的水池呈长方形，人们习惯把它称作王羲之墨池。这是荀伯子《临川记》里记载的。王羲之曾经特别仰慕东汉书法家张芝，就经常来到这个池水边练习书法，后来池水都被笔墨染黑了，这里作为他的遗迹，难道是真的吗？当正直的王羲之不愿与王述之流为伍而勉强为官时，曾经弃官游遍越东各地的名胜古迹，出游东海，在山水之间愉悦身心。莫非他在尽情游览时，曾在这里停留过？王羲之的书法，到晚年才特别精妙。那么他能达到这种境界，大概也是凭借精神和毅力而取得的，并不是天生的。然而后代没有能够赶上他的人，是后人学习的努力程度不如他吗？那么学习要扎实，努力怎么可以少呢！更何况那些想在道德修养上加深造诣的人呢？

【原文】

墨池之上，今为州学舍。教授王君盛恐其不章也[①]，书“晋王右军墨池”之六字于楹间以揭之[②]，又告于巩曰：“愿有记。”推王君之心，岂爱人之善，虽一能不以废[③]，而因以及乎其迹邪？其亦欲推其事，以勉学者邪？夫人之有一能，而使后人尚之如此，况仁人庄士之遗风余思，被于来世者何如哉！

庆历八年九月十二日，曾巩记。

【注释】

①教授：官名。宋朝在路学、府学、州学都置教授，主管学政和教育所属生员。章：同“彰”，彰显。

②楹间：指两柱子之间的上方一般挂匾额的地方。

③一能：一技之长，指王羲之的书法。

【译文】

墨池的旁边，现在是抚州州学的学堂，教授王先生很怕墨池的典故得不到彰显，于是写了“晋王右军墨池”六个字挂在屋前两柱之间展示，又对我说：“希望有一篇文章记录这些。”我猜测王先生的心意，莫不是源于喜爱别人的长处，即使是一技之长也不让它埋没，因而着重提及那是王羲之的遗迹吧？或者也是想推广王羲之临池苦学的事迹来勉励这里的学生吧？人有一技之长，就能使后人像这样尊重他，何况那些品德高尚、行为端庄的人遗留下来的美好风范，对于后人具有多么深远的影响啊！

庆历八年九月十二日，曾巩记。

赠黎安二生序

【原文】

赵郡苏轼[①]，予之同年友也[②]。自蜀以书至京师遗余[③]，称蜀之士曰黎生、安生者。既而黎生携其文数十万言，安生携其文亦数千言，辱以顾余[④]。读

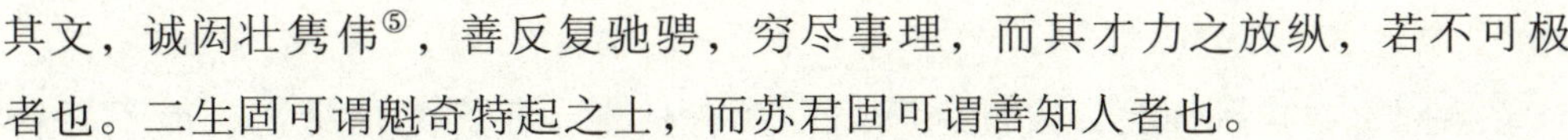

其文，诚闳壮隽伟[⑤]，善反复驰骋，穷尽事理，而其才力之放纵，若不可极者也。二生固可谓魁奇特起之士，而苏君固可谓善知人者也。

顷之[⑥]，黎生补江陵府司法参军，将行，请予言以为赠。余曰：“余之知生，既得之于心矣，乃将以言相求于外邪？”黎生曰：“生与安生之学于斯文，里之人皆笑以为迂阔[⑦]。今求子之言，盖将解惑于里人。”

【注释】

①赵郡：即赵州，治所在今河北赵县。苏轼：字子瞻，号东坡。四川眉山人，宋代著名文学家，因苏轼的祖籍是赵郡，所以此处称赵郡苏轼。

②同年：同年考试的人。曾巩和苏轼都是宋仁宗嘉祐二年进士。

③遗：赠予。

④辱：谦词。这里是屈尊的意思。

⑤隽：意味深长。

⑥顷之：不久。

⑦迂阔：迂腐而不切实际。

【译文】

赵郡苏轼，是和我同年科考的朋友。他从四川写信给我寄到京师，赞扬四川的黎生和安生这两位年轻人。不久，黎生带着他几十万字的文章，安生也携带着他的几千字的文章，屈尊拜访于我。我读了他们的文章，感觉的确是宽广雄厚、意味深长，言辞奔放，善于反复辨析，充分表述事实和道理，而他们的才华豪放纵逸，似乎不可限量。他们二人确实可以算得上是奇才魁首、出类拔萃的后起之秀，苏君因此也可以说是善于发现人才的人了。

不久，黎生补任江陵府的司法参军，将要赴任的时候，请我写几句话作为赠言。我说：“我对你的了解，早已经放在心里了，难道还用语言以外的形式表达出来吗？”黎生说：“我和安生都学习这种骈文，同乡都讥笑我们迂腐而不切实际。现在请求您赠言，是想解除同乡人的糊涂看法。”

【原文】

余闻之，自顾而笑。夫世之迂阔，孰有甚于予乎？知信乎古，而不知合乎世；知志乎道[①]，而不知同乎俗，此余所以困于今而不自知也。世之迂阔，孰有甚于予乎？今生之迂，特以文不近俗，迂之小者耳，患为笑于里之人。若余之迂大矣，使生持吾言而归，且重得罪，庸讵止于笑乎[②]？然则若余之于生，将何言哉？谓余之迂为善，则其患若此；谓为不善，则有以合乎世，必违乎古，有以同乎俗，必离乎道矣。生其无急于解里人之惑，则于是焉，必能择而取之。

遂书以赠二生，并示苏君，以为何如也。

【注释】

①道：指圣人之道，即儒家学说。

②庸讵（jù）：岂，怎么。

【译文】

我听了这些话，自己忍不住笑起来。那种世间迂腐的人，还有谁比我更严重呢？只知道相信古人，却不知道迎合当今的世态；只知道记住圣贤之道，却不知道跟随世俗浮沉。这就是我至今还在遭受困厄，却仍然不知道自我醒悟的原因。问世间迂腐的人，还有谁比我更严重的呢？如今你们的迂腐，仅仅是由于文章不接近世俗，是迂腐之中的小愚罢了，还在担忧同乡讥笑。像我的迂腐可就是大愚了，假如你拿着我的赠言归去，将要得到更大的贬责，岂止是被乡邻讥笑呢？既然是这样，我对于你们还能说些什么呢？如果说我的迂腐是好的，那么它的后患就是这样；如果说它不好，那么就有合流世俗之嫌，必定会违背古人，有了这些随同世俗，必定背离圣贤之道了。你们不要急于解除同乡的疑惑，那么这样的话，就一定能够明辨选择而获得正确的东西。

于是，我书写这些话来赠送给两位，并给苏君看看，苏君认为我的话怎么样呢？

道山亭记

【原文】

闽，故隶周者也。至秦，开其地，列于中国，始并为闽中郡。自粤之太末，与吴之豫章，为其通路。其路在闽者，陆出则陁于两山之间[①]，山相属无间断，累数驿乃一得平地，小为县，大为州，然其四顾亦山也。其途或逆坂如缘绠，或垂崖如一发，或侧径钩出于不测之溪上，皆石芒峭发，择然后可投步。负戴者虽其土人，犹侧足然后能进。非其土人，罕不踬也[②]。其溪行，则水皆自高泻下，石错出其间，如林立，如士骑满野，千里下上，不见首尾。水行其隙间，或衡缩蟉糅[③]，或逆走旁射，其状若蚓结，若虫镂[④]，其旋若轮，其激若矢。舟溯沿者，投便利，失毫分，辄破溺[⑤]。虽其土长川居之人，非生而习水事者，不敢以舟楫自任也。其水陆之险如此。汉尝处其众江淮之间而虚其地，盖以其狭多阻，岂虚也哉？

福州治侯官，于闽为土中，所谓闽中也。其地于闽为最平以广，四出之山皆远，而长江在其南，大海在其东，其城之内外皆涂，旁有沟，沟通潮汐，舟载者昼夜属于门庭。麓多桀木，而匠多良能，人以屋室巨丽相矜，虽下贫必丰其居，而佛、老子之徒，其宫又特盛。城之中三山，西曰闽山，东曰九仙山，北曰粤王山，三山者鼎趾立。其附山，盖佛、老子之宫以数十百，其瑰诡殊绝之状，盖已尽人力。

【注释】

①阸（è）：阻隔。

②踬（zhì）：跌倒。

③蟉糅（liú róu）：盘曲而复杂的样子。

④虫镂（lòu）：形容水流的曲折多变。

⑤破溺：船破溺水。

【译文】

闽原来是隶属于周朝的。到秦朝的时候，才开辟了这方土地，并把它列入中原地带，这才合并为闽中郡。越国的太末县和吴地的豫章郡，是由中原通向它的必经之路。这通道到了闽地，陆路就被阻塞在两山当中，而两座山紧密相连没有间断，接连过了几个驿站才能见到一块平地，占地面积小的成为县，占地面积大的成为州，然而在这两块平地向四面望去也都是山。它的道路有的迎着山坡像攀援着粗绳登上去的，有的像一丝头发垂直挂在山崖上，有的小路像在深不可测的溪流里蜿蜒而出，道路两旁有很多石刃从峭壁上刺出，要选着好落脚的地方然后才可以迈步。背着、顶着东西的人即使是本地人，也要小心地侧着脚然后才能够前进。不是那个地方的人很少不被绊倒的。在那里若是选择水路而行，水都是从高处奔流而下，岩石交错从水中冒出来，如树木竖立，如遍布野外的兵马，绵延千里，两头望不到边际。水流穿行在它的间隙里，有的曲折奔流，有的逆行侧射，它的形状像蚯蚓盘结，像虫形雕刻，漩涡像轮子，水流激射就像射出的箭。船逆行而上，船只不论是逆流而上还是顺流而下时，都要善于利用水势，倘若有分毫差错，即刻就会船破溺水。即使是本地人，如果不是从小就练习水上功夫，也不敢担任起行船的行当。闽地水陆两路的险要就是这样。汉代曾经把这里的人民迁徙到江淮之间，而使这地方成为空旷之地，大概就是因为这地方险狭多阻的缘故，难道这会是假的吗？

福州的州治所在侯官，对闽地来说是这个地方的中部，就是所说的闽中。它是闽地最平坦又宽广的地方，离四面的山都很远，而闽江就在它的南边，大海就在它的东边。城池内外都有可以通行的路径，路旁有沟渠，沟渠流水可以通向大海，载船的人和货物不分日夜都可以聚集在家门。山上有很多大树，由此也滋养出很多手艺精湛的工匠，人们争相夸耀自己房屋的宽大与华丽，即使是下等贫苦的人也一定要使自己的住宅宽敞。而佛教、道教之徒，他们的庙观又特别壮丽。城中有三座山，西边的叫闽山，东边的叫九仙山，北边的叫粤王山，三座山鼎足而立。沿着山势望去，佛教、道教的庙观有数十上百处之多，那宏伟奇异决然不同的形状，可能是人力所能达到的最高境界了吧。

【原文】

光禄卿、直昭文馆程公为是州，得闽山嵚崟之际[①]，为亭于其处，其山川之胜，城邑之大，宫室之荣，不下簟席而尽于四瞩。程公以谓在江海之上，为登览之观，可比于道家所谓蓬莱、方丈、瀛州之山，故名之曰“道山之亭”。闽以险且远，故仕者常惮往，程公能因其地之善，以寓其耳目之乐，非独忘其远且险，又将抗其思于埃壒之外[②]，其志壮哉！

程公于是州以治行闻，既新其城，又新其学，而其余功又及于此。盖其岁满就更广州，拜谏议大夫，又拜给事中、集贤殿修撰，今为越州，字公辟，名师孟云。

【注释】

①嵚崟（qīn yín）：山势高耸的样子。

②埃壒（ài）：尘世间。

【译文】

光禄卿、直昭文馆程公主管福州政务，察看到福州的这块高耸之处，在那里修建了这座亭子，山水的胜景，城池的宏大，宫室的繁荣，不用离开席地而坐的竹席，就能把周边的美丽景色尽收眼底。程公认为这里地处江海之上，可以作为登山远望的好地方，可以和道家所说的蓬莱、方丈、瀛洲三座仙山相媲美，所以为它起名为“道山之亭”。闽地由于道路艰难险远，所以做官的人常常很怕到此地任职，程公能够巧妙地利用这地方的优势建造亭阁，用以寄托他的耳目之欢，不但能忘却路途的遥远和险峻，又能将他的思想境界升华于尘俗之外，可见他的心志是多么宏伟高远啊！

程公由于治理有方而在这个州府远近闻名，既改造了城墙又革新了学府，并且利用公事之余建造了这座亭子。由于政绩卓著，他一年以后就改任广州知府，随后又赴任谏议大夫，接着又升任给事中、集贤殿修撰，现在担任越州知府，这就是受人爱戴的程公，他的字是公辟，名字叫师孟。

醒心亭记

【原文】

滁州之西南[1]，泉水之涯，欧阳公作州之二年，构亭曰“丰乐”，自为记，以见其名之意。既又直丰乐之东几百步，得山之高，构亭曰“醒心”，使巩记之。

凡公与州之宾客者游焉，则必即丰乐以饮。或醉且劳矣，则必即醒心而望。以见夫群山之相环，云烟之相滋[2]，旷野之无穷，草树众而泉石嘉，使目新乎其所睹，耳新乎其所闻，则其心洒然而醒，更欲久而忘归也。故即其所以然而为名，取韩子退之《北湖》之诗云。噫！其可谓善取乐于山泉之间，而名之以见其实，又善者矣。

【注释】

①滁州：简称滁，是安徽省省辖市，地处长江下游北岸，长江三角洲西端，安徽省东部，苏皖交汇地区。

②相滋：相互滋润。

【译文】

在滁州的西南方，一泓泉水的旁边，欧阳修出任滁州太守的第二年，在那里修建了一座亭子叫“丰乐亭”，并亲自写了一篇《丰乐亭记》，用以说明丰乐亭这个名称的由来。不久之后又在丰乐亭往东行几百步之遥，找到一处山势较高的地方，建造了一座亭子叫“醒心亭”，并且请我为亭子作一篇记。

凡是欧阳修和宾客相邀来此地游玩的时候，就一定会到丰乐亭饮酒。有时喝醉并且感到疲倦了，就一定会到醒心亭观赏风景。那里可以看到群山环绕，云烟氤氲相生，一望无际的旷野，花草树木茂盛，奇秀无比的岩石山泉，使人眼睛所看到的处处清新，就连所听到的也都是清新悦耳，就会顿觉心胸开阔，洒脱明朗，甚至想长久待在这里而忘了归去。所以根据这种感觉为它命名“醒心亭”，是取自韩愈《北湖》的这首诗。啊！他真称得上是擅长从山水之间寻找乐趣，又能给它们命名来展示一种实质的瑰丽，更是美不胜收了。

【原文】

虽然，公之乐，吾能言之。吾君优游而无为于上，吾民给足而无憾于下，天下学者，皆为材且良，夷狄鸟兽草木之生者，皆得其宜，公乐也。一山之隅，一泉之旁，岂公乐哉？乃公所以寄意于此也。

若公之贤，韩子殁数百年而始有之[1]。今同游之宾客，尚未知公之难遇也。后百千年，有慕公之为人，而览公之迹，思欲见之，有不可及之叹，然后知公之难遇也。则凡同游于此者，其可不喜且幸欤[2]？而巩也，又得以文词托名于公文之次，其又不喜且幸欤！

庆历七年八月十五日记。

【注释】

①殁：死后。

②欤（yú）：文言助词，表示疑问、感叹、反诘等语气。

【译文】

尽管这样，欧阳修这么做的快乐，我都能说出来。我们的国君在上能悠闲自得而无为清静，我们的人民在下生活充裕，没有怨恨，天下求学的人都能贤德有才能，各方民族的人民和鸟兽草木生长都合宜生存，这才是欧阳修真正的快乐啊。而一座山的角落，一池泉水的周边，怎么会是欧阳公的快乐所在呢？这不过是欧阳公用来在这里寄托他的理想啊。

像欧阳公这样的贤德，韩愈死后的数百年才有一个。现在与他同游的宾客还不知道欧阳公是多么难得际遇的。以后的千百年，大有仰慕欧阳公的为人，来参观他的遗迹，想要见他一面，却因没办法再见到他而感慨不已，然后才知道欧阳公是多么难得一遇了。如此，凡是与他在这里同游的人，能不感到欢喜和幸运吗？而我呢，又可以借着这篇文辞托名在欧阳公的文章之后，那就更加感到欢喜和幸运了！

宋仁宗庆历七年八月十五日记。

菜园院佛殿记

【原文】

庆历八年四月，抚州菜园僧可栖，得州之人高庆、王明、饶杰相与率民钱为殿于其院，成，以佛之像置其中，而来乞予文以为记。

初，菜园有籍于尚书[1]，有地于城南五里，而草木生之，牛羊践之，求屋室居人焉，无有也。可栖至，则喜曰："是天下之废地也，人不争，吾得之以老，斯足矣。"遂以医取资于人，而即其处立寝庐、讲堂、重门、斋庖之房[2]、栖客之舍，而合其徒入而居之。独殿之役最大，自度其力不能为，乃使庆、明、杰持簿乞民间，有得辄记之，微细无不受。浸渐积累，期月而用以足，役以既。自可栖之来居至于此，盖十年矣。

【注释】

①籍：登记。

②斋庖（zhāi páo）：祭祀用的厨房。

【译文】

庆历八年的四月，抚州有个法名叫可栖的菜园僧，得到同州人高庆、王明、饶杰等人的共同出资，率领民众在他的院子里建成一座佛殿，并把佛像安放在庙堂之中，然后请求我为此事写篇文章来做纪念。

起初，菜园在尚书省有登记注册，在城南五里有块土地，但是长年荒芜，地上长满了杂草灌木，牛羊随意践踏，想找个能住人的房子都找不到。和尚可栖来到这里之后，却高兴地说："这是被世间荒废的土地，世人都不会来争抢，我能得到它并且留在这里养老，这就足够了。"于是就依靠行医从世人那里换取资金，然后靠近这个地方建立起了寝庐、讲堂、重门、斋庖等房舍和客房，并且召集他的门徒住进去。唯独修建佛殿的耗资量最大，以他的力量无法完成，于是就让他的门徒拿着簿册到民间化缘，一有收入就登记在上面，再小的施舍也没有不接受的。每日里渐渐积累，满一月后费用基本凑足，建造事宜才得以完成。从可栖来到这里居住到现今，大概能有十年了。

【原文】

吾观佛之徒，凡有所兴作，其人皆用力也勤，刻意也专，不肯苟成，不求速效，故善以小致大，以难致易，而其所为，无一不如其志者，岂独其说足以动人哉？其中亦有智然也。若可栖之披攘经营，捃摭纤悉[1]，忘十年之久，以及其志之成，其所以自致者，岂不近是哉？噫！佛之法固方重于天下，而其学者又善殖之如此。至于世儒，习圣人之道，既自以为至矣，及其任天下之事，则未尝有勤行之意，坚持之操，少长相与语曰："苟一时之利耳，安能必世百年，为教化之渐，而待迟久之功哉！"相薰以此，故历千余载，虽有贤者作，未可以得志于其间也。由是观之，反不及佛之学者远矣。则彼之所以盛，不由此之所自守者衰欤[2]？与之记，不独以著其能，亦以愧吾道之不行也已。曾巩记。

【注释】

①捃摭（jùn zhí）：采取，采集。

②欤（yú）：文言助词，表示疑问、感叹、反诘等语气。

【译文】

我感觉身为佛教的教徒们，凡是想要做什么事情，他们这些人都会努力而勤奋，执着而专心致志，不肯马马虎虎地去完成，不追求做得快，所以善于由小成大，变难为易。而他们所做的，没有一件不是能顺应他们心愿的，哪里只是他们的说辞足以打动人呢？这其中也有大智慧使然啊。像可栖这样进行辛苦经营，采取一点一滴详尽细致地累积，忘却十年时光的漫长，从而达成他的愿望，他之所以能够达到的原因，难道不近似这个道理吗？啊！佛法原本正被天下人所推重，而参悟佛学的人又这样善于耕耘。至于世间的儒生，学习圣人的道理，他们自以为已经学到了本事，等到他们担任天下之大任的时候，却一点也没有勤勉向上的心志，坚持不懈的节操，竟喜欢老老少少聚集在一起议论："那么做只不过是图一时的好处罢了，怎么可能一定传世百年，达到逐渐教化的目的，而获得久远的功德呢！"正是有了这样的思想相互熏染，所以经过了一千多年，即便有圣贤之人出现，也不能在这种环境下实现志向啊。由此看来，反而比不上佛家学者的真知灼见了。那么不难看出他们佛家之所以兴盛的原因，不也是我们儒家所固守的衰落了的原因吗？为他们写这篇记，不只是用来彰显他们佛家的才能智慧，也是为我们儒家之道不再盛行而惭愧罢了。曾巩记。

参考文献

［1］高志忠．唐宋八大家文集译注（精编本）［M］．北京：商务印书馆，2016.

［2］陈才俊．唐宋八大家精粹［M］．北京：海潮出版社，2015.

［3］唐晓敏．唐宋八大家故事［M］．北京：群众出版社，2015.

［4］韩愈．唐宋八大家散文［M］．北京：长江文艺出版社，2015.

［5］刘青文．唐宋八大家散文鉴赏（无障碍阅读学生版）［M］．北京：北京教育出版社，2013.

［6］黎娜．唐宋八大家［M］．昆明：云南人民出版社，2013.